노을 진 카페에는 그가 산다

# 노을 진 카페에는 그가 산다

김현숙 소설

개미

'긴 잠을 자고 있는 모든 이에게……'

첫 창작집을 내는 설레임과 두려움을 그렇게 표현했던 기억 새로운데 이제 다시 두 번째 창작집을 내게 되었다. 아직도 여전히 잠에서 완전히는 깨어나지 못한 혼미함은 남아 있으나 그래도 처음보단 한결 담담하고 정돈된 느낌으로 책을 내게 되어 다행스럽다. 그간 느껴온 모든 것들과의 불화, 자괴심을 떨쳐내고 비교적 평화롭게 자신과 화해하며 책을 낼 수 있게 된 것에 일면 안도감을 느낀다.

연초에 다녀 온 인도 여행이 내게 그러한 평화와 힘을 안겨주었던 것일까. 인도는 참으로 독특한 나라였다. 때묻지 않은 고대의 시원始原과 현대의 모든 것이 혼란으로 공존하는 매우 기이하고도 신비스런 나라였다. 빈곤의 극한과 아수라의 현장이 존재하는가 하면 아름다움의 극치인 타지마할이 고스란히 보존되어 있는 나라였다. 노을이 지는 대리석

궁전 뒤뜰의 야무니 강을 떠올리면 지금도 가슴이 뛰논다. '나는 대리석 궁전에 사는 꿈을 꾸었지요.' 마이클 발페의 오페라 '보헤미안의 소녀'를 흥얼거리며 맨발로 타지마할 궁전을 거닐던 기억이 생생하다.

그러나 무엇보다 내게 큰 충격을 준 것은 세계의 지붕이라 할 방대한 고원, 데칸이었다. 인도가 남반구에 붙어 있던 6000－6500만 년 전에 용암 분출로 생겨난 화산암 지대. 검은 잿빛 현무암으로 뒤덮인, 이제는 고요와 적막 뿐인 광활한 고원을 바라보며 내 안에 알 수 없는 힘과 평화가 밀려옴을 느꼈다. 유장한 세월을 견뎌내며 깊은 암묵적 물음을 품은 데칸을 온몸으로 받아 안으며 순간 생각했다. 쓰면 되리라, 쓰면 되리라……내 안에 있는 녹슨 동력 태엽을 힘껏 감아올리며 그렇게 다짐했었다.


미국의 작가 조이스 캐롤 오츠는 속깊은 문단 선배가 전하듯 내게 이르곤 했다. '기죽지 마라. 곁눈질을 하거나 당신을 다른 동료들과 비교하지 마라. 글쓰기는 경주가 아니다. 아무도 진짜로 이기지 못한다. 만족은 노력에서 나오고, 그 결과 보상이 따른다 해도 그런 보상은 아주 드물게 오는 법이다.' 글쓰는 일에 절망할 때마다 바다 건너 저 먼 나라의 여류 작가, 캐롤 오츠는 지친 내 어깨를 다독이며 그렇게 속삭여 주었다.


어느 날 호젓한 숲길을 산책하다 문득 하나의 깨달음을 얻었다. 오가는 등산객의 눈길을 피해 숨은 듯 함초롬히 피어난 깊은 숲 속 아련한 들꽃 무리를 발견하는 순간 말 할 수 없는 환희와 경이가 솟구쳐 오름을 느꼈다. 작고 소소하여 현란히 눈길을 잡아 끄는 존재는 아니나 나름의 향기와 애환, 조용한 숨결로 숲을 가득 채워 끈기있게 목숨 밭을 일궈 가는 들꽃 같은 작품. 그런 작품을 쓰면 좋겠다고……그렇게 조용히 내 문학의 텃밭을 가꾸어 가기를 소원하였다.

'나는 내가 작가인 것을 좋아한다. 그러나 내가 견딜 수 없는 일은 글을 쓰는 일이다.' 때론 미국의 소설가 '피터 드 브리스'가 한 말을 떠올리며 그것에의 완전한 공감에 고소苦笑하기도 했다. 그러나 앞으로는 내가 작가인 것을 보다 더 좋아하고, 쓰는 일도, 그 지독한 외로움도 좀 더 잘 견뎌내는 그런 작가가 되고 싶을 뿐이다.

이 책이 나오기까지 많은 격려와 사랑으로 응원해 준 나의 가족과 문단 선·후배 동료들, 그리고 기꺼이 해설을 맡아주신 이경재 선생님과 출판사 〈개미〉의 식구들에게도 머리 숙여 감사의 마음을 전한다.
늘 지켜주시고 도움 주시는 주님, 성모님께 두 손 모아 감사드린다.

이제 맑게 눈 부비며 환히 깨어나야지…….

2010년 5월
김현숙

| 차례 |

# 꽃비 내리다

　그들은 서울을 떠나 7번 국도를 타고 줄곧 해안도로를 달려 내려와 동해의 어느 작은 어촌에서 차를 내렸다. 하얀 포말을 입에 문 파도가 마을 오두막 야트막한 토담 밑까지 할딱이며 밀려오는 바닷가 호젓한 마을이었다. 오래 전, 한때는 드넓은 바다를 앞마당인 양 맘껏 뛰놀았을 마을의 아이들은 다 어디로 떠난 것일까. 몇몇 촌로들만 눈에 띌 뿐 마을은 텅 비어 있었다.

　바다 저 편, 수평선 어느 한 점을 향해 집요하게 카메라 렌즈를 움직이는 남편, 지석을 뒤로하고 여자는 천천히 마을을 거닐었다. 여자의 눈에 오막살이 돌담 너머 조붓한 뜨락에 앉아 엉키고 설킨 한 더미의 그물을 풀고 있는 어부의 아내가 보인다. 생계를 이어갈 내일의 투망을 위해 하염없이 그물을 손질하는 아낙의 모습이 한 편의 풍속화인 양 뭉클한 감동을 자아낸다. 얼마나 고되고 지난한 일상일까. 어촌으로 시집온 이래 평생을 하루같이 그리 해 왔을 아낙의 하릴없는 일상이 여자의 마음을 파고든다. 지아비의 고된 노동으로 획득해온 해산물을 보듬어 안아 갈무리하고 손질하여 말리고 내다 팔고……한시도 쉴틈없는 몸놀림으로 간단없는 노동에 시달려왔을 아낙의 삶이 훤히 들여다보인다. 불가사리처럼 거칠고 투박한 손이 그것을 말해준다.

여자는 오래도록 아낙의 모습을 지켜보며 자신의 삶을 생각한다. 지독히도 견고하고 반듯한 지석의 성정, 그러한 그의 됨됨이 덕에 그래도 별다른 굴곡 없이 평탄한 삶을 살아왔을 것이다. 그러나 여자는 너무도 정연하고 규격화된 삶을 견딜 수 없어했다. 틈틈이 삶의 틈새를 비집고 잠입해오는 제어할 길 없는 균열을 참아내기 힘들었다. 그러기에 아낙의 모습이 더욱 마음에 닿는 것일까. 여자는 한참이나 더 돌담 곁을 서성인 후에야 아쉬운 듯 방죽을 따라 느리게 걸음을 옮겨간다.

해풍이 불어오는 곳, 오선지처럼 줄줄이 엮어진 철제 건조대에 알몸의 오징어들이 매달려있다. 궁핍하고 부박하기 짝이 없는 어민들의 염원이 나부끼듯 해원을 향해 위태로이 펄럭인다. 여자의 마음에도 잦았던 바람이 일며 슬픔이 뒤척인다. 눈을 들어 여자는 지석의 모습을 찾는다. 저만치에 카메라를 든 그가 보인다. 빠르게 다가오며 해풍을 마주한 채 망연한 눈길로 오징어 건조대를 바라보는 여자의 모습을 렌즈에 담으려 한다.

찍지 말아요.

단호한 음성으로 여자가 얼른 렌즈를 피해버리며 등을 돌린다. 사진을 찍는 일 따윈 이제 여자에겐 끔찍한 일이다. 'Photo shows.' 사진은 모든 것을 말해준다. 일체의 것을 극도의 적나라함으로 일시에 온전히 드러내는 일. 여자는 이제 쉽게 사진을 찍으려 하지 않는 분별 쯤은 갖고 있다. 스스로의 모습에 대해 여자 자신이 기대하는 상像과 렌즈에 포착되는 상像이 엄청난 간격을 벌이면서부터 비롯된 현상이다.

그는 쓸쓸히 미소지으며 카메라 렌즈를 내린 후 담배를 피워 문다. 그러나 끊임없이 이는 해풍에 라이터의 불은 자꾸만 꺼져 버린다. 여자는 빠르게 다가가 자켓의 품을 활짝 펼쳐 그의 바람막이가 되어 준다.

땡큐.

쏴아 쏴아, 밀려오는 조류의 흐름에 눈길을 주며 꿀맛인 양 그는 끽연을 즐긴다. 끝없이 연기를 허공으로 뿜어올린다. 연기는 찢기듯 낱낱이 흩어져 종적이 없다. 그가 모진 결심으로 금연을 단행한 것은 정확히 석 달 전이었다. 그러나 언제부터인가 그는 다시 담배를 피기 시작했다. 아마도 그 일이 준 충격 끝이었을 것이다.

'담배는 마음의 일요일' 일본 신칸센 열차의 담배 광고 문안처럼 어쩌면 그에게도 마음의 일요일이 필요했을 지 모른다. 지치고 찌든 삶의 피로감을 떨쳐내 듯 그에게는 한 개비의 담배가 절실했을 것이다. 여자는 인내심을 갖고 그의 입에 물린 한 개비의 슬림 담배가 다 타들어 갈 때까지 말없이 바닷가를 서성인다. 피우는 담배의 길이가 짧아질수록 그의 얼굴에 평안함이 깃든다. 좀처럼 자신의 감정을 드러내지 않는 그였으나 독한 마음으로 끊었던 담배를 다시 입에 대는 건 상심을 말해주는 것이다. 그러한 상황에서도 그는 놀랍도록 평소에 지닌 교통법규, 공중 도덕심 같은 알량한 준법성은 결코 잊지 않는다. 아니 눈물겹도록 철저히 지키고 있다. 다 태우고 난 담배 꽁초를 슬그머니 자신의 상의 주머니에 집어 넣는 그의 행위를 바라보며 여자는 실소한다.

그의 인내의 한계는 어디까지 일까. 난해한 퀴즈를 대하듯 여자의 속이 답답해온다. 차라리 그가 불의에 맞서 결연히 항명하는 자세를 보였다면 어땠을까. 머리에 띠를 두르고 붉은 조끼를 입고 목이 터져라 구호를 외치는 직장 후배들 사이에서 함께 동참하는 모습을 보였다면 어떠했을까.

마지막 출근이야. 다녀올게.

황당한 퇴임식이 기다리는 마지막 출근길 아침, 그는 여느 때와 다름없는 모습으로 집을 나섰다. 그러나 외견상 심상해 보이는 모습과는 달리 그날 이후 그는 급격히 몸의 온기를 잃어갔다. 돌처럼 차거운 몸. 보드라운 솜털같이 따스했던 그의 손은 나날이 온기를 잃어갔다. 사필귀정. 여자는 사필귀정이라는 말을 믿는다. 시간이 지나면 모든 일은 의당 순리대로 밝혀지고 정리되고, 자리를 잡아갈 것이다. 그러나 건강은 한 번 잃으면 끝이다. 그에겐 우선 제 체온을 찾아줌이 무엇보다 중요할 것이나 슬픔에 빠진 여자는 그 일이 쉽지 않았다.

여자는 때때로 진저리를 치며 그가 해외 출장 중이던 그 아침의 일을 기억하곤 한다. 간밤의 괴이한 꿈이 무섭도록 들어맞은 날이었다.

여자는 그와 함께 자동차 전용 승강기 안에 있었다. 어둡고 꽉 막힌 공간, 자동차 안엔 오직 여자와 지석 두 사람 뿐이었다. 아래를 향해 서서히 내려가던 사각의 공간이 어느 한 순간 미끄럼을 타듯 급강하하기 시작했다. 추락인가. 아……두려워. 여자는 몸을 동그랗게 말며 좌석에 몸을 묻었다. 그러나 그는 굳은 듯 운전대를 잡고는 정물처럼 앉아 있었다. 꽝……한없이 떨어져 내릴 듯한 승강기가 무엇엔가에 걸린 듯 돌연 멈춰섰다. 그러나 아무리 경음기를 울리며 기다려도 승강기의 문이 열리질 않았다. 숨이 막히고 죽을 것만 같은 공포가 몰려왔다. 아, 아악! 질식감이 목까지 차올라 외마디 소릴 지르며 여자는 잠에서 깨어났다.

꿈을 꾼 날 아침 음식을 데우던 접시 하나가 전자 레인지 안에서 쨍 깨어져 나갔다. 대학생인 두 아이들이 집을 나간 후 여자는 간밤의 꿈을 떠올리며 홀로 차를 마시고 있었다. 예의 그녀가 너무도 아끼는 호젓하고 평화로운 시간이었으나 그날은 기분이 좀 이상했다. 남미 순방을 떠난 지석으로부터는 아무런 연락이 없었고, 알 수 없는 불안이 그늘을 드리우듯 아른아른 평화를 잠식해오는 듯한 느낌을 떨쳐낼 수가 없었다.

　찌리링……순간 몹시도 불유쾌한 파장을 담은 전화벨이 울려왔다. 불유쾌한……왜 그런 느낌이 들었는지는 알 수가 없다. 단지 느낌이 그랬을 뿐이다. 뭐랄까. 눈에 보이지 않는 자기磁氣같은 빠른 입자의 흐름, 혹은 자기 암시 내지는 어떠한 불길한 감感같은 것. 그날 이후 여자는 자신의 감을 믿게 되었다.

　김지석 씨 신상에 관한 일입니다. 처음 듣는 낯선 남자의 음성이었다. 다소 격앙되고 의분에 찬, 그러나 숨길 수 없이 조금쯤은 방관자적 여유와 호사의 과잉이 묻어나는 베이스의 느른한 음성이 사건의 전말을 전해왔다. 내용의 대의는 이러했다.

　지석 일행과 함께 남미 순방길에 오른 상부의 장관이 승진 3개월도 안된 지석의 본부장 자리를 앗아 상부기관의 직속 부서 일개 과장에게 넘기려 한다. 명목은 작은 정부 지향에 따른 구조조정의 일환이라지만 누가 봐도 안하무인의 명백한 낙하산 인사이다. 출국 전, 장관이 이미 새 임명장에 사인을 하고 떠났다는 소문이 파다한데 주위에선 모두 쉬쉬. 하며 남의 집 불 구경하듯 팔짱만 끼고 있다. 누구 한 사람 총대를 매고 나서야 한다는 생각에 전화를 했다. 어떻게든 막아야 한다고 생각한다.

　낯선 베이스의 음성은 완강하였다. 꿈 땜이 이것이었나. 여자는 화르륵 가슴이 떨리며 정신이 혼미해왔다. 눈앞이 핑 돌았다. 혹 루머가 아닐까. 믿을 수 없는 루머. 오직 루머로서만 그 효력을 다한 후 곧 소멸되고 말 루머일 뿐이라면……여자는 한참이나 몸을 가누지 못하고 벽만 바라보았다. 벽. 그것이었다. 힘을 가진 자, 칼자루를 쥔 자 앞에 선 모든 것이 벽일 뿐이다. 힘의 논리. 온당치 않은 힘의 논리다.

지석의 본부장 승진은 공정하고 엄밀한 인선 과정을 거친, 회사 노조의 투표 절차까지 통과한 정당한 내부 인사였다. 입사 후 20여 년 젊음과 모든 것을 바쳐 순리적으로 이른 자리일 뿐이다. 명퇴를 할 것인가, 좀 더 남아 있을 것인가. 새로이 출범한 정부시책의 일환으로 광풍인 양 온 나라에 휘몰아치는 작은 정부 지향, 구조조정의 회오리 속에서 그 또한 한동안은 고뇌에 빠졌었다.

후배들을 위해 과감히 용퇴함이 옳은가, 그대로 묵묵히 직분을 다함이 옳은가. 갈등에 빠진 그에게 일말의 선택의 기회가 왔다. 직장 최고 상급자로부터 은밀한 지침이 내려온 것이다. 어려운 시기니만큼 퇴임할 생각 접고 보신하여 남은 직분을 다해 달라는 전언이었다. 시간이 흘러 회사의 모든 것이 정리되고 명퇴의 시기도 끝난 후 지석은 본부장으로 승진했다. 해외자원 본부장. 사운이 민영으로 가느냐, 끝내 공기업을 유지하느냐의 갈림길이었던만큼 그의 짐은 무거웠다.

승진 3개월도 채 안된 3월 초, 그는 해외산업시찰단의 일원으로 상부의 장관을 수행, 남미 순방길에 올랐다. 동지사. 출장을 떠나며 그는 그와 함께 하는 일행을 동지사라 일컬었다. 조선시대, 동지冬至를 전후하여 명·청나라로 사신을 보내던 긴 행렬을 떠올린 것이다. 국내 자원의 고갈로 장차는 해외자원을 유치하고 개발하는 쪽으로 업무를 확장해야 하는 일이 그의 임무였던만큼 그는 상당한 중책을 안고 남미를 향해 출발했다. 그러나 떠나기 전 그는 좀 이상하였다. 혹여 자기 암시, 소리없이 다가오는 불운의 그림자를 그도 이미 감지하였던 것일까. 짐을 꾸리는 그의 손길은 매우 허둥대었고, 작은 일에 과민현상을 보였고, 그리고 극도의 긴장을 내비쳤다. 잦은 해외 출장에도 그러한 모습은 처음이었다. 동지사, 애틋한 꿈이 시작도 하기 전 무참히 스러질 것을 그는 이미 예감하였던 것일까.

베이스의 음성은 말하였다. 구름처럼 겹겹이 에워싸인 인의 장막을 뚫고 들어가 부당한 힘의 논리를 막기 위해 장관을 만나야만 한다고……여의치 않음 귀국행 비행기 안에서라도 과감히 접근, 독대해야만 한다고……그러나 그의 성격으로 보아 그건 어림도 없는 일이다. 결코 가능한 일이 아니다. 그러한 해프닝, 그러한 반전은 영화나 만화 속에서나 있을 법한 얘기일 뿐 그에겐 있을 수 없는 일이다. 아주 작은 일에도 원칙과 질서, 정도를 주장하며 반칙을 혐오하는 그로선 설혹 치명적 불이익을 당한 다 해도 그런 식의 파격적, 도전적 행위를 시도할 위인은 못된다.

아무도 없다……사람이 없다……밀려오는 충격과 슬픔 속에서 여자는 애타게 주변을 둘러보았으나 그녀의 곁엔 아무도 없었다. 급할 때 아주 작은 위안이라도 얻을 수 있을 주변을 갖고 있다는 건 얼마나 큰 축복일까. 그들 곁에는 온통 그들이 감싸고 돌봐야 할 존재들만 가득할 뿐이란 사실이 여자를 더욱 절망케 했다. 여자는 떨리는 손길로 그의 고교 동창회 명부를 뒤적인다. 국내 최고 명문대를 나온 그였으나 바로 그런 까닭으로 그의 인간관계는 매우 협소하고 단조롭다. 학연, 지연 같은 패거리의 얽힘을 떠나 각자 제 길에만 충실하고 상호 유대감이 희박하여 끈끈한 결속력이라곤 약에 쓸래야 없는 그의 대학 동창들에겐 전혀 연락할 마음이 일질 않았다. 그래도 급할 때 통할 수 있는 존재는 고교 동창이 나으리란 것이 황망 중 여자의 판단이었다.

여자는 황황히 유명 신문사 간부인 그의 고교 친구에게 전화를 하여 상황의 전말을 전하였다. 친구는 믿을 수 없는 일이라며 놀라움을 표했다. 너무도 황당한 일이라 자신이 판단키엔 아마도 루머일 가능성이 많으며 만에 하나 그것이 사실이라 한다면 가장 우선되어야 할 것은 지석 본인에게 알리는 일일 것이라 했다. 진위야 어찌되었건 상황 그대로를 본인에게 알려 미리 대처토록 하고 마음의 준비를 하도록 함이 옳을 것이라 했다. 친구는 자신의 소속 신문사 남미 순방 기자단을 통해 놀랍도록 신속히 여자와 지석과의 국제 통화를 가능케 해주었다.

지석은 페루의 수도 리마에 머물고 있었다. 지구 반대편 저 먼 곳 남미의 항구 도시인 리마……한밤중 그곳으로부터 걸려온 그의 음성은 지치고 갈라지고, 젖어있었다. 무슨 일이야……아……당신, 이미 알고 있었군. 회사 후배가 팩스를 보내와서 어제 알았어. 집엔 별일 없고?……나……괜찮아. 걱정하지 마. 지금 페루 대사가 주최하는 장관 합석 연회 중이야. 장관이 산하 공기업 본부장들에게 일일이 축

하주를 건네는데 나만은 예외야. 상황 짐작되지? 직접 접근하는 게 어떠냐고……말도 안 돼. 그럴 필요 없어……너무 걱정하지 마. 또 전화 할께.

그의 어조는 너무도 의연했다. 아니 의연한 양하는 것이 분명하였다. 그러나 전화선을 통해 전해오는 그의 음성에 물기가 배어남은 숨길 수가 없었다. 전화를 끊으며 여자는 오열했다. 그는 결국 힘없고 가진 것 없는 농부의 아들일 뿐인가. 그럼에도 오랜 세월 소외되고 잊혀져온 탯줄 묻은 곳에의 집착을 떼어버리지 못해 그는 늘 고향에 대한 과도한 연민에서 헤어나질 못한다. 고질적인 병폐였다. 5공, 6공을 거치며 소위 TK라 불리우는 기득권 세력이 부상할 당시, 그는 너무도 심한 피해의식에 휘둘렸다. 술만 먹으면 입버릇처럼 그는 뇌이곤 했다. 나아쁜 놈들, 야비한 놈들……처가도 TK라는 사실을 잊은 양 그는 막무가내였다.

그리고 시절은 바뀌어 어언 그쪽이 주도하는 세상이 왔다. 이윽고 그들이 주도권을 잡은 것이다. 그가 그토록 열렬히 지원해온 정부였다. 그러나 그는 결국 그들로부터도 거세되었다. TK 시절, 지역주의의 차별을 받았다면 아군인 그들로부터는 역차별을 당한 것이다.

전화를 건 베이스의 음성은 말하였다. 지석의 경우는 예컨대 그들의 세상이 와서 그들 스스로가 과도하게 번창하고 독식함을 막기 위한 일련의 제거작업 중 불운하게도 그가 걸려든 것일 뿐이라고…… 그렇다면 그는 정말 불운한 경우였다.

장관 수행의 남미 순방을 마치고 지석이 귀국하던 날, 공항에서 그를 맞는 여자의 마음은 무너질 듯 아려왔다. 상심, 아픔을 묵묵한 미소로 대신한 그의 몸에서는 신음인 양 슬픔의 파동이 전해져 왔다. 여자는 말없이 웃으며 그를 안았다. 슬픔을 은폐한 밝은 웃음과 화사한 봄 차림의 여자는 누가 보아도 남편의 귀국을 손꼽아 기다려온 행복한 여인이었다. 순간은 그것만이 그를 위해 할 수 있는 최대한의 배려라고 여자는 생각했다. 되도록이면 편안히, 환한 미소로. 그러나 그렇듯 기특하고도 비장한 여자의 결심은 단 하루도 못되어 무너지고 말았다.

　정부 시책이 그렇다면 순명해야겠지. 귀국 당일 마른 나뭇가지처럼 물기 없는 얼굴로 그가 발한 첫 일성은 그러했다. 공항에 마중 나온 회사 후배들은 모두 비분강개, 후안무치 상부의 낙하산 인사를 개탄하였다. 노조 전원이 단결, 끝까지 항명할 것을 결의했으며 그에 따라 근무 중 일제히 빨간 조끼를 착용, 온몸으로 투쟁하고 있음을 알려왔다. 그러나 그는 조용히 머리를 저으며 말했다. 정투법……정부투자기관관리법. 그것은 공기업 구조조정을 위한 새로운 법안이며 본부장 임명권이 상부의 장관에게로 넘겨졌다. 얼마 전 국회에서 날치기로 통과되었으나 악법도 법은 법이다. 순명하는 게 옳을 것이다.

　그의 얼굴은 슬퍼 보였으나 분노는 배어나지 않았다. 여자는 그 점이 참을 수 없이 화가 났다. 분노 없는 슬픔. 그건 애정이 지극한 대상으로부터의 상처일 때만 그럴 수 있는 것이다. 그가 TK로부터 받은 상처엔 오직 분노만이 엿보였었다. 분노 없는 슬픔, 슬픔 없는 분노. 미움과 투쟁이 아닌 이해와 순응. 그것의 차이는 실로 큰 것이다. 그러나 여자는 슬픔보다 분노가 더 크다고 느낀다. 여자는 그에게 한껏 날을 세워 말했다.

인사가 망사亡事라고 역대 어느 정권에서도 유례를 찾을 수 없는 망국적 조치예요. 평소 당신의 정의감, 도덕심 같은 것은 어디로 실종되었나요? 승복할 수 없어요.

잠시 쉬고 싶다는 생각뿐야. 건강을 잃으면 모든 것을 잃어. 후배들까지 쟁의로 고생시키고 싶진 않아. 떠날 때 깨끗이 떠나야 해.

도인처럼 그는 흔들림이 없었다. 그러나 몸만은 정직했다. 따스했던 그의 몸은 귀국 이후 나날이 굳어져만 갔다. 그녀는 매일 밤 그의 품을 파고 들며 안간힘으로 그의 체온을 회복시키려 애썼으나 허사였다. 그의 남성은 좀체 회생의 기미를 보이지 않았다. 새벽이면 여자는 잠에서 깨어나 하루의 첫 미사를 위해 성당으로 달려갔다.

불면의 밤을 보낸 어느 아침, 성당에서 돌아온 여자의 눈에 거실 한 켠에 수북이 쌓인 움파 더미가 들어왔다. 밭에서 막 뽑아낸 흙투성이 움파였다. 아침 산책길 지석이 사들여온 것임이 분명했다. 퇴직 후 그는 매일 아침 아파트 뒷산을 오르내렸다. 약수터가 있는 등산로 입구엔 으레 푸성귀며 야채를 내다 파는 노점상이 즐비하다. 집에서 기른 채소를 내다 파는 나이든 아낙들은 옹기종기 궁색한 상품을 진열해 놓고는 등산객의 손길을 기다린다. 그리고 그들 중 지석과 눈길이 마주치는 아낙은 예외 없이 매상을 올린다. 호객하는 음성이 애처로워, 노쇠한 모습이 안쓰러워 그는 어김없이 그곳에 멈추어 충동 구매를 하는 것이다.

노인이 움파를 앞에 놓고 꼬박꼬박 졸고 있는 거야. 파김치 담으면 좋을 것 같아 떨이를 해왔지. 샤워를 마치고 나오며 그가 말했다. 여자의 눈치를 살피며 조금은 풀이 죽은 음성이었다. 여자가 가장 싫어하는 일이 마늘 까기와 파 다듬는 일임을 그도 어느 정도는 알고 있었다. 그러나 여자는 정직하게 화를 낼 수가 없다. 실직 후 알게 모르게 물기가 말라가는 그를 자극하는 일은 현명한 일이 아님을 알기 때문이다. 여자는 자리를 깔고 앉아 말없이 파를 다듬었다.

며칠 후면 시조모의 제일祭日. 이변이 없는 한 고향에서 시모와 형제들이 상경할 것이다. 마술을 부릴 수만 있다면 그날을 훌쩍 건너뛰고만 싶다. 수없이 걸려오는 빗발치는 위로 전화, 아무렇지도 않은 듯 이어가야만 하는 하릴없는 일상, 점차 그 무게를 더해 갈 그와 함께 견뎌야 할 시린 나날들……또한 성년에 이르도록 키웠으나 기쁨은 함께 할 수 있어도 시름은 외려 부모됨의 아픔만 더해 줄 뿐인 철없는 아이들……맵고 아린 파 내음만큼이나 맵고 아린 속을 달래느라 여자의 눈에는 가랑가랑 눈물이 배어났다.

내가 도와 줄게. 눈물 고인 여자가 딱해 보였던지 지석이 다가와 손을 거들었다. 가볍고 유연한 솜씨로 파뿌리를 잘라내고 겉껍질의 얇은 막을 벗겨내어 아기 손가락처럼 뽀얗고 보드랍고 말간 움파를 차곡차곡 쌓아 가는 모습은 감탄을 자아내기에 충분하다. 그러나 그런 모습을 지켜보는 여자의 속은 더욱 아릴 뿐이다.

난 공부할 때가 제일 행복해. 수북히 쌓인 책 더미 속에서 얼굴을 들며 언젠가 그는 말했다. 은총의 빛이 그의 정수리를 내리쪼이듯 학문의 길이 환히 트이던 그의 나이 33세 때였다. 회사 연수 끝에 혜택 받은 네덜란드 국비 장학생, 그곳에서 시작한 석사과정, 귀국 후 이어진 박사과정. 직장을 병행해야만 하는 어려움 속에서도 책 속에 묻힌 그는 가장 그답고 행복해 보였다. 설명 못할 지력知力이나 문자향 같은 것. 그 알 수 없는 향기는 그를 처음 본 순간 느낀 그만의 고유한 체취였다. 여자는 그에게 전공이 무어냐 물었고 그는 지질학이라 대답했다. 여자는 또 그에게 왜 하필이면 지질학을 공부하느냐 물었다. 그는 말했다.

전 아마 전생에 석수장이였나 봅니다. 돌에 관심이 많고 땅 속 일이 궁금하거든요. 그는 여자를 이끌고 가까운 고궁에서 열리는 수석 전시회엘 데리고 갔다. 지석이란 이름에 걸맞게 돌에 대한 그의 애정은 각별했다. 우주 삼라만상, 온갖 형상을 한 기기묘묘한 수석을 만지고 쓰다듬는 그이 손길은 놀랍도록 부드럽고 섬세하였다.

사람에도 그렇듯 돌에도 저마다의 사연들이 있어요. 지구 나이 몇 십억 년의 긴 세월을 통한 지각변동과 열 변화, 풍화 등에 의해 한 개체이면서도 이렇듯 서로 다른 형질로 변화된 두 개체가 문양을 이루며 공존합니다. 이를 일러 에피소드라 하지요. 돌의 에피소드……돌의 역사라 하겠지요.

이어서 그는 말했다.

지질학이란 접하면 접할수록 깊이 빠져드는 마력이 있어요. 시공을 아우르는 4차원의 세계, 까마아득한 우주의 신비에까지 맥락이 닿는 학문이지요. 지구의 역사, 그 장구한 시간을 거슬러 우주, 천문, 인류, 역사, 철학, 생물학을 총망라한 심오한 학문입니다.

소외되고 홀대받는 이 땅의 지질학도는 지질학에 관해 그렇게 정의했다. 이어서 그는 석회암에 관해 말하였다. 석회암은 매우 유익한 암석입니다. 농작물을 위한 비료나 내화재, 시멘트 등 건축자재의 원료이기도 하지요. 그러나 그것이 오랜 세월을 통한 지각변동, 열 변화, 압력 등을 거치면 대리석으로 변모됩니다. 돌이 이를 수 있는 최고의 경지지요. 그 대리석의 원형이 바로 석회암이라면 놀랍지 않아요.

돌의 에피소드, 돌의 역사를 얘기하는 그의 모습은 아름다웠다. 여자는 문득 그가 지닌 그만의 에피소드를 알고 싶었다. 그리고 둘이서 함께 독특한 문양의 에피소드를 만들어 가면 어떨까 생각했다. 그리고 얼마 후 여자는 그 지질학도의 아내가 되었다. 지질학도의 아내……. 그러나 여자의 결혼은 그리 손쉬운 문양의 에피소드는 아니었다. 아직은 석탄이 산업의 주요 에너지원이던 시절, 그의 일상은 거의 광산에의 출장으로 메워졌다. 세탁기도 없던 시절, 시린 손으로 빨고 또 빨아도 올올이 탄가루가 박힌 기름때 배인 작업복, 고도의 위험을 감수해야만 하는 갱도 깊은 곳으로의 탐사. 그는 점차 광업인이 되어갔고 몇천 미터 지하 갱도에서 돌아오는 그의 몸에서는 늘 죽탄의 냄새가 배어 났다. 책 내음을 대신하는 죽탄의 냄새……그러다간 자칫 그의 뇌수 깊숙이까지 죽탄이 고여 흐를까 여자는 맘을 졸였다. 그러나 다행히 얼마 안 가 그에게는 새로운 기회가 왔다. 회사 연수에 의해 네덜란드 유학을 떠나게 된 것이다. 물 만난 고기처럼 그의 온몸에서는 생기가 돌아났다. 그리고 그곳에서 그는 전혀 예기치 않게 석사까지 이수하는 행운을 얻었다.

귀국 후 그는 박사과정을 시작했다. 그러나 그 길은 쉬운 일이 아니었다. 주경야독, 직장과 공부를 병행해야만 하여 그는 아예 거처를 연구실로 옮겨 생활했다. 낮엔 회사일, 밤엔 공부, 주말이면 어김없이 가야 하는 출장과 그에 더해 자신의 논문을 위해 산을 타야만 하는 야외 조사, 필드로 밤낮을 뛰어야만 했다.

그는 늘 허름한 작업복 차림에 커다란 배낭을 맨 땀 절은 모습이었다. 그의 무거운 배낭 속엔 온갖 것이 들어있었다. 두툼한 지도와 도면, 플래이트, 필드용 햄머, 클리너 컴퍼스……남들은 모두 관심 없는 땅속 일을 알기 위해 그는 청서靑鼠처럼 날렵한 몸짓으로 인적 없는 산길을 돌아다닌다. 그러나 여자는 사람 속을 아는 데에 전혀 재주 없는 그가 땅 속 일을 알기 위해 그토록 애쓰는 게 딱할 뿐이었다. 한 길 사람 속도 모르는 이……그를 향한 여자의 우려는 곧 현실로 다가왔다.

아무래도 논문을 포기해야겠어. 스스로에게 정직할 수 없는 논문은 의미가 없다고 생각해.

박사과정의 마지막 학기, 그는 그간 애써 준비해온 논문을 중도 포기하겠노라 선언했다. 지도 교수와의 합의하에 논문의 결론을 도출하고 일치를 이룸이 끝내 가능하질 않다고 말했다.

말도 안 돼요……아연실색하여 여자는 그를 만류했다. 학위를 얻기까지 본인의 노력은 물론이고 그를 위해 투자한 정신적, 재정적 지원, 인내의 전 과정이 무위일 뿐이라니……여자는 도저히 납득할 수 없었다.

어쨌거나 완결의 마침표는 찍어요. 지도 교수의 이론을 수렴해서라도 일단 논문은 마쳐야 해요.

수렴할 수 없는 문제야. 당신은 이해 못해.

그래요? 그럼 두 사람의 이론 중 누구의 것이 옳은 거죠?

땅 속의 일이라 누구도 100%의 정확도로 말할 수는 없어. 다만 최근 새로이 대두되는 학계 주장과 내 연구 결과를 볼 때 기존의 이론을 수렴함이 어렵다는 거지. 이런 결론을 내리기까지 많이 생각했고 많이 힘들었어. 이해해줘.

줄담배를 피워 무는 그의 표정엔 연기처럼 상심이 피워 올랐다.

절대 이해 못해요. 이제껏 지도 교수와 뭘 한 거예요. 사제간 상호 커뮤니케이션이 그토록 전무한가요. 세미나, 토론 따윈 왜 있는 거죠.

생각해 봐. 설시 내 이론이 옳디해도 이미 발표된 스승의 이론을 뒤엎을 순 없는 것 아냐.

그럼 스승의 것에 따르면 되죠.

과학도의 양심이겠지. 스스로에게 정직하고 싶어. 학위증. 그건 어쩌면 종이 한 장의 차이일 뿐야. 내가 하고 싶어서 한 공부인데 그걸로 족해.

제발 도인인 양 하지 말아요. 그 종이 한 장의 차이가 실로 크다는 걸 몰라서 하는 말이에요? J 대학 돈 총장, 기억 안나요. 교수 채용 공모에서 첨엔 학위 취득 예정자도 가능하다 했으나 결국엔 학위증 갖고 트집을 잡았죠. 알고 보니 성씨 앞에 '돈'이 붙어 있었다죠.

기억하고 싶지 않아. 더 이상 거론하지 않기로 해.

그는 단호히 여자의 말을 막으며 고뇌의 표정을 드러내었다. 그러나 여자는 그렇듯 간단히 끝낼 수가 없다. 남자의 하는 짓이 너무도 답답하고 숨이 막혔다.

지자기地磁氣 연구로 노벨물리학상을 받은 영국의 과학자 얘기했죠? 수상 후 그 상금으로 연구를 계속하여 마침내는 자신의 학설에 오류가 있음을 시인했고 그것을 뒤집어 엎었어요.

그는 단지 자신만의 이름을 걸고 있었기에 그게 가능했어.

끝내 자신의 뜻을 굽히려 하지 않는 그는 꼭 성난 황소같은 미욱함을 지녔다. 여자는 분노가 극에 달해 실신할 듯 숨이 막혀왔다. 한 길 사람 속도 헤아릴 줄 모르는 위인이 열 길, 천 길 땅 속을 알겠다니……이제 그의 모든 것은 여자에겐 실의와 환멸로 다가올 뿐이었다. 여자는 진저리를 치며 그로부터 마음의 문을 닫아버렸다. 겹겹이 쌓아올린 높은 벽을 마주한 듯한 까마득한 단절함. 그것은 점차 여자의 몸 안에서 불온의 기운으로 자라나기 시작했다.


　쏴아 쏴, 꽈르릉……

　어부의 아낙이 하염없이 그물을 손질하는 작은 어촌에서 멀지 않은 곳, 바닷가 모텔에서의 아침이었다. 눈을 떠 창을 여니 가슴 가득 안겨오는 파도 소리가 귀를 때려온다. 지난 밤 내내 가슴으로 밀려드는 파도 소리에 여자는 잠을 설쳤다. 쏴아, 쏴아……아득히 밀려가고 밀려오는 조류의 흐름은 여자의 마음에 위로와 평안을 안겨준다. 모텔 로비에서 깨금발로 세 발짝만 뛰어가면 바다에 닿을 수 있는 곳. 여자는 유독 까탈을 부리며 전망 좋은 방을 고집하였다. 때문에 한동안의 모텔 순례 끝 겨우 맘에 드는 방을 구할 수가 있었다. 전망 좋은 방…… 현실이 막막하고 고될수록 여자는 더욱 더 그것을 갈구한다. 마악 잠에서 깨어난 그가 몸을 뒤척이며 숨을 몰아쉰다. 반백이 다 된 성긴 머리털, 검고 메마른 얼굴. 주름진 이마……그새 십 년은 더 늙어버린 모습에 여자는 소리 없이 한숨을 삼킨다. 전혀 휘어질 줄 모르는, 너무도 올곧고 직정적인 성정이 그의 삶을 더욱 힘들게 할 것이다.

　하룻밤 머문 바닷가 모텔을 떠나 그들은 다시금 해안도로를 타고 내려간다. 햇살 환한 4월임에도 여자의 마음은 아직 삭풍 몰아치는 겨울이다. 눈부신 만개로 환하게 이어지는 봄꽃 향연은 여지를 더욱 외롭게 한다. 그이 실직에 임해 앞으로 과연 무엇을 하며 살아갈 것인가. 모랫벌 같은 황량함이 몰려온다. 학원 강사, 학습지 교사, 우유 배달……몇 년 간의 교사 경력이 있는 자신에게 가장 적합한 일은 무엇일까를 궁리하는 여자의 얼굴이 화톳불에 데인 듯 확 달아오른다. 뜨겁고도 불쾌한 열감과 함께 이내 목덜미가 땀으로 적셔간다. 수치감 때문도, 슬픔 때문만도 아니다. 시도 때도 없이 찾아오는 무례한 불청객일 뿐이다. 처음 그러한 증상이 나타났을 때 여자는 그의 실직으로 인한 일시적 충격 때문이려니 여겼었다. 그러나 그건 아니었다.

완경기 증상이지요. 홍조紅潮가 시작되었습니다. 운동 많이 하시고 즐거운 마음으로 지내셔야 합니다. 의사는 지극히 건조한 태도로 그렇듯 무책임한 말을 늘어놓았다. 누군들 즐겁게 지내고 싶지 않겠는가. 여자는 어이가 없어 실소했다. 그나마 폐경이라는 잔인한 표현 대신 완경이라는 우회적 용어를 사용해준 것만도 감사할 일이었다. 긴 하루의 저물녘 붉게 물들어 가는 노을이듯……풍성한 수확기 빛 고운 단풍이듯 그렇게 찬연한 빛깔로 스러짐을 채색하는……소멸을 향해 그렇듯 혼신의 힘을 불태우는……그러한 때가 온 것일 뿐이라고 여자는 스스로를 위안했다. 다만 기습적 호우처럼, 예고 없이 찾아오는 농무처럼 온몸 구석구석, 일상을 파고드는 근원 모를 무력과 우울의 정체만은 견디기 힘들 뿐.


하동으로 가요. 꽃비를 보고 싶어요.
달리는 차 안에서 여자는 한숨이듯 낮고 가는 음성으로 웅얼거린다. 그는 말이 없으나 차는 어언 영덕을 지나 영일만을 향해 달려간다. 가는 도중 그들은 때때로 달리는 일을 멈추고는 식사를 하거나 차를 마신다. 그러나 둘 사이엔 줄곧 말이 없다. 극히 짧고 건조한 대화만 오갈 뿐 꼭 싸운 사람들처럼 말이 없다. 그럴 때마다 정말 함께 있는 사람을 숨막히게 하는 남자라고 여자는 홀로 진저리를 친다. 이윽고 여자 쪽에서 더는 참을 수 없어 일거에 분위기를 쇄신하지 않는 한 그는 일체의 말을 삼가는 유형이다. 결코 스스로가 말을 하려는 노력을 하지 않는다. 아니 그럴 재주를 타고나지 않은 사람 같다. 그래서 여자 쪽이 침묵할 때면 필경 그들 사이는 돌처럼 가라앉은 분위기가 되고 만다. 모든 것이 우울할 뿐인 상황에선 더욱 그러하다.

그러나 돌처럼 가라앉은 분위기는 마냥 지속되질 않는다. 핸들을 잡은 그가 곧 발작적으로 화를 내는 때문이다. 쌔에끼들, 죽을라구……그의 입에선 차마 듣기 민망한 욕설이 터져나온다. 교통 질서를 파괴하는 무리를 그는 결코 용납하지 못한다. 끼어들기, 새치기, 앞지르기……서울을 떠나 길을 달리는 동안 내내 들어온 욕설이라 그닥 놀랄 것은 없으나 그래도 여자는 여전히 기분이 상한다. 핸들만 잡으면 이상하리만큼 과민해지는 그를 이해할 수 없다. 더구나 큰 상심 안고 길 떠난 마당에 왜 그리 작은 일에 담대하지 못한지……그를 이해할 수가 없다. 작은 일에 목숨 거는 남자. 그는 그러한 경향이 지나치다. 소위 모범생 기질을 천성으로 타고 난 듯 아주 작은 법칙도 그는 그저 스쳐가는 법이 없다. 만약 그가 검사였다면 감옥은 아마 그가 잡아넣은 죄인들로 넘쳐났을 것이다.

우린 쉬러 왔어요. 그냥 지나칠 일은 좀 지나치고 맘을 편히 해요. 무슨 소리야. 저런 놈들 땜에 나라 꼴이 이 모양인데……저런 새끼들……그냥 두면 절대 안 돼. 클랙슨을 빵빵 눌러대고 전조등을 번쩍이며 그는 끝내 앞지르기를 자행하는 차에게 틈을 주지 않는다. 심지어는 요리조리 끼어들며 따라붙는 얌체족 뒤차를 응징하려 부러 속도를 늦추는 바람에 휑하니 벌어진 앞차와의 사이에 잽싸게 다른 차가 끼어드는 해프닝을 벌이기도 한다. 쌍계사가 가까워 오자 서서히 정체의 조짐이 보인다. 꼬리에 꼬리를 문 차량의 행렬이 몇 킬로나 이어지며 꿈쩍도 않고 멈춰 서 있다. 그의 얼굴이 피로와 짜증으로 뒤덮인다. 목적지에 닿기도 전에 모든 것이 엉망이다. 벚꽃이고 뭐고 여자는 완전히 지쳐만 간다. 온통 후회의 마음뿐이다.

시조모의 제사를 끝낸 후 곧바로 떠나오느라 공교롭게도 연휴가 겹친 황금 주말에 이곳에 닿은 것이 낭패였다. 그러나 이제 그들의 일상은 연휴와는 전혀 상관이 없다. 느긋하게 쉬어가면 되는 것이다. 놀랍게도 그러한 사실을 깨닫는 데 꽤 시간이 걸렸다. 궁리 끝에 그들은 길을 빠져 나와 섬진강변 기슭에 짐을 풀었다.


딩……딩……

강을 사이에 둔 건넛마을 산등성이 암자로부터 종소리가 들려온다. 한밤중 고요를 뚫고 은은히 들려오는 아련한 음향이 여자의 가슴을 에인다. 끊일 듯 끊일 듯 아스라히 이어지는 소리에 온 마음을 실어 귀를 기울이며 여자는 모텔 창가에 서서 그의 잠든 모습을 내려다 본다. 이편……저편……강을 사이에 두고 영남과 호남, 두 지역이 갈라진다. 그러나 강 건너 저편에서 울려 오는 종소리에 경계란 없다. 이쪽, 저쪽, 두 마을을 사이에 두고 유유히 흐르는 강도 그러하다. 차별이니 역차별이니 모든 것이 부질없을 뿐이다. 이제 훌쩍 자유로워진 그에게는 모든 것 다 건너 뛴 강과 같은 화해로움, 종소리 같은 평화만이 가득하기를 바랄 뿐이다. 간절히 소원하는 여자의 눈에 눈물이 어린다. 어제 이곳에 들 때도 한 차례의 소요가 있었다.

소도시 조그만 모텔 프런트에선 숙박비의 카드 결제를 거부했다. 때문에 그것을 불법, 탈세의 혐의라며 부당히 여긴 그와 모텔측간에 한바탕 실랑이가 오갔었다. 당장 모텔을 옮기려 하는 그를 가까스로 말려 현금 결제 확인 영수증을 받아냄으로써 일은 일단락 되었으나 여자의 기분은 무참하였다. 화火는 연쇄적인 화火를 부를 뿐이다. 실직 이후 그는 평상심을 잃었다. 하동에서의 밤도 이미 그들 사이 해빙 무드는 가능하지 않음을 깨닫는다. 상처 입은 새처럼 웅크리고 잠든 그의 몸에 이불자락을 덮어주며 여자는 밤새 몸을 뒤척였다. 잠에서 깨어나면 여자는 창가로 다가가 희뿌연 달빛을 안고 평화로이 흐르는 밤의 강을 오래오래 바라보았다.

이른 아침 그들은 강가의 벚꽃길을 산책한다. 막히고 밀리고 아우성치던 간밤의 소요는 간 곳 없이 아름드리 벚꽃 우거진 강변의 정취는 그림 같다. 도원이 따로 없을 듯 뭉게뭉게 피어오른 꽃무더기가 취한 듯 몽롱한 현기증을 불러일으킨다. 담홍빛 여린 꽃 이파리가 물결치듯 하르르 하르르 그들의 어깨 위로 떨어져 내린다. 강둑으로 하염없이 내리는 꽃비를 맞으며 여자는 생각한다. 그간의 안온했던 삶은 마치 꽃그늘 속을 걷듯 아늑한 나날이었다. 그러나 이제 꽃비 내리고 파릇한 새 잎 돋아나면 나무는 좀 더 자라고 무성해지겠지. 그러면 자신의 삶도 한 단계 보다 성숙해져만 하리라. 이어지는 벚꽃길은 끝이 없다. 그렇게 이어져 쌍계사까지 닿을 것이다.

앞장 서 허정허정 걸어가는 그의 뒷모습이 우거진 꽃길에 가려 아른아른 숨바꼭질을 한다. 숱이 빠져 정수리께가 동그랗게 파이기 시작한 그의 뒷모습이 흐드러진 꽃가지에 묻혀 여자의 마음을 어지럽힌다. 말없이 걷던 그가 주춤 걸음을 멈추며 상의 주머니에서 뭔가를 꺼내 들여다 본다. 하얀 플라스틱 막대가 달린 모텔 키다. 아……이거……어제 그 모텔 킨데……큰일이군……적이 낭패스런 얼굴로 그가 끌탕을 한다. 이따위……뭐가 큰일예요. 마스터 키 있을 테죠. 그냥 버려요. 빠르게 그에게로 다가가며 여자는 그의 손에서 키를 빼앗아 길 옆 휴지통에 던져 버린다.

이 여자, 정말! 아니 이걸 왜 버리나. 와락 성을 내며 그는 급히 휴지통을 뒤져 모텔 키를 찾아낸다. 집에 가면 소포로 보내야지……소중한 것을 다루듯 키를 다시 주머니에 집어넣으며 그가 말한다. 할 일없이 그걸 소포로 부쳐요? 돌았어요. 왜 택배로 보내지 그래요. 그딴 게 지금 뭐가 중요하단 거죠? 여자는 부르르 몸을 떨며 소릴 지른다. 정말이지 대책 없는 남자다. 단지 키 하나 없다고 모텔이 당장 망하기라도 할 듯 꽉 막힌 태도하며……여자의 얼굴이 불길에 닿은 듯 확 달아오른다. 온몸에 땀이 흐르며 쓰러질 듯 휘청인다. 화끈, 홍조가 피어난다. 여자를 쏘아보는 그의 눈에도 집어삼킬 듯 불길이 인다. 이 게 무언가. 이토록 화사한 꽃길에서 이렇듯 어이없는 상황을 벌이다니……화火와 슬픔이 합쳐져 여자는 한 발짝도 떼어놓을 수가 없다. 흐드러진 벚꽃 속으로 흔적 없이 사라지고만 싶다. 여자는 겨우 입을 떼어 말한다.

당……신, 옳……게 살아오긴 했어도 언제나……옳진 않았어요. 더 이상……당신을 견뎌내기 힘들어요. 우리 좀……떨어져…….

그의 얼굴이 꽃잎처럼 붉게 물든다. 와르르, 여린 꽃잎들이 그의 어깨 위로 떨어져내린다.

깊은 숨을 몰아쉬며 그가 싸늘히 단언한다.

당신은 원래……그래. 마음대로 해. 하고 싶은 대로……

차거운 그의 음성에 여자는 심장이 곧 멈춰버릴 듯 숨이 막혀온다. 너절한 모든 것으로부터 벗어나 시리도록 만개한 꽃더미 속으로 흔적도 없이 깜빡 파묻히고 싶을 뿐이다.


그들은 시체처럼 굳은 얼굴로 모텔로 돌아와 각자의 짐을 싼다. 여자의 손길에 바르르 떨림이 온다. 정말 대책 없는 사람은 바로 자신인지도 모른다. 그러나 여자는 오랜 시간 억눌려 온 진실의 편린을 드러내었을 뿐이다. 이젠 어쩔 수가 없다. 여자는 되도록 천천히 짐을 싸며 그로부터의 자립을 궁리한다. 그간 물색해온 여러 일 중 그래도 자신에게 가장 적합한 일은 '택배' 일이 아닐까, 여자는 판단을 내린다. '승용차 소유의 건강하신 분' 꽤 이름이 알려진 J 택배사의 주부 사원 채용 조건은 단지 그 뿐이었으므로 그리 힘들 것도 없다고 생각한다. 택배. 목마르게 무언가를 기다리는 사람들에게 한 아름의 충족감과 기쁨까지 함께 날라주는 일이란 꽤 해 볼 만한 일이라고 단정한다. 슬픔도 힘이 됨은 확실하다. 여자는 이제 어느 것도 두렵지가 않다.

내가 열차편으로 움직이겠어. 당신이 차를 가져 가.

승용차 트렁크에서 큼직한 배낭과 모자, 등산화를 꺼내들며 자르듯 단호함으로 그가 말한다. 서울을 떠나올 때부터 이미 그는 어디론가 떠날 준비를 해온 것만 같다. 배낭에 차곡차곡 필요한 물건을 주어 담는 그의 손길엔 전혀 허둥댐이 없다. 너무도 능숙하고 유연하여 놀랍기만 하다. 클리노 컴퍼스, 플래이트, 필드용 햄머, 군용 물통과 카메라, 두툼한 지도……그는 아마 강원도를 향해 떠날 것이다. 단양, 영월, 평창, 정선, 문경…… 그는 분명히 강원과 영남에 걸친 남한의 대석회암판을 찾아 떠날 것이다. 아무 곳에도 얽매이지 않은 절대 순수의 몰입과 열정으로 남한 일대, 후일 통일이 되면 북한까지 이 땅의 전역에 걸친 대석회암 분포의 정밀도를 완성하는 것이 그의 꿈이었다. 지질학도의 꿈. 여자는 그것이 대저 무슨 의미가 있느냐 물었었다. 언젠가, 누군가는 꼭 해야 할 일이거든. 그는 그렇게 답했었다.

한 길 사람 속은 깜깜 어둔 눈으로, 한사코 열 길 땅 속 일만 캐려드는 딱하고 답답한 지올로지스트. 그는 어느새 필드 복장으로 바뀌어 있다. 너무도 낡은 그의 등산용 조끼와 등산화가 마음에 걸려 여자는 눈이 시려온다. 그러나 여자는 야멸찬 얼굴로 차에 올라 시동을 건다. 어디로 갈 것인가, 향하는 곳이 어디인가, 그들은 끝내 서로의 목적지를 묻지 않는다.

부웅……그러나 여자의 차가 좁은 모텔의 주차장을 여하히 잘 빠져나갈 때까지 그는 끝까지 지켜서서 차의 움직임을 바라본다. 허름한 등산복 차림에 큼직한 배낭, 모자를 푹 눌러쓴 모습을 백미러로 흘낏 흘겨보며 여자는 서서히 차를 뺀다. 희미하게 웃으며 그를 향해 손을 들어 보인다. 마지 못한 듯 그도 여자를 향해 손을 들어 응답한다. 그러나 그가 웃고 있는지 어쩐지는 알 수가 없다. 순간 어이없게도 여자의 눈에서 후르륵 눈물이 흘러내린다. 이런……당황한 여자는 가까스로 핸들을 돌리며 모텔을 빠져나온다. 어디로 갈 것인가. 어디로 향하나……목적지가 전혀 잡혀 오질 않는다. 먼 길을 홀로 달리기는 처음이다. 평소의 그라면 상상도 못할 일이다. 늘 기우 가득한 그는 여자 혼자 먼 길 달리길 결코 허락하지 않았다. 이젠 홀로 가야만 한

다. 여자는 꼿꼿이 허리를 세우고는 온 마음을 모아 핸들을 움켜잡는
다. 도정의 온갖 위험을 무릅쓰고 내내 달려야만 할 것이다.

　사람의 마음을 헤아리고 가늠하는 일은 아무래도 내 전공이 아냐.
내겐 사람 속이 열 길이고 땅 속이 한 길이야. 모두 내 맘 같질 않아.
　사람으로 인해 상심할 때면 그는 그렇게 뇌이곤 했다. 그는 정말 대
석회암 지대를 찾아 떠나는 것일까. 오랜 세월 갖은 우여곡절의 에피
소드를 거친 끝에 마침내 빛나는 대리석이 되어 돌이 이를 수 있는 최
고의 경지에 이른다는 석회암. 그렇다면 사람이 이를 수 있는 최고의
경지는 어디인 것일까. 어려운 암호를 풀 듯 그는 그 답을 찾아 떠나
는 것일까. 모두 내 맘 같질 않아……힘없이 뇌이던 모습 그대로 그
는 하나의 작은 점이 되어 여자의 시야에서 사라져 간다. 여자의 눈에
화르륵 눈물이 고인다. 시야가 뿌옇게 흐려진다. 울음을 삼키려 여자
는 눈시울에 팽팽히 힘을 주며 입술을 앙다문다. 일단 달리며 생각하
자. 짐짓 입가에 미소까지 띠며 여자는 눈을 깜빡인다. 그러나 쉴새없
이 흐르는 여자의 눈물은 쉬이 그칠 것 같지가 않다. 아마도 목적지에
닿을 때까지 계속될 것이다. 여자는 자신이 왜 울고 있는지를 알 수
없었다.

# 노을 진 카페에는 그가 산다

　만난 지 너무 오래되어 선희 언니의 모습이 확연히 떠오르질 않는다. 대학 졸업 후 공교롭게도 교사 초임 발령을 일산으로 받아 경의선을 타고 출퇴근을 하며 줄곧 언니를 생각하긴 했으나, 그로부터 하 세월이 흘러 이렇게 면회를 오기까지엔 아무래도 우연히 시우를 다시 만난 것이 결정적인 계기였을 것이다. 한동안의 망설임 끝에 시우를 따라 병원을 찾긴 했으나 언니를 곧 만날 수 있다는 사실이 가슴이 바짝 오그라들 만큼 두렵고 긴장감이 몰려온다.

　내 기억에 각인된 언니의 이미지는 단정한 단발머리에 감색 교복 차림을 한 지방 소읍의 답답하리만큼 참하고 얌전한 여학생의 모습이었다. 늘 말이 없고 조용하고 정적이던 모습. 그림자처럼 함께 다니던 수희 언니도 말 없고 조용하긴 똑같았으나 쌍둥이 같은 그 두 자매 사이에 차이가 있다면 동생인 수희 언니가 언니인 선희 언니에 비해 좀 더 밝고 여자답고 귀염성스런 얼굴을 하고 있었다는 점이 달랐다. 그에 비함 선희 언니의 모습은 어른스럽고 성숙한, 그러니까 귀염성스러움은 없으나 매우 차분하고 조신하여 다소는 좀 가라앉은 듯한 무거운 느낌임을 어쩔 수가 없었다.

경의선 종착역 부근 금촌이 집인 두 언니는 여고 때부터 방학이면 으레 이모네인 우리집엘 놀러 와 며칠씩 묵어 가곤 했다. 우리집이 서울역에서 가까운 광화문 근처였기에 경의선을 타고 오가며 자연스레 발길이 닿은 까닭도 있었을 것이다. 늘 쌍둥이처럼 함께 붙어 다니는 두 언니는 지겹도록 말이 없는 것이 특징이었다. 우리집 넓은 대청마루에 앉아 당시엔 귀했던 국산 오디오에 LP 판을 걸어놓곤 주로 음악 교과서에 나오는 외국 가곡이나 감미로운 실내악 등을 들으며 정물처럼 고요히 수를 놓거나 뜨개질을 하는 것이 고작이었다.

예컨대 두 언니는 우리집 자매의 기질과는 너무도 달라 늘 좀 낯설고 이질적인 느낌이 드는 존재였다. 얌전하고 조용한 금촌 언니들에 비해 친자매인 성연 언니와 내 쪽은 항상 좀 시끌벅적하고 동적인 편이었다. 엄마는 친정 조카인 금촌 언니들을 무척 예뻐했고 그들을 좀 닮으라고 성화였으나 우리 자매에겐 그 말이 전혀 먹혀들 리 없었다. 성연 언니는 당시 한창 인기있던 다이내믹한 흑인 가수 '처비 체거 Chubby Checker'의 '트위스트' '림보 락' 등의 리듬에 맞춰 신명나게 춤 추길 좋아했고 때론 아버지의 넥타이를 길게 이어 마루 기둥 이쪽 저쪽에 매어놓고는 그 60센티 높이의 끈 밑으로 허리를 꺾어 아슬아슬 몸을 통과하는 림보 춤의 시범을 보이고는 하였다.

　여자답게 차분히 피아노 연습이나 하라며 아버지가 딸들을 위해 들여놓은 일제 중고 야마하 피아노엔 먼지만 쌓이고, 어쩌다 한 번씩 명곡의 한 소절씩을 딩동거릴 뿐 언니와 난 피아노 따위엔 그닥 관심을 보이지 않아 부모님의 속을 태웠다. 반면 피아노에 대한 금촌 언니들의 관심은 거의 선망적이라 할만 했다. 피아노를 바라보는 언니들의 눈빛은 먼 별빛처럼 애연히 빛났고 깊은 한숨을 내쉬며 신비한 그 무엇을 대하듯 경직된 포즈로 피아노 앞에 앉아 서툴기 짝이 없는 솜씨로 겨우 동요 따위를 칠 뿐이었으나 피아노를 대하는 언니들의 태도는 거의 신앙적이라 할만 했다.

　성연이, 혜연이 니넨 좋겠다아. 피아노에, 음반에, 좋은 환경에, 이 많은 책들······부족한 게 뭐 있니······소리 없는 한숨을 삼키며 두 언니는 우릴 향해 그렇게 말하곤 했는데 정작 성연 언니와 난 그 말의 의미조차 제대로 깨닫질 못하는 형편이었다. 일하는 언니가 구워다 준 오징어를 야금거리며 반지르르 윤기나는 대청마루에 누워 '슈 톰슨'의 '새드 무비' 같은 팝송이나 흥얼거리는 철없는 여중생일 뿐이었다.

　어느 여름, 아마도 방학 중이었을 것이다. 언니들을 따라 처음으로 금촌 이모 집엘 놀러 갔다. 서울역에서 한 시간 간격으로 있는 경의선 열차를 타고 문산까지 근 한 시간을 달려 이윽고 녹슨 철로 끝 '철마는 달리고 싶다'는 문구가 저릿한 전율을 불러 일으키는 종착역에서 하차했다. 정갈한 손수건으로 콧등에 연신 땀을 닦아내며 골목을 휘도는 언니들을 따라 한참을 걷고 또 걸은 후 비로소 삐그덕거리는 녹색 철대문을 밀고 안으로 들어섰다.

　시멘트로 메운 작은 마당 한가운데에 펌프가 놓여 있는 디귿자형의 누추한 기와집이었다. 야꼬오, 혜연이 왔나아. 마른 수세미처럼 쪼글쪼글 잔주름 가득한 이모가 반색을 하며 마당으로 들어서는 나를 반겼다. 대구가 고향인 이모는 결혼 후 줄곧 타지에서 살았으나 그 강한 사투리 억양만은 여전하였다. 대구 미인이란 말이 있듯 젊은 날의 이모는 참으로 청초하고 아리따운 모습이었다. 꽤나 미인들인 엄마의 다섯 자매 중에서도 제일 예뻐 처녀 땐 이웃 삼동네까지 소문이 자자하리만큼 빼어난 미모였다. 한데 그 모습은 간 곳 없이 이모는 너무도 초췌하고 찌든 모습으로 변해있었다. 이모부의 기이한 성격으로인해 오랜 세월 과도히 마음고생을 한 결과였다.

　이모부는 많은 면에서 너무도 특이한 사람이었다. 그의 가장 이상한 점은 도가 지나친 의처증 증세였다. 이모와 함께 길을 걷다 우연히 이모와 눈이 마주치는 모든 남자들을 대상으로 이모를 의심하고 질투

하고 폭행하며 괴롭히는 기이한 습벽이 있었다. 그러나 정작 자신은 여성 편력이 극히 심해 주로 딸 같은 나이의 젊은 여자들만 가까이 하고 때론 방까지 얻어 살림을 차리는 일이 허다했다. 언니들을 따라 이모 집을 방문했던 그 여름엔 이모 집 바로 담 너머 붉은 기와집에 이모부의 젊은 정인이 세들어 살고 있었다. 저녁상을 차리며 이모는 한숨을 내쉬며 말했다. "망할 놈의 화상, 밥은 와 꼭 여어 와서 묵고 가야 되는 공. 고마 거어서 처묵고 자빠질 일이제……" 그 말이 떨어지기 무섭게 험악한 낯빛을 한 이모부가 벌컥 대문을 밀고 안으로 들어섰다. 순간 이모 집은 무거운 침묵에 갇힌 듯 어둡게 가라앉았다. 질서 정연한 군대처럼 온 식구가 마당에 도열하여 굳은 얼굴로 이모부를 맞았다. 완전히 파쇼적 행태였다. 조금만 수틀리고 맘에 안들면 대번에 고성과 주먹이 날아오는 이모부의 난폭함은 익히 들은 바 있어 내 맘은 바싹 졸아 들었다.

"서울 동생, 숙희 딸이 놀러 왔심더. 둘째 혜연이라예." 잔뜩 기어드는 음성으로 이모가 나를 이모부에게 소개했다. "흐음!……" 이모 곁에 붙어선 나를 힐끗 바라보며 이모부는 단지 그렇게 반응했을 뿐이었다. 그러나 일별하는 그의 눈빛엔 무언가 번뜩이는 광기가 배어났다. 딱히 꼬집어 말할 순 없으나 뭔가 좀 불온한 기운이 서린 듯한 섬뜩한 느낌. 철들어 본 이모부의 모습은 그것이 처음이었다.

이모부의 특성 중 가장 기이한 점은 자신의 두 딸을 향한 이해할 수 없는 집착과 통제였다. 연년생으로 분명히 일 년의 나이 차가 나는 자매간이었으나 마치 쌍둥이처럼, 아니 동일인처럼 획일화시켜 같은 틀 안에 가두곤 늘 그림자처럼 붙어다니게 하였다. 초등학교 입학 때부터 대학을 졸업할 때까지 늘 같은 반, 같은 선생님, 같은 친구, 부딪치는 모든 것이 다 같은 자매들의 모습은 참 신기하고도 야릇해 보였다. 화장실을 갈 때도, 구멍가게를 갈 때도 친구 집을 갈 때도……심지어는 대학에 들어가 남학생과 미팅을 할 때도 그들은 늘 함께였다. 이모부의 그런 편집증적 증세에 가장 견디기 힘들어 하는 사람은 선희 언니였으나 속수무책, 감히 아무런 반발조차 하질 못했다.

이모부의 령에 따라 마침내 서울의 어느 전문대 가정과에 입학한 언니들은 기차 통학을 하면서부터 더욱 우리집엘 자주 드나들었다. 한 시간 간격으로 있는 기차를 놓칠 때라든가 미팅 등 회합이 있어 중간에 시간이 남을 때면 꼭 둘이 함께 놀러와, 소리 없이 아프리케 수를 놓거나 음악을 듣거나 책을 읽거나 하며 조용히 시간을 보내곤 했다. 그토록 얌전한 언니들에게도 제법 나름대로 여대생 티가 조금씩 배어나던 초여름 무렵, 세상이 눈 앞에서 당장 폭발하고 만다 해도 눈썹 하나 까딱 않을 언니들에게도 서서히 변화의 조짐이 보이기 시작한 것은 놀라운 일이 아닐 수 없었다.

여고생이 된 첫 학기, 어느 날 중간고사 기간이라 일찍 귀가하니 집에 두 언니들이 와 있었다. 그런데 예의 수줍은 듯 따스한 웃음으로 맞아주는 언니들의 표정이 그날은 좀 이상했다. 어느 때완 달리 웃음기 없는 핼쑥한 얼굴로 초조한 듯 책장을 넘기며 건성 음악에 귀를 기울이고 있는 모습들이 평소완 사뭇 달라 보였다. 이따끔 눈이 마주치면 살짝 웃어 주는 수희 언니는 그래도 괜찮았으나 가뜩이나 과묵한 선희 언니는 무언가로 잔뜩 골이 난 사람처럼 굳어만 보였다. 언니들에게 인사한 후 방으로 들어가 옷을 갈아입고 나오는데 거실 탁자 위 전화기에서 요란스런 벨 소리가 들려왔다. 죽은 듯 잠잠하던 언니들이 화들짝 깨어난 얼굴로 전화기를 노려보았다. "네에, 행촌동입니다." 언니들은 잔뜩 긴장한 얼굴로 전화받는 내 입술을 뚫어져라 응시했다. 전화선 저쪽에선 뜻밖에도 낯선 남자의 음성이 들려왔다. 더없이 맑고 싱그러운 젊은 남자의 음성이었다.

"행촌동이죠? 거기 이수희 씨……계십니까?" "아, 네에. 잠깐만 기다리세요. 근데……누구시라고 전할까요?" "태시우라고 전해주세요." "태시우 씨요? 그냥 태시우 씨라고 전하면 되나요?" 치솟는 호기심에 짐짓 시간을 끌며 난 두 언니들의 반응을 지켜보았다. 극도의 긴장으로 굳은 듯 미동도 없이, 그러나 내심은 집요한 관심으로 불을 뿜듯 타오르는 네 개의 눈동자가 내 쪽을 향하고 있었다. 아, 그러나 내 입술 사이로 흘러 나온 이름은 결코 두 언니의 이름일 순 없었다.

"저어, 수희 언니, 누가 찾는대요." 되도록 무연한 태도를 보이려 애쓰며 난 전화기를 들어 수희 언니에게 건네 주었다. 화들짝 몸을 일으킨 수희 언니는 수줍은 듯 발그레 피어오르는 미소로 내게서 전화기를 건네받았다. 순간 보기에도 참혹하리만큼 선희 언니의 얼굴이 어두워졌다. "네에, 언니랑 아직 이모 집에 있어요. 서울역에서 가까운 곳예요." 전화를 받는 수희 언니의 음성이 솜사탕처럼 부풀어 올랐다. 선희 언니는 손수건을 돌돌 말아 쥐며 힘없이 욕실 쪽으로 사라졌다.

그날의 전화 사건. 그것이 곧 그들 불행의 시작을 알리는 전초였을까. 실과 바늘처럼 매사에 늘 공존해 온 자매였으나 사랑에 있어서만은 끝내 그것이 가능하질 않음이 비극이었다. 금촌에서 서울로, 서울에서 금촌으로, 매일 함께 기차 통학을 하는 언니들이 어느 날 동시에 한 남자를 만났다는 것. 그리고 동시에 또한 그 남자를 사랑할 수밖에 없게된 것. 그건 어쩜 두 자매에겐 필연이랄 수밖에 없었다.

귀가할 때면 함께 기차를 타고 가다 내리는 곳이 같은 남자. 서울을 가려면 으레 역 대합실이나 플랫폼에서 눈이 마주치곤 하는, 서울 모대학의 경영학도. 야구를 좋아하고 클래식 기타를 수준급으로 치며 남자답고 세련된 외모를 지닌, 능히 언니들의 마음을 사로잡고도 남을 남자, 태시우는 그런 남자였다. 그러나 시우는 오직 수희 언니만을 사랑하였다. 처음엔 기차 통학생으로 자연스레 셋이 어울렸으나 점차 그는 수희 언니에게만 빠져든 것이다. 그에게서 집으로 전화가 온 초여름 이후 수희 언니는 눈에 띄게 예뻐져만 갔고 그에 반해 선희 언니의 모습은 점차 더 야위고 초췌하게만 변해갔다.

소위 핸드폰은커녕 집집마다 전화 있는 집도 뜸한 때라 사랑하는 사람들 사이의 의사 소통이 지난한 기다림의 연속일 수밖엔 없던 시절이었다. 때문에 언젠가 수희 언니가 독감으로 앓아 누워 며칠인가 학교를 빠졌을 때 난 거의 매일 시우, 그의 음성을 들어야만 했다. 전화가 있는 우리집이 그들 소통의 유일한 통로였기 때문이었다. "저어, 태시우란 사람인데요, 수희 씨와 통화 가능한가요." 오월의 물오른 나무 이파리처럼 푸르름이 뚝뚝 묻어나는 음성으로 그는 그렇게 수희 언니를 찾곤 했다. "아, 잠깐, 잠깐만 기다리세요." 때때로 난 부러 수희 언니 대신 홀로 집에 들른 쓸쓸한 모습의 선희 언니를 바꿔주는 깜찍한 장난을 부리기도 했다.

"언니이, 전화 좀 받아 봐요." 그럴 때 내게서 전화를 건네 받는 언니의 얼굴은 거짓말처럼 환한 낯빛으로 바뀌곤 했다. 그러나 시우가 애타게 찾는 사람이 자신이 아님을 깨닫곤 곧 본래의 어두운 모습으로 다시 돌아가고 마는 언니를 지켜보는 일은 너무도 괴로운 일이었다. 언니가 서서히 변하기 시작한 때도 그 즈음이었다. 학교도 가지 않는 일요일, 무작정 금촌 집을 뛰쳐나와 기차를 타고 서울역에 내려 산발한 모습으로 우리집엘 오는가 하면 어딘가 외진 곳에서 전화를 걸어 차비가 없다며 자신을 데리러 오라고 간청하는 일이 늘어만 갔다.

간신히 집에 데려와 성연 언니와 내 방에서 셋이 함께 자는 밤이면 긴 머리를 풀어 헤치곤 밤새 잠도 없이 머리맡에 앉아 희죽희죽 웃기만 했다. 언니이……안 자아? 그만 불 끄고 자자. 두려움과 짜증을 숨기며 짐짓 언니를 달래보곤 하나 끄떡도 않고 꼬박 앉아서 날밤을 새기 일쑤였다. 언니는 그때 이미 마음의 병이 단단히 깊어가고 있었으나 아무도 그 병적 징후의 심각성을 깨닫지 못했다. 다만 무언가 정신적 충격으로 인한 일시적 현상이려니 그렇게 여겼을 뿐이었다.

금촌을 탈출하여 서울에서 선희 언니가 가는 곳은 사실 너무도 빤하였다. 종로 2가의 음악 감상실인 '디쉐네', 당시 주로 야간 경기가 열리곤 하던 동대문 야구장, 그리고 서울역 대합실. 그런 정도가 전부였다. 언니의 발병이 본격화된 그 여름 저녁, 우리 가족은 마당가 평상에 둘러앉아 달고 시원한 수박을 먹고 있었다. 마당가에 우거진 온갖 꽃들에선 말할 수 없는 향취가 풍겨왔고 온 식구가 다 함께 모인 모처럼만의 단란한 시간이었다. 하필 그때 안채 마루에서 요란한 전화벨 소리가 들려왔다. 가슴이 철렁 내려앉았다. 엄마가 안채로 들어가 전화를 받았다. 왠지 선희 언니의 전화일 듯한 느낌이었다. 그런 내 예감은 적중했고 잠시 후 난 염려에 찬 엄마에게 등을 떼밀려 수박한 쪽을 먹다 말고 반바지에 슬리퍼 차림을 한 채 동네 언덕을 달려내려가 선희 언니를 보호하고 있는 시우를 만나야만 했다.

그날따라 언니는 더욱 더 지치고 슬퍼 보이고 정신을 완전히 놓아버린 모습이었다. 제과점에서 언니를 나에게 인계하는 시우의 모습도 충격과 긴장으로 무척이나 지쳐보였다. "어찌된 일이에요?" 제과점의자에 털썩 몸을 앉으며 숨찬 음성으로 내가 물었다. "오후에 우연히 음악 감상실에서 만났는데 죽어도 금촌 집엔 안 간다는 거예요. 굳이 행촌동 이모 집엘 간다는데 선희 씨 행동이 이상하고……아무래도 불안해서 따라왔어요." 상황을 설명하는 시우의 모습을 홀린 듯 바라보는 언니의 눈에 야릇한 광채가 번뜩였다. 헬쑥한 뺨엔 땀과 먼지가 뒤엉켜 있었으나 언니는 잠시도 시우에게서 눈을 떼지 않았다.

"수희 언니는 어딨어요?" 어이없고 당혹스러워 내가 물었다. 선희 언니가 갑자기 목소릴 높이며 소릴 내질렀다. "그 여시 같은 년 말도 꺼내지 마. 나아쁜 년, 나쁜 년이야!" 너무도 놀라고 민망하여 아연실색할 지경이었다. "요즘 통 연락이 안 돼요." 얼핏 그늘이 스치는 얼굴로 시우가 대답했다. 말없이 시우를 바라보았다. 언니들이 동시에 사랑한 남자가 누구일까 몹시 궁금했는데 그는 과연 두 언니가 반할 만한 남자라는 생각이 들었다. 단아한 외모에 명석하고 올곧고 착한 심성하며, 적어도 기본이 되어있는 듯한 반듯한 느낌의 남자였다. 내 시선을 받자 곤혹스런 빛을 풀며 시우가 말했다. "혜연, 혜연이……맞죠? 언니들로부터 얘기 많이 들었어요. 귀엽고 총명하다고……반가워요." 그는 정말 귀엽다는 듯 눈을 까맣게 빛내며 나를 향해 웃어 보였다. 지극히 매혹적인 미소였다. 선희 언니는 거의 기절할 듯 그의 옆 모습을 바라보며 정신을 놓고 있었다.

테시우스!……그를 바라보며 불현듯 난 그리스의 영웅, 아름답고 용감하고 남자다운 아테나이의 왕자, 테시우스를 떠올렸다. 비단 유사한 발음의 이름 때문만은 아니었다. 뭐라 말할 수 없는 야릇한 예감 같은 것. 운명적 사랑, 자매를 둘러싼 사랑의 비극 같은 것. 그런 느낌 때문이었다. 테시우스에게 반해 미로를 잘 빠져 나오도록 아마亞麻 실타래를 건네준 미노아 공주 아리아드네에 비해 선희 언니는 테시우스를 구하기도 전 자신이 먼저 캄캄한 미로 속으로 첨벙 빠져들어 길을 잃고 헤매고 있었다.

가엾은 언니. 얼빠진 모습으로 일거수일투족 시우만을 바라보고 있는 선희 언니를 부축하여 제과점을 나섰다. 후끈한 한여름의 열기가 우리의 앞을 가로 막았다. "아이스케키, 달고 시원한 아이스케키! 커다란 나무통을 둘러맨 고만고만한 소년들이 서로 자신의 얼음과자를 사라고 외치며 거리를 뛰어다녔다. "혜연 양 아이스케키 좋아해요?" 헤어지는 순간 무언가 미진한 듯 걸음을 멈추며 시우가 내 앞을 가로 막았다.

"아뇨, 아이스케킨 됐어요. 대신 잠깐 제 얘기 좀 들어 주실래요." 그의 눈을 똑바로 바라보며 언니를 저만치 따돌리고 당돌히 내가 물었다. "선희 언닌 지금 심하게 아픈 상태예요. 아시죠. 많이 심해요. 아픈 언닐 더 이상 힘들게 하지 않았음 좋겠어요. 부탁예요. 수희 언닐 좋아하시는 건 알지만 선희 언니의 아픔도 헤아려 주셨으면 해요." 간절한 애소의 마음으로 시우를 향해 그렇게 말했다. 순간 잿빛으로 변한 그의 눈빛이 어지럽게 흔들렸다. "혜연 양 얘기, 무슨 얘긴 줄 알아요. 그러나 사랑이란……사람의 마음이란 그렇게 맘대로 바뀔 수 있는 건 아니예요. 많이 노력은 하겠지만……" 거의 울 듯한 얼굴로 그렇게 말한 후 어깨를 축 늘어뜨린 채 그는 뒤 한 번 돌아보지 않고 멀어져 갔다.

선희 언니는 저만치 서서 나와 시우를 번갈아 바라보며 멍하니 웃고 있었다. "언니, 이제 가요." 앞장 선 선희 언니는 기막히게 또박또박 집으로 가는 길을 잘 찾아갔다. 마음밭의 대부분이 아직은 많이 온전한, 다만 심하게 다친 부분만이 조금 훼손되었을 뿐인 것을. 아……그때 바로 안정과 휴식으로 언니를 쉬게 하였더람! 그때 바로 언니를 어디론가 요양 보내어 명상과 평안으로 마음을 쉬게 했어야 했다. 그러나 불행히도 폭군인 이모부는 그후 언니로 하여금 금촌 집 울타리를 벗어나지 못하도록 강력한 금족령을 내렸고 그로인해 언니의 증세는 더욱 심해졌다. 때론 자다가도 벌떡 일어나 식칼을 들고 수희 언니를 죽인다고 난리를 쳤고, 감시의 소홀함을 틈타 가족들 몰래 집을 빠져나와 정신없이 낯선 곳을 헤매다간 기차에 훌쩍 몸을 싣고 서울로 달려오는 날이 늘어만 갔다. 급기야 선희 언니는 금촌 집 어두운 골방에 감금되었다. 끝내 돌아올 수 없는 미로 속에 완전히 갇히고만 것이다.

그후 수희 언니는 늘 외톨이처럼 혼자가 되었다. 매일 함께 붙어다니던 자매들이라 보기에도 안쓰럽고 처연하였다. 시우에게서도 더 이상은 전화가 오지 않았다. 슬픔에 찬 수희 언니의 모습을 보는 일도 점차 뜸해져만 가던 가을이었다. 수줍은 듯 밝게 웃던 모습은 사라진지 오래, 수희 언니는 너무도 야위고 피폐한 모습으로 변해 갔다. 어느 날 슬픔을 가누지 못해 쓰러질 듯 휘청이는 모습으로 수희 언니가 우리집을 찾아왔다. 참으로 오랜만의 걸음이었다. "혜연아, 나 물 좀 다오." 거실 소파에 풀썩 몸을 누이며 기어드는 소리로 수희 언니가 내게 물 한 그릇을 청하였다.

선희 언니의 발병 원인이 자신과 시우의 사랑 때문이라 여긴 수희 언니는 중죄인인 양 죄책감과 고통에 시달리고 있음이 역력했다. 걸 핏하면 한숨을 내쉬며 격렬히 흐느껴 울었고 아무런 의욕이나 의지조 차 없는 넋 나간 모습을 하고 있었다. "혜연아, 나……부탁이 있다. 내 대신 시우 씰 좀 만나련? 이 편질 좀 전해줘. 이제 그는 곧 입대해 그러면……이제 다신 그를 못 만나. 그럼 나……나 학교도 다 그만 두고……그냥……언니 곁에서……" 미처 말을 잇지 못하고 수희 언 니는 소파에 얼굴을 묻은 채 한참을 흐느껴 울었다. "혜연아, 네게 이 런 꼴 보여 미안하다. 근데 왠지 넌 다 이해할 것 같애. 참 이상하지. 시우 씨도 널 만나면 나를 본 듯 서운함이 덜할 거야."

수희 언니는 아픈 울음을 삼키며 나를 시우에게 보내었다. 시우에 게 수희 언니가 전하는 선물과 편지를 전하는 것이 내 역할이었다. "오늘 그를 만나면 난 어떤 일을 저지를 지 몰라. 내가 너무 무서 워……" 수희 언니는 시우를 만나러 가는 나를 배웅하며 빨갛게 충혈 된 눈에 눈물을 글썽이며 그렇게 말했다.

시우는 찻집의 창가에 앉아 깊은 생각에 잠겨 있었다. 예전에 비해 많이 초췌해진 얼굴엔 짙은 그늘이 드리워져 있었다. 미성년자 출입 금지 장소에 들어섰다는 긴장감에 조심조심 들어서는 나를 다행히도 그는 금방 알아보았다. 피던 담배를 비벼 끄고 급히 몸을 일으키며 그는 특유의 미소로 나를 맞았다. 좀 어두워 보이는 느낌이었으나 그로 인해 더욱 더 남자답고 지적 체취가 배어나는 모습이었다. 역시 수희 언니가 안 나오기를 잘했다는 생각이 들었다. 만나서 그의 미소, 그의 눈을 마주하면 두 사람은 결코 헤어지기가 쉽지 않을 것이다. 순간 난 수희 언니가 얼마나 현명한 판단을 내린 것인지 안도하며 숨을 몰아 쉬었다.

"혜연 학생, 다방은 첨이죠? 우리 빵집으로 옮길까요?" 친화감 깃든 미소로 자신이 마치 보호자라도 된 양 그가 물었다. "교복 차림도 아닌데요, 뭘……" 왠지 아이 취급 받는 게 싫어 야무진 어조로 그렇게 응수했다. 단발머리를 숨기려 폭넓은 헤어 밴드에 주름 스커트, 목 폴라와 가디건을 걸친 내 모습을 바라보며 그는 두 눈 가득 웃음을 담고 나를 바라 보았다. "그래요? 혜연 양이 괜찮다면 굳이 옮기지 말아요. 곧 예비 숙년데, 뭐." 포근하고도 포용력이 느껴지는 음성이었다.

"수희 언니가 이걸 전해 주랬어요." 난 불쑥 그에게 수희 언니가 전하는 편지와 선물을 내밀었다. 착잡하고 곤혹스런 얼굴로 잠시 침묵하던 그는 떨리는 손길로 수희 언니의 편지를 받아 겉봉을 뜯었다. 난 창 밖의 풍경에 시선을 주며, 또는 내 앞에 놓인 오렌지 주스를 마시기도 하며 짐짓 딴청을 부렸다. 두툼한 편지의 페이지가 넘어갈수록 그의 얼굴은 점점 더 굳어져만 갔다. 잠시 후 편지를 다 읽은 그가 말 없이 담배 한 개비를 피워 물었다.

허공을 향해 연기를 내뿜는 그의 눈빛이 더없이 쓸쓸하고 공허해

보였다. 담배 연기를 허공으로 동그랗게 말아 올리며 그가 말했다. "수희 씨, 오늘 분명히 안 나오리라 생각했어요. 그간 몇 번이나 약속을 어겼거든요. 확실한 소통의 길은 학교로 편지를 보내는 길밖엔 없는데 그렇게 한 약속조차 번번이 지켜지질 않았지요. 수희 씨가 날 피하는 거 알고 있어요. 그래도 오늘은 행운이에요. 이렇게 예쁜 요정이 내게 전언을 안고 날아 왔잖아요." 나를 향해 조금 웃어 보인 후 그는 상의 주머니에서 만년필과 편지지를 꺼내어 심각한 얼굴로 무언가를 적어가기 시작했다. 긴 유리컵에 꽂힌 빨대를 통해 주스를 조금씩 빨아 먹으며 난 그가 하는 양을 지켜 보았다. 금방이라도 울컥 울음을 터뜨릴 듯 슬픔 가득한 남자의 모습이 거기 있었다. 사랑의 슬픔. 막연히나마 그것의 실체를 맞닥뜨린 느낌이었다. 사랑이 왜 환희와 열락만이 아닌 고통이어야 하는지, 내게도 형체 모를 막막한 슬픔이 밀려왔다. 시우와 수희 언니, 그들의 고통과 아픔도 능히 헤아려 지긴 하나 가장 참혹하고 가엾은 사람은 선희 언니란 생각이 들었다. 정신을 완전히 놓아버린 언니는 언제나 제자리로 돌아올 수 있을까. 낙엽 구르는 창 밖을 바라보며 가슴에 저릿한 통증이 몰려왔다. "혜연 양, 이 편질 언니에게 좀 전해줘요. 저 내일 입대해요. 그래서 얼굴만이라도 한 번 보려 했는데……이제 어쩜 다신 못 만날 지도……." 그는 침울한 얼굴로 카운터에서 풀을 빌려 편지를 단단히 밀봉한 후 나에게 내밀며 말했다. 문득 그에게 내가 물었다. 선희 언니에겐 전할 말씀 없나요? 허를 찔린 듯한 얼굴로 그가 잠시 나를 응시했다. "분명히 말해 둘게 있어요. 우리 셋은 모두 친구였지만 내가 사랑한 여자는 수희 씨 한 사람 뿐예요. 알아요? 이제 더 이상 숨길 것도 없고 어차피 진실은 알려져야 한다고 생각해요. 혜연 양도 우리 일을 알게 된 이상 모든 걸 정확하게 알아야 해요. 후일 후일……우리의 증인으로서도……" 다시 또 한 개피의 담배를 피워 무는 그의 눈가에 반짝 물기가 어른거렸다.

"우린 경의선 하행 열차에서 처음 만났어요. 물론 셋이서요. 2년 전 우리가 모두 대학에 갓 입학한 봄이었지요. 저녁 시간, 마악 해가 지려는 때였는데 통로를 사이에 둔 옆 좌석에 친구로 보이는 두 여자가 그림처럼 앉아 있는 거예요. 오렌지빛 노을을 배경으로 달리는 내내 말이 없고 조용한 모습이 마치 정물 같았어요. 긴 생머리를 묶은 여자는 조금 앳되 보이는데 되게 수줍음이 많아 보였고 짧게 커트 머리를 한 여자는 조금은 더 의젓하고 어른스러운 면이 느껴지는 모습이었어요. 친구 사이라기엔 너무도 밍밍한 분위기라 이상하다 싶었지요. 그러나 둘 다 뭐랄까, 너절하고 칙칙한 경의선 분위기엔 도무지 어울리지 않는 산뜻함 같은 게 있었어요. 경의선 열차 타보셨어요? 저녁 무렵의 충충한 하행선 분위기를 아실 리 없지요, 저마다 삶의 피로에 지쳐 축 늘어진 신산한 모습들……상상해 봐요. 그들 중 두 사람은 완전히 군계일학이었던 거예요. 맞아요, 그랬어요. 두 여자 곱게 자란 어느 양갓집 규수쯤으로 보이는 그런 분위기였으니까요."

느닷없이 시작된 이야기가 그가 뿜어내는 연기를 타고 자오록이 피어 올랐다. 그의 말을 듣는 내 가슴에도 잔잔한 파문이 번져갔다.

"난 계속 그들 쪽을 바라 보았어요. 노을을 감상하는 척하며 짬짬이 그녀들을 관찰했던 거죠. 어느 순간 커트 머리 여자와 눈이 마주쳤어요. 그녀는 얼굴을 붉히며 깜짝 놀라는 듯한 눈빛으로 잠시 나를 바라보더니 이내 다시 창 쪽으로 고개를 돌리고 말았어요. 그리곤 조그만 소리로 꽁지머리 여자에게 무어라 속삭였어요. 순간 꽁지머리가 제 쪽으로 살짝 얼굴을 돌렸지요. 초롱한 눈에 엷은 웃음을 담은 벚꽃 이파리 같은 요요한 미소가 내 마음을 흔들었어요. 아……그 순간. 그 순간을 생각하면 지금도 가슴이 떨려요. 용기를 내어 제가 그녀들의 앞좌석으로 옮겨 갔어요. 꾸벅 인사하며 함께 얘기나 하고 가자며 다가갔던 거지요. 열차란 참 묘한 데가 있어요. 길에서나 다른 곳에선 도저히 쉽게 이뤄지지 않을 일이 열차 안에선 얼마든지 가능할 수 있거든요. 알고 보니 우린 모두 초등학교 동문. 군대 간 손위 오빠가 바로 제 고등학교 동기임을 알고는 그들은 금세 제게 친밀감을 느꼈던 거예요. 그때부터 우린 자주 함께 어울렸어요. 어딜 가나 셋이서 함께……누가 봐도 허물없고 다정한 동문 같은 그런 사이가 계속되었지요. 얼마간은……그러나 그것은 실은 애초부터 정직한 일이 아니었어요. 진실은 어느 순간이고 밝혀지게 되어 있으니까요. 그 해 가을 우린 수원 서호에 놀러 갔어요. 드넓은 호숫가를 거닐다가 문득 제가 제안했어요. 보트를 타자고요. 잔잔한 호수의 보트에 둘이 앉아 고요히 노를 저어가는 연인들의 모습이 너무도 평화롭고 아름다워 보였기 때문이죠. 보트는 2인용이었어요. 먼저 선희 씨와 제가 함께 탔어요." 탁자에 놓인 물컵을 들어 바싹 마른 입술을 적시며 그가 말을 계속했다.

"사랑의 비극성은 늘 그 대상과 시간의 어긋남에서 비롯돼요. 에로스의 화살이 날아가 꽂히는 곳, 그리고 그 화살이 날아가는 때가 서로 어긋나는 것. 선희 씨와 저는 전자에 속한 경우였어요. 아무도 잘못이 없고 아무도 죄가 없는데 다만 화살이 꽂힌 대상이 서로 일치되질 않아 맺어지지 못한 것. 그것 뿐이죠. 그날 서호에서 보트를 타며 전 확실히 깨달았어요. 선희 씨를 즐겁게 하기 위해 끊임없이 웃고 얘기하며 20여 분을 함께 했는데 마치 2시간을 함께 한 듯 길게 느껴졌어요. 다음 차례는 수희 씨였지요. 똑같은 20분에 별 말도 없이 잠잠히 노를 저어갈 뿐이었는데 호수에 떠 있는 둘만의 시간이 어찌나 감미롭고 행복한지 보트에서 내리기가 싫을 정도였어요. 가끔씩 마주치는 수희 씨의 벚꽃 미소만으로도 너무 충분, 더 이상 아무런 말이 필요 없었어요. 똑같은 20분이 단 2분도 안 된 듯 아쉽게만 느껴졌어요. 그때 난 확실히 깨달았어요. 내가 수희 씰 사랑하고 있구나 하고……."

어느새 내 몫의 주스를 다 마셔버려 빨대를 통해 쪽쪽 소리가 나는 것도 잊은 채 난 그의 이야기에 몰두했다. 어쩌다 동시에 두 자매의 사랑을 받아 그 사랑이 시작도 되기 전에 모든 것이 비극으로 끝나버린 불행한 남자에 생각이 미치자 처음으로 시우가 너무 안됐다는 마음이 들었다. "저기요……시우 오빠, 군대 가심 언니들 대신 제가 위문편지 보내 드릴께요." 생각지도 않은 말이 불쑥 튀어나왔다. 순간 포근히 웃음 띤, 그러나 금방이라도 곧 눈물이 흐를 듯 흠씬 젖은 눈으로 그가 한참이나 나를 가만히 바라 보았다. 슬픈 미소, 남자의 슬픈 미소를 본 것은 그때가 처음이었다.

"아하……고마워요, 혜연 양. 오빠라 불러주니 기분 좋네. 그럼 앞으론 그냥 혜연이라 불러도 될까?" "네에, 그러세요." 두 사람은 정말 다정한 오누이라도 된 양 그의 입영 전 시간을 함께 하였다. 찻집을 나와 거리에서 헤어질 때 그가 나에게 손을 내밀며 말했다. "혜연, 오늘 고마웠어. 덕분에 내 슬픔이 많이 날아가버린 느낌이야. 편지 할게. 언니들 소식, 그리고 혜연이 얘기도 많이 많이 전해 줘요." 그는 비로소 밝게 웃고 있었다. 슬픈 미소에서 다시 부신 미소로 바뀐 그의 모습을 바라보는 내 마음에 알 수 없는 기쁨이 솟아났다. 무언가 도움이 되어주고 싶은 남자, 그는 그런 남자였다.

군사우편 찍힌 그의 첫 편지를 받은 이후 난 정말 열심히 그에게 위문편지를 보내었다. 한동안 학교에 다녀오면 가장 먼저 열어 보는 것이 녹색 철제 대문의 빨간 우편함이었다. 시우는 나에게 무엇인가를 기다리는 즐거움, 그 짜릿함을 알게해 준 남자였다. 오빠다운 자상함과 따뜻함이 배어나는 그의 편지는 정말 명문이었다. 누구라도 깊고 따스한 그의 눈빛, 미소 그의 편지엔 혹하지 않을 수 없을 만큼 그는 섬세한 감성과 지성, 그리고 남성미를 고루 지닌 남자였다. 종종 언니들의 소식을 전하며 난 부디 그가 대과없이 군생활을 잘 마치기를 소망하였다. 그러나 그에게 언니들의 소식을 전하는 일은 언제나 좀 괴로운 일이었다. 그간 병이 더 심해진 선희 언니는 결국 어느 시립 정신병원에 입원하였고, 그것에 충격 받은 수희 언니는 졸업 직후 어느 남자의 청혼을 받아들여 서둘러 결혼해 버렸다. 시우를 잊기 위한 급조된 방편이었음이 분명했다.

결혼식날 수희 언니는 새하얀 면사포 속에서 젖은 눈을 깜빡이며 내 귀에 속삭였다. "시우, 요즘도 편지 오니? 혜연아, 잘 부탁해. 하지만 앞으로 그 사람 얘기 절대 내게 꺼내면 안 돼. 알았지, 약속한다!" 신부의 얼굴은 터지려는 오열을 참듯 잔뜩 굳어 있었으나 끝내 눈물만은 보이질 않았다. 수희 언니의 결혼식이 있던 날 난 집에 돌아와 시우에게 편지를 썼다.

'오늘은 어느 예쁜 여자의 결혼식엘 갔었어요. 그러나 시우 오빠, 부디 그녀가 누구냐곤 묻진 마셔요. 다만 하얀 면사포 속에서 애써 눈물 참으며 미소지으려 안간힘 쓰던 어느 애달픈 신부의 모습만은 꼭 전해야 할 것 같아서요.' 난 수희 언니의 결혼을 그에게 그렇게 전하였다. 그에게서 곧 답장이 왔다. 뜨락에 목련이 하얗게 피어난 4월 어느 오후였다.

'오, 역시 혜연다운 총명함이라니! 끝내 내게 신부의 이름만은 말하지 않은 그 마음 헤아려져 구보를 하며 혼자 조금 울었다. 남자가 울다니!……그러나 이렇게라도 한 번은 울어야만 살아가며 다시는 또 울지 않을 듯한 마음이었음을 혜연은 알까. 울면서 잠시 내 울음의 의미를 생각해 보았다. 그것의 답은 어쩜 하얀 면사포 속 예쁜 얼굴을 향한 것이라기 보단, 단지 누구를 사랑한 죄로 상처 입어 캄캄한 미로 속에서 평생을 홀로 외롭게 갇혀 살아야만 하는 또 하나의 가엾은 영혼을 떠올린 때문인지도 모르겠다.'

　하얀 꽃잎 떨어지는 목련나무 아래서 그의 편지를 읽는 내 마음도 예리한 날에 베인 듯 아파왔다. 누구를 향한 아픔일까. 까닭 모를 내 아픔도 이미 두 언니를 향한 것만이 아님은 분명했다. 그것이 두 여자로 인해 우는 한 남자를 향한 것이라면 그것은 내겐 너무도 감당하기 힘들고 두려운 일이었다. 그날 밤 난 입술을 깨물며 시우에게 쓰는 마지막 편지를 써내려 갔다. 고 3이 되었음을 핑계로 당분간 위문편지도 쉬어야만 할 것 같다는, 사실상 이별을 고하는 편지였다. 편지를 쓰는 동안 마음이 흔들려 몇 번이나 고치고 또 고쳐 썼다. 얼마 후 시우에게서 답장이 왔다. 그의 마지막 편지는 오랫동안 내 마음을 울리며 그를 기억하게 만든 애잔한 내용이었다. '혜연, 귀엽고 사랑스런 나의 요정! 모든 것을 잃고 버려진 텅빈 들판에 한 줄기 포근한 햇살, 숨겨진 달디 단 샘물 같았던 소중한 혜연. 그래, 맞아. 고 3이란 생에 그 무엇보다 중요한 때. 모든 걸 접고 오직 입시 공부에만 몰두해야 함에 전적으로 동의해. 부디 열심히 공부하여 원하는 대학에 꼬옥 합격하길, 매일매일 잊지 않고 기도할께. 더불어 내년 봄 예쁜 여대생이 된 혜연을 다시 꼭 만나게 해달라는 기도도 잊지 않겠어. 먼 후일 설혹 내가 한 기도의 내용을 잊는다 해도, 혜연만은 내내 잊지 못할 거

야. 늘 건강하고 행복하고 잘 지내길……'

시우와 나의 편지는 그것으로 끝이 났다. 다음 해 난 대학생이 되었고 그와 고교 동창인 금촌 오빠를 통해 그가 제대 후 다시 복학하였다는 소식을 스치듯 전해 들었을 뿐이었다.

결혼 한 수희 언니는 금촌 시청에 근무하며 성실한 남편과 두 아이를 낳고 그럭저럭 잘 살아가고 있었다. 그러나 선희 언니로 인한 마음고생 때문인지 늘 좀 어둡고 초췌한 모습이었다. "언니 병은 우리 아버지 때문이야. 그의 지독한 통제와 집착, 편집증이 그 원인이라고 생각해. 가엾은 언니……" 병원에 장기요양 중인 선희 언니의 바라지에 애쓰는 모습이 너무도 안쓰러워만 보였다. 모든 것은 그렇게 시간의 흐름을 따라 변화되고 흘러갔다.

대학 졸업 후 교사로 임용된 나의 첫 부임지는 놀랍게도 경기도 일산이었다. 아침 저녁 서울역에서 출발하는 경의선을 타고 출퇴근하며 그 옛날 시우와 언니들의 만남이 이루어진 경의선과의 조우에 가슴이 뛰었다. 통근 거리 먼 변두리 중학교에서 까까머리 남학생들에게 국어와 영어를 가르치며 주 32시간의 수업을 감당해야 하는 힘겹고 고된 초임 교사 시절이었으나 노을이 깔리는 시각, 피로에 젖어 차창에 몸을 기대면 시우를 생각하고 언니들을 생각하고 그들의 슬픈 사랑을 생각하며 아련한 그리움에 가슴이 젖곤 했다. 모든 것은 변하고 흘러간다는 사실이 그렇게 슬플 수가 없었다.

몇 학교를 전전하며 나도 결혼하여 두 아이의 엄마가 되었다. 공교롭게도 수년 간 1순위로 간직해온 아파트 청약권이 당첨되어 다시 일산에 정착하게 되었다. 이젠 대규모의 신도시로 변한 호수공원 부근의 아파트 단지였다. 휴직을 하고 남편을 따라 5년간 미주 해외 지사에 나가 있다 돌아온 그 해 가을이었다. 복직이 되기까지 몇 개월을 쉬며 재충전을 위한 나만의 오붓한 시간을 갖고 싶었다. 아이들이 학교 간 사이 혼자 차를 몰고 나와 모든 것이 변한 신도시 주변의 옛 동네를 돌아 다녔다. 학생들을 앞세우고 산길을 따라 꼬불꼬불 가정방문을 다니던 일이며, 학년별 소풍을 가던 코스, 봉사활동으로 땀 흘리며 모심기 하던 낯익은 들녘, 그리고 반 아이들과 함께 논두렁의 풀을 베던 정겹던 옛일들을 떠올리며 문득문득 달리던 차를 멈추고는 망연한 눈길로 창 밖을 바라 보았다. 어느 저녁 마악 노을이 질 무렵이었다. 불현듯 그곳에서 조금만 더 달리면 금촌이란 데 생각이 미치자 참을 수 없는 그리움이 몰려왔다. 그사이 이모와 이모부는 돌아가셨고 젊디 젊은 수희 언니마저 선희 언니로 인한 극심한 맘 고생으로 건강을 해쳐 이미 이 세상 사람이 아니었다. 산다는 일이 참으로 허망하고 쓸쓸하게만 느껴졌다. 공허한 마음에 금촌을 향해 무작정 자유로를 달려갔다. 산나리빛 저녁 노을이 견딜 수 없는 처연함으로 내 주위를 감싸왔다. 아름드리 능수버들이 휘어질 듯 드리워진 호젓한 강가에 차를 세우고 빠알갛게 물들어 가는 노을 진 강변을 혼자 걸었다. 강 저편으로 원목 데크 테라스에 온갖 꽃이 장식된 유럽풍의 예쁜 카페가 눈에 들어왔다. '노을이 질 때' 카페의 이름이 뭉클 가슴을 뒤흔들었다. 강가에 세워 둔 차를 몰아 카페의 마당에 주차한 후 뛰는 가슴을 누르며 카페의 문을 밀고 안으로 들어섰다. 드넓은 유리창 너머로 노을 지는 저녁 강이 타는 듯 빨갛게 일렁이는, 이름에 딱 어울리는 카페였다. 창가에 앉아 한 잔의 아이리쉬 커피를 주문했다. 카운터를 지키는 단정한 정장 차림의 남자가 시종 내 쪽을 바라보았다. 커피를 들고 온 젊은 여자가 조심스레 내게 물었다. "저어, 실례지만 S여고 졸업하지 않으셨나요. 저희 사장님께서 아시는 분 같다고……" 커피잔을 잡은 내 손이 출렁 흔들렸다. "네, S여고, 맞아요. 근데 저분은?……" "태시우 씨. 저희 사장님이세요." 젊은 여자의 설명에 카운터 남자의 눈과 내 눈이 벼락을 치듯 맞부딪쳤다. 그가 빠른 걸음으로 내 쪽으로 다가왔다. "혜연 씨! 들어오실 때부터 뭔가 느낌이……기적, 기적 같은 해후네요." 정말이지 기적 같은 10여 년 만의 조우였다. 그 해 가을, 시우와 난 선연한 노을 속에서 그렇게 다시 만났다.

시우와의 재회는 지난날 금촌 언니들과의 모든 추억을 되살아 나게 하였다. 놀랍게도 그는 행촌동의 비탈진 언덕, 행길가의 제과점, 그리고 여름밤 무거운 나무 상자를 메고 뛰어다니던 아이스케키 장수 소년들을 기억했고 아련한 그리움으로 그 일들을 되새겼다. 그는 수희 언니를 못내 잊지 못했고 언니가 죽기 얼마 전 금촌 오빠를 따라 언니의 병상을 방문한 이야기를 들려 주었다.

췌장암 말기로 입원해 있던 수희 언니는 회한에 찬 눈길로 병실을 찾은 시우의 손을 잡으며 시종 미안하다고 말했고, 그리고 간곡히 선희 언니를 부탁했다. 시우는 회사를 결근하고 급히 지리산 명의를 찾아 수희 언니의 회복을 위해 귀한 약재를 지어 왔다. 그러나 언니는 미처 그 약을 써보지도 못한 채 숨을 거두고 말았다. 모든 것이 허망하고 비감스러워 진작에 그만두려고 벼르던 직장에 사표를 내곤 자동차 하나로 전국을 혼자 허허로이 떠돌았다. 노을이 짙게 물든 어느 저녁, 홀린 듯 그가 자동차를 멈춘 곳이 바로 지금의 카페 자리였다. 당시엔 그저 호젓한 강변의 황량한 목초지일 뿐이었으나 그곳에서 바라보는 일몰은 너무도 절경이었다. 지극히 아름답고 슬프고 평화로운 곳. 때마침 신도시 개발로 부모로부터 물려받은 땅값이 엄청나게 치솟던 때라 그는 별 무리없이 그 땅을 매입할 수 있었고, 자신이 직접 설계에도 참여해 정성껏 카페를 지었다. 소위 라이브 카페. 때때로 저녁이면 그는 기타를 들고 가까운 지인, 친구들을 위해 노래를 부르기도 했다. 노을이 너무 아름다워 견딜 수 없는 저녁이면 그는 기타를 들고 노래를 불렀다. 강변의 카페는 의외로 잘 되었고 어느 날 문득 그는 잊었던 수희와의 약속을 떠올렸다. 며칠에 걸쳐 결심을 단단히 굳힌 후 그는 이윽고 선희 언니가 입원해 있는 병원을 찾아갔다.

H 정신병원. 발병 후 몇 년 간 입원해 있던 시립병원에서 새로이 옮겨간, 이모의 유언에 따라 형제들의 법적관리하에 언니가 위탁되어 있는 최신시설의 병원이었다. 오랜만에 선희 언니를 만나는, 그것도 긴 투병 중의 환자인 언니를 만나야만 하는 시우의 마음은 말할 수 없

이 무겁고 착잡했다. 면회를 신청하고 기다리는 동안 너무도 두렵고 긴장된 나머지 흡연실을 찾아 몇 달 간 끊었던 담배를 다시 입에 물었을 정도였다. 긴 기다림 끝에 담당 간호사가 언니를 보호하고 나타났다. 하얗게 센 머리털에 환자복을 입은 선희 언니의 모습은 생각보단 편안하고 안정되어 보였다. 입은 꼭 다물고 눈으로만 웃는 슬픈 웃음이 희미하게나마 옛 모습을 생각나게 했다.

"선희 씨, 저 알겠어요?" 한 발 앞으로 나가 반갑게 언니의 손을 잡으며 시우가 먼저 말을 건넸다. 더없이 담담한 웃음으로 언니는 시우의 손에 자신의 손을 잡힌 채 말없이 고개를 저었다. "누구세요……." 시우에게 잡힌 손을 빼내며 놀랍게도 언니는 수줍은 듯 작은 소리로 그렇게 물었다. "시우……저 시운데요. 태시우." "태……시우우우……?" 너무도 메마른 소리로 언니는 건성 그의 이름을 되풀이할 뿐이었다. 이럴 수가……너무도 완벽한 망각이었다. 한 치의 미움도 고통도, 회한도 남아 있질 않는 절대적 망실. 지난날 자신의 영과 육, 그 모든 것을 송두리째 앗아간 극심한 사랑의 고통, 그리고 그토록 사랑했던 그 대상조차 전혀 기억하지 못하는 완벽한 잊음이었다.

지독한 당혹과 혼돈에 면회실에 준비된 녹차를 우려 마시며 시우는 망연한 눈길로 언니를 바라 보았다. 고개를 약간 외로 한 채 두 손을 단정히 모으고 앉아 있는 자태가 일말의 심적 동요조차 없는 너무도 평온한 모습이었다. 옛일, 그 옛 사랑의 가슴앓이에서 아직도 헤어날 길 없는 자신에 비해 차라리 얼마나 평화로워 보이는가. 뇌의 어느 기능이 작동, 지난날의 기억이 완전히 삭제되는 상태란 과연 가능한 것일까. 또한 그것에의 복원은 영영 불가능인가. 단 한순간이라도 그녀의 기억을 되살릴 수만 있담! 혼자 지난 일을 회상하는 시우의 가슴에 막막한 절망과 슬픔이 몰려왔다.

"선희 씨, 파……인 주스 기억해요? 선희 씬 옛날에 파인 주스 참 좋아했었죠. 오란씨 파인! 그 노래가 생각나요. 하늘에서 별을 따다, 하늘에서 달을 따다, 두 손에 담아 드려요. 아름다운 날들이여, 사랑스런 눈동자여, 오, 오오오 오란씨이……오란씨 파인! 오란씨 CM송을 흥얼거리는 시우의 눈에 눈물이 고여왔다. 오, 아름다운 날들…… 어른거리는 물기 속에서 불현듯 수희의 해맑은 얼굴, 그녀의 사랑스런 눈동자가 떠올랐다. 어쩌다 기차에서 함께 내리는 저녁이면 역전 슈퍼 비치 파라솔 밑에서 선희, 수희 그녀들과 함께 기타치며 노래부르던 일들이 생각났다. 경쾌한 동요나, 가곡, CM송까지……선희, 그녀는 특히 오란씨의 새콤달콤한 맛을 즐겼고 그 CM송을 좋아했다. 별 말이 없고 내성적인 성품이나 그가 기타치며 노래를 부를 때면 늘 얼굴이 밝아지며 환한 웃음을 보이곤 했었다. 그러나 이제 그녀는 젊은 시절 실연의 상처로 이렇듯 평생을 캄캄한 미로 속에 갇혀 살아야만 한다. 너무도 가혹한 일이다. 그녀의 병, 그 병인病因이 바로 자신이란 사실이 더욱 가혹하게만 느껴진다. 수희를 향한 이루지 못한 사랑이 바로 그 죄값인 것일까. 시우의 마음은 착잡하기만 했다.

"저……저는요 초코파이를 좋아해요. 동무들과 나눠 먹음 참 좋지요." 난데없는 어눌한 음성이 시우의 의식을 흔들었다. 파인 주스를 기억하느냐 묻는 시우의 물음에 내내 말이 없던 선희 언니가 비로소 입을 열어 말을 한 것이다. 경직된 표정이 풀어지며 비로소 그녀의 입가엔 희미한 미소가 피어오르고 있었다. 어둡던 시우의 얼굴에도 언뜻 웃음기가 배어났다. "아, 그래요, 초코파이! 선희 씨, 담에 올 땐 꼭 초코파이 사올께요." 환한 얼굴로 시우가 그렇게 말하자 간호사는 면회 시간이 끝났다며 선희 언니를 데리고 서둘러 병동 쪽으로 사라졌다.

모든 일이 꿈만 같고 모든 것이 다 비현실적인 일로만 다가왔다. 어느 모로 보나 좋은 데 시집 가 건실한 지아비 섬기며 참하게 잘 살아갈 어질고 착한 여자였다. 경의선 열차에서 그녀가 자신을 만나지만 않았담 아마도 이런 불행은 없지 않았을까. 병원을 나서는 시우의 발길은 허방을 짚듯 휘청거렸다.

"언니에게 갈 땐 초코파이 가져 가는 것 잊지 말아요." 얘기를 끝내는 시우의 얼굴엔 쓸쓸한 미소가 감돌았다. 초코파이. 언니와 초코파이. 도무지 상호 이미지의 연결이 안 되어 난 아득한 눈길로 노을이 지는 저녁 강을 바라 보았다. 이제 마악 노을이 내려 앉는 강물은 피멍이 든듯 빠알간 가슴을 드러내며 일렁이고 있었다. 가슴이 저려왔다. 카페 '노을이 질 때'를 나서는 나를 따라 주차장까지 배웅하며 시우가 말했다. "다음엔 꼬옥 저와 함께 가는 겁니다. 금요일 오후 2시.

잊지 마세요."

약속한 날은 너무도 일찍 다가왔다. 병원 대기실에서 시우를 만나 면회를 신청한 후 3층 휴게실에서 언니를 기다리는 내 손에 흥건히 땀이 배어났다. 그래도 곁에 시우가 있어 한결 든든한 것은 사실이었다. 그간 몇 번 면회를 간 까닭에 언니는 이제 겨우 시우의 얼굴만은 알아 본다고 했다. 그러나 언니는 과연 나를 알아볼까. 이윽고 저만치 병동 쪽에서 간호사를 대동한 언니의 모습이 나타났다. 놀랄 만큼 머리털이 하얘진 언니가 깨끗이 손질된 환자복을 입고 천천히 걸어나왔다. 방심한 듯 천연스런 모습의 느릿한 동작이 세상 어느 것에도 관심이 없는 듯한 모습이었다. '언니!' 얼결에 몸을 일으켜 언니에게로 다가가며 반갑게 손을 잡았다. 언니의 표정이 와락 굳어졌다. "누……누……누구세요?" 얼굴을 찡그리며 언니가 나를 피해 간호사의 등 뒤로 몸을 숨겼다. 시우가 나섰다. "선희 씨, 저 시우예요. 저, 아시죠. 여긴 선희 씨 동생 혜원이. 행촌동 이모 집 둘째 딸, 아시겠죠? 자아, 여기 앉아 천천히 기억해봐요." 편안한 음성으로 의자를 내어주며 시우가 언니를 달래었다.

"나아쁜 년! 너 수희 맞지? 이 남자도 뺏아간 거니? 역시 같은 년!" 부들부들 몸을 떨며 언니가 돌연 나에게로 달려들어 내 머리채를 움켜잡았다. 곁에 있던 간호사가 황급히 달려와 언니를 뜯어 말렸다. 그러나 역부족. 시우까지 합세하여 나에게서 언니를 떼어 놓으려 법석을 떠는 사이 어디선가 남자 관리인 한 사람이 나타나 신속히 사태를 진압, 흥분한 언니를 진정시켜 조용히 병동 쪽으로 데리고 갔다. 언니는 한순간 내 앞에서 사라졌으나 난 한참을 충격과 두려움에서 헤어날 수가 없었다.

"혜연 씨, 괜찮아요? 많이 놀라셨죠. 조용히 혼자 지내다 우리 출현이 너무 급작스러웠나 봅니다." 시우의 위로에 난 겨우 정신을 차리고 몸을 추스렸다. 그러나 내 속의 떨림은 쉽게 가라앉질 않았다. 언니의 상처가 전혀 치유되질 않았음을 확인함은 엄청난 충격이었다. 언니의 아픔은 아직도 진행형인가. 오랜 시간의 흐름과 격리에 의해 잊은 듯 살아갈 뿐, 사랑의 상처는 아직도 언니의 가슴에 선연한 외상으로 남아 있었다.

잠시 후 간호사가 우리에게 와서 언니의 상황을 전해주었다. "이선희 씨, 이제 안정되셨어요. 평소엔 아주 조용하고 좋은 분인데 유독 커플 앞에선 좀 민감한 반응을 보이시죠. 그래도 이런 일은 처음이에요. 퀼트 솜씨가 뛰어나 배우려는 사람도 많고 그들과 잘 지내거든요." 간호사의 친절한 설명에 거듭 감사를 표하며 준비해온 다과와 초코파이를 전한 후 대기실 계단을 내려섰다. 뭔지 모를 슬픔과 허탈감에 가슴이 싸하고 다리가 후들거렸다. 아득한 곳에서 들려오듯 시우의 음성이 들려왔다.

"처음 왔을 때 마침 이곳에 근무하는 친구가 있어 그를 통해 선희 씨 담당 의사를 만날 수가 있었어요. 선희 씨의 경우는 성장 과정에서 비롯된 극심한 통제와 억압이 치명적인 정신적 외상을 통해 분열증으로 화한 케이스래요. 사랑으로인한 정신적 외상은 사랑외엔 아무런 치유법이 없다는데 가족이나 주위에서 그걸 간과한 채 너무 오랫동안 방치했던 거지요. 그래도 예후는 좋은 편이라 점차 나아지고 있다는데……한 가지 희망은 현대 의학의 발달로 정교한 기기의 부품을 조립하듯 인간의 뇌를 완벽히 조립, 재생해 내는 획기적인 의술이 곧 생겨나리란 것입니다. 하긴 나날이 발전하는 현대의학으론 조만간 그런 경지에 도달하지 말란 법도 없지요."

휘청이는 내 몸을 가볍게 부축하며 시우가 말을 이었다. "오늘 혜연 씨와 함께 온 것, 미안해요. 이런 일이 있을 줄 전혀 예상칠 못했어요. 제 불찰입니다." "아녜요. 언젠간 꼭 왔어야 할 곳. 외려 데려와 주고 배려해 주시어 감사해요."

면회실 계단을 내려오니, 헬스 클럽, 배구장, 면회실, 야외 휴식처, 산책로, 예술요법실, 사이코 드라마실 등 병원 내 시설을 알리는 칼라 안내판과 함께 로비 중앙 액자에 적힌 선명한 글귀가 눈에 들어왔다.

"저희는 환자 한 분 한 분의 마음을 모두 소중하게 생각합니다. 밤하늘의 별 하나 하나가 어둠의 장막을 헤치고 찬연히 빛나는 것처럼 환우들이 저마다 각기 제 삶을 찾을 수 있도록 최선을 다하겠습니다." 글귀를 읽어가는 내 눈에 핑, 눈물이 돌았다. "정원 벤치에서 잠시 쉬었다 가지요." 시우가 로비의 자동판매기에서 두 잔의 커피를 뽑아 내게 건네며 말했다.

파아란 잔디밭 한쪽 배구장에선 와아, 하는 환호성과 함께 네트를 향해 힘차게 공을 넘기는 열띤 함성이 들려왔다. 아, 평화로운 곳. 마음을 다치고 아픈 사람들이 모인 치유의 공동체. 그들을 바라보는 시우의 입가에도 잔잔한 미소가 피어올랐다. "저들과 우리 사이에 특별한 경계란 없어요. 제가 잘나가는 직장 그만두고 왜 카페를 차린 줄 아세요. 전 아직도 노을이 질 때면 기다리고 또 기다려요. 어느 날 문득 수희 씨가 카페의 문을 열고 홀연히 나타나리란 기대를 버리지 못하는 겁니다. 때론 노을을 견딜 수 없어 훌쩍 기차를 타고 어디론가 떠나갑니다. 그 증세가 조금만 더 깊어지면 이곳으로 와야하는 게 우리네 삶이에요. 우리 누구나 다 가지고 있는 자신만의 꿈, 소망, 기다림……그리고 그것을 끝내 이룰 수 없을 때의 좌절, 상심, 아픔 등. 문제는 그것을 여하히 견뎌낼 수 있느냐 없느냐, 그 차이예요. 그걸 잘 이겨내고 어지럽고 광포한 삶의 소용돌이에 뒤섞여 살아낼 수 있는지, 없는지 그 저항력의 강도가 곧 저 울타리의 이쪽과 저쪽을 구분 짓는 경계겠지요." 미소로 마주하는 시우의 눈가에 반짝 물기가 어리다간 사라졌다.

병원 울타리 너머, 저편 하늘이 잘 익은 석류의 속이 열리듯 빠알갛게 물들어 오기 시작했다. 어느새 벌써 노을이 지고 있었다.

# 때까치 우는 아침

산성의 겨울 아침은 산새의 울음으로 열립니다. 실오라기 하나 걸치지 않은 알몸의 나목들이 텅빈 숲을 메우고 휑하니 비워진 숲 속 마른가지 위에서 까악 깍, 때까치라도 울어대는 아침이면 겨울 숲의 하루는 고요히 잠에서 몸을 깹니다. 잎새의 무성함이 사라진 허허한 비움, 그 무아의 정적으로 인해 유독 겨울 숲에 마음이 가는 걸까요. 오늘처럼 눈이라도 푸짐히 내린 날이면 하얀 숲을 바라보는 기쁨에 산성의 하루는 짧기만 합니다.

이 아침 유난히도 겨울 숲을 사랑했던 두 사람이 생각납니다. 그들이 처음 이 카페에 모습을 드러낸 날이 기억납니다. 그날은 지난 해 겨울, 한 며칠 기록적인 폭설이 내린 후 오랜만에 산길이 열린 어느 흐린 오후였습니다. 근 60년만의 지독한 폭설에 갇혀 산성의 카페엔 사람의 그림자도 얼씬거리질 않고 며칠인가를 전 홀로 지내야만 했습니다. 오싹한 공포를 느낄 만큼의 완전한 고립, 적요 속에 갇혀지낸 시간도 그러나 전혀 무위한 것만은 아니었습니다. 아이들을 키우던 시절을 떠올리며 두 켤레의 장갑, 머플러, 그리고 포근한 스웨터를 뜨고 또 떴으니까요. 가슴 깊은 곳 꽝꽝 얼어붙은 추억을 통째로 끌어내어 언 손끝으로 올올이 엮고 또 엮어가는 시간이란 죽을 듯한 고적보담은 그래도 한결 견딜만한 일이었습니다.

'순수와 열정'이라는 조금은 야릇한 이름을 내걸고 산성 중턱에서 모텔을 운영하는 선배 언니가 그곳으로 오라며 갇혀 있는 저에게 여러 번 전화를 걸어왔으나 막무가내로 버티었습니다. 카페 벽난로에 장작을 듬뿍 넣고는 불을 활활 지피며 아이들을 향한 짙은 그리움을 한올 한올 털실에 꿰어가는 과정은 미어질 듯 아픈 회한을 조금씩 조금씩 가라앉혀 주었습니다. 넓은 창 밖에 펑펑 쏟아져내리는 눈송이 만큼이나 굵은 눈물이 앞을 가려 털실은 어느새 자주 물기에 젖곤 했으나 끝내 손길을 멈추진 않았습니다. 지독한 폭설로 아무도 오지 않는 산성의 빈 카페에서 슬픔을 잊으며 할 수 있는 일이란 오직 그 일뿐이란 생각에 도무지 손길을 멈출 수가 없었습니다. 그렇게 며칠이 지났습니다.

무섭게 내리던 눈도 그치고 산등성이 어디에선가 까악 깍, 다시금 때까치가 울어대는 상쾌한 아침이었습니다. 딸랑, 종소리를 울리며 모처럼 카페의 문을 밀고 한 쌍의 남녀가 들어왔습니다. 폭설 이후 첫 손님이었기에 너무도 반가울 수밖에 없었습니다. 어깨에 가방을 둘러맨 그들의 손엔 줌 렌즈가 달린 큼직한 카메라가 들려 있었습니다. 30대 후반, 혹은 40대 초반쯤 되었을까요. 다소는 좀 특이한 분위기의 커플이었습니다. 남자가 자신의 두툼한 후드 점퍼 상의에서 체크 무늬 손수건을 꺼내어 이제 마악 숲을 헤쳐와 아직도 여자의 머리에, 어깨에, 속눈썹에 살포시 얹혀있는 하얀 눈송이를 닦아 주었습니다. 애무하듯 가만가만 쓸어내리는 따스한 손길. 녹일 듯 뜨겁고 그윽한 눈빛. 결코 예사롭지 않은 사이임이 느껴져 왔습니다. 물장사, 어언 몇 해. 이젠 손님들의 눈빛만 보고도 그들이 어떤 사이임을 알 수 있습니다.

　그들은 늘 창가 자리엘 앉았습니다. 그들은 늘 뜨거운 커피를 좋아했어요. 향기로운 헤이즐럿. 때론 블루마운틴, 혹은 뜨거운 카푸치노를 주문할 때도 있었으나 대개는 엷게 내린 헤이즐럿을 즐기는 편이었지요. 그들은 늘 카페의 넓은 창을 통해 산성의 어디엔가에 카메라의 앵글을 맞춰 쉼없이 사진을 찍어대곤 했습니다. 그러기에 막연히 사진을 전공하는 사람들인가 보다 생각했지요. 그리 이야기가 많은 편은 아니었고 늘 묵묵히 서로의 눈을 마주보며 말없이 앉아있곤 했습니다.

저어……커피 리필 되나요. 여자는 자목련같이 고아한 웃음으로 그렇게 말하곤 했습니다. 투명한 웃음, 차분하고 해맑은 미소가 마음에 들어 원래 리필이 안되는 헤이즐럿을 그녀에게만은 특별히 리필을 해주곤 했어요. 글쎄요, 귀염도 미움도 다 제 탓이라고 같은 손님이지만 제 돈 내고 저 마시는 데도 미운 사람 있는가 하면 그렇게 커피 한 잔이라도 더 주고 싶은 사람 있는 것이 세상 이치 아닌가요.

어쨌거나 저는 처음부터 그녀가 마음에 들었습니다. 첫 인상이랄까. 묵직한 카메라를 손에 들고 처음 카페에 들어오는 순간부터 그녀의 모든 것이 전해져왔기 때문입니다. 소양, 됨됨이, 성품 등. 여자의 몸 전체에서 전해오는 범상치 않은 그 무엇이 제 맘을 움직였지요. 어쨌거나 그녀에게 무어라 쉽게 설명 못할 그녀만의 독특한 분위기가 있었습니다. 남자의 분위기도 무언가 색다른 면이 있었어요. '사진'하는 사람, 소위 예술하는 사람 특유의 예사롭잖은 눈빛, 은은한 세련미, 그러나 때론 좀 지나치게 예민하고 섬세한 면이 있어 상대를 긴장시키는 사람. 남자는 그런 느낌을 주었어요.

그 해 봄이던가요. 자줏빛 목련이 뚝뚝 떨어져 내리는 봄비 내리는 어느 오후였지요. 딸랑, 종소리와 함께 카페에 손님이 들어왔습니다. 사진 작가, 그들이었어요. 탁자를 사이에 두고 마주앉곤 하던 여느 때와 달리 그날 두 사람은 어깨를 나란히 옆으로 앉았습니다. 둘은 무겁게 가라앉아 아무런 말이 없었습니다. 원래 좀 조용한 커플이긴 했으나 그날은 유독 더 그랬습니다. 여자는 남자의 어깨에 머리를 기댄 채

가만히 눈을 감고 있었습니다. 가까이 다가가니 여자는 가늘게 숨을 들먹이며 울고 있었습니다. 그들을 위해 차를 나르던 제 손이 출렁 흔들렸습니다. 여자의 우는 모습은 하릴없이 제 맘을 아프게 했습니다.

봄비 탓일까요. 심히 예사롭지 않은 그들의 모습에서 불현듯 제가 처음 저의 그를 만난 그 봄이 떠올랐습니다. 한편의 비디오가 맺어준 영화 여행. 그와의 만남에 굳이 테마를 붙인다면 바로 그것일 것입니다.

7년 전 봄이었어요. 남편과는 자잘하고 소소한 무엇인가가 조금씩 어긋나기 시작해 영구히 맞닿지 않을 듯 소원해져만 갔고 모든 것이 시들하고 권태로워 단지 '스프링 휘버'라 여기기엔 그 증세가 좀 심한 기이한 징후가 열흘을 넘게 지속되던 지독한 봄이었습니다. 그날은 오후부터 봄 가뭄을 해갈하는 단비가 내려 메마른 마음이 모처럼 흠뻑 젖은 그런 저녁이었습니다.

학교는 시험기간이었고 조기 퇴근 길, 모처럼 촉촉해진 마음에 오래 전 찜 해놓았으나 시간없어 보지 못한 비디오 테잎을 빌리러 아파트 단지의 비디오점을 찾았습니다.

그러나 늘 가던 단골 비디오점엔 제가 원하는 테잎이 없었습니다. 제가 찾는 테잎은 '디 아우워즈' 그러니까 '세월'의 작가 버지니아 울프의 삶과 '델러웨이 부인'을 원전으로 하여 만들어진 영화였지요. 관객의 반응은 썩 좋질 않아 흥행엔 실패한 영화였으나 어쨌거나 원전이 명작이니 볼만할 거란 생각이 들었던 거지요. 동네 비디오점 주인 여자의 말이, 헐리우드 블록버스터나 관객 몰이의 인기물을 제외하곤 빌려가는 사람이 거의 없다지요. 그래서 번번이 제가 찾는 테잎이 없었습니다.

우산을 쓰고 몇 블록이나 걸어가 내친김에 인근의 비디오점을 거의 다 뒤진 후에야 겨우 집에서 가장 멀리 떨어진 곳 어느 상가 비디오점 앞에서 걸음을 멈추었습니다. '영화마을' 그곳은 첫눈에도 여느 비디오점과는 매우 달랐습니다. 도서 대여점을 함께 겸하여 벽 한 쪽엔 차곡차곡 책이 꽂혀있고 다른 한켠으론 켜켜이 꽂힌 DVD, 비디오 테잎, 그리고 프런트 옆 작은 다탁엔 노트북 컴퓨터, 쓰다 만 파지 등이 놓여있어 무언가 물씬, 책 냄새, 문자향 같은 것이 느껴지는 마치 북카페와도 같은 분위기의 집이었습니다.

'디 아우워즈' 있나요. 뜬금없는 내 물음에 프런트에 앉아 책을 읽고 있던 남자가 비로소 얼굴을 들었습니다. 밖에서 들려오는 빗소리 때문이었을까요. 제가 문을 밀고 들어와 안을 둘러보며 원하는 영화의 이름을 댈 때까지 그 남자는 전혀 제 존재를 느끼지 못하는 듯 했습니다. 디 아우워즈 있나요? 인근의 비디오점을 순례하느라 지친 나머지 거의 기대감 없는 음성으로 제가 다시 그렇게 물었습니다.

디 아우워즈?……아, 있을 거예요. 버지니아 울프의 생애와 작품을 각색한 영화 말이죠?

남자는 낮고 부드러운 음성으로 그렇게 답했습니다. 아, 있군요, 여긴. 기쁨으로 낮게 흔들리는 내 음성에 비로소 남자가 얼굴을 돌려 저를 바라 보았습니다. 우중에 꽤 헤매셨군요. '시간'을 찾아……

남자의 입가엔 얼핏 미소가 어렸습니다. 소년처럼 맑고 따사로운 미소였습니다. 그러나 안경 너머의 깊은 눈빛은 찌를 듯 예리함이 느껴졌습니다. 봄비처럼 스며드는 그의 포근한 미소에 제 마음이 출렁, 흔들렸습니다. 괜스레 비에 젖은 우산을 접으며 그의 눈길을 피했습니다.

아, 우산은 여기 두시면 됩니다. 그가 저에게서 우산을 받아 실내의 우산꽂이에 넣으며 그렇게 말했습니다. 그런데……그런데 뭐랄까요, 그 표정이 참 묘했습니다. 어둠 가운데 돌연 한 줄기 빛이 스민 듯 반짝 빛나는 검은 눈동자, 당혹감 어린 미소……그는 마치 생전 처음 하는 일인 듯 어색하고 긴장된 모습으로 의자를 끌어당겨 컴퓨터 앞에 몸을 앉혔습니다. 언젠가 어디선가 분명히 만난 적이 있는, 아주 오래되고 익숙한 느낌의 남자였습니다.

어디서 보았을까……. 고객 회원가입을 위해 그가 묻는 간단한 개인정보에 답을 하며 전 계속 그 점이 의문이었습니다. 한데 참 이상한 일이었어요. 평소 가족이나 친구외엔 누구에게도 그렇듯 완전 무장해제의 방심으로 자신의 개인 정보를 알려준 사람이 없었거든요. 여타 다른 거래에서도 보안상 늘 제 이름 대신 아이들 이름을 말하곤 했는데 그렇듯 선선히 제 이름, 집 전화, 핸드폰 번호까지 알려주며 누구보다 놀란 건 제 자신이었어요. 아무에게도 그렇게 허심히 대한 적이 없었기 때문이지요.

성함은요? 컴퓨터 자판에 손을 얹고 가장 먼저 그는 그렇게 물었습니다. 진아영이요. 진, 아, 영……그가 천천히 저의 이름을 부르며 자료를 입력하였습니다. 진아영. 그의 입을 통해 나오는 제 이름은 아주 색다른 느낌을 주었습니다. 우주의 어느 아득한 공간, 그곳에 존재하는 한 사랑스런 여인의 이름을 부르듯 그는 조용히 제 이름을 불렀습니다. 전화번호는요. 그것이 그의 두 번째 물음이었습니다. 핸드폰있으세요……세 번째의 물음은 매우 주저하듯 낮고 조심스런 어조였습니다. 여느 때 같음 어림도 없는 일이지요. 차갑고 단호한 어조로, 집 전화번호면 충분하지 않나요. 하고 과민반응을 보이며 턱없이 개인정보의 보안에 신경을 썼을 거예요. 공인이라 할 수 있는 교사는 직업상 사실 좀 그런 편이었거든요.

그래요. 생의 어느 지점에선가 꼭 한 번은 만나야만 할 만남이란 첫 순간부터 서로가 서로를 알아보는 법. 비디오 테잎을 소중히 가방에 넣은 후 어설피 문을 밀고 나오는 저의 등 뒤로 그가 다시 제 이름을 불렀습니다.

진아영 씨. 우산 잊으셨네요. 그가 제게 우산을 건네며 다시 한 번 따뜻이 미소지었습니다. 백만 송이의 장미가 한꺼번에 향기를 내뿜듯……수만 개의 작은 종이 일시에 울려오듯……수천 개의 폭죽이 밤 하늘을 수놓는 듯한……그러한 느낌. 그것을 어떻게 설명해야만 할까요. 밖으로 나오니 봄비는 여전하였습니다. 그러나 그를 만나기 전의 봄비와 그를 만난 후의 봄비는 완연히 달랐습니다. 마음을 밑으로 밑으로만 끌어앉히며 울울하고 축축한 기분에 젖게 하던 좀 전과는 달리 포근포근 온몸을 파고드는 봄비 소리에 가슴이 세차게 뛰었습니다. 스스로 생각해도 가슴이 뛴다는 느낌을 가진 것이 얼마만의 일인지 놀랍기만 했습니다.

제 삶은 아무런 문제가 없었습니다. 거리 어느 곳을 걷다가도 눈을 들어 하늘을 보면 저만치에 아스라히 산이 바라보이는 전원도시, 그곳에 위치한 쾌적한 아파트, 눈물겹게 성실하고 사람됨이 반듯한 남편과 두 아이, 집에서 가까운 학교에 근무하여 출퇴근이 승용차로 10분 거리인 더 할 나위 없는 환경이었지요. 그러나 제 마음은 늘 외로움이란 웅덩이에 흥건히 갇혀있는 느낌이었습니다. 마음 한 구석에 알 수 없는 커다란 웅덩이가 있어 늘 채워지지 않는 공허감에 어쩔 줄을 몰랐습니다.

공허를 달래는 유일한 방법이 독서였습니다. 독서에 곁들인 영화, 비디오, 음악감상. 그것이 전부였습니다. 그외엔 제 삶의 실질적인 그 어떤 부분도 제 맘을 붙잡지 못하였습니다. 전 지극히 자기 중심적인 여자였어요. 남편은 물론 자식조차 제대로 품어 안기엔 역부족인 여자였는지도 모릅니다. 그래도 교직은 천직이라 할만 했어요. 아이들은 예뻤고 그들을 가르친다는 일은 제 마음속 휑한 웅덩이를 조금씩 조금씩 메워가는 일이기도 하여 나름의 충일감이 있었습니다.

그러나 그를 처음 본 봄날 이후 비디오 대여기간이 다 지나도록 제 내면의 알 수 없는 떨림은 멈추질 않았습니다. 늘 비디오를 본 후엔 곧 돌려주곤 하는 평소의 버릇관 달리 무언가를 계속 유보하듯 짐짓 여유를 부리며 그렇게 며칠인가가 지났습니다.

그에게서 전화가 온 것은 남편과 아이들이 곁에 있는 4월 어느 토요일 오후였습니다. 4월 어느 토요일 오후. 마침내 그에게서 전화가 왔습니다. 온 가족이 거실에서 함께 TV의 오락 프로를 보며 왁자한 소음 속에 싸여있던 시간이었습니다. 전화선을 통한 그의 음성을 듣자 거의 반사적으로 전 무선 전화기를 들고는 안방으로 갔습니다. 아, 여긴 '영화마을'인데요. 전 대번에 그의 음성을 알아차렸습니다. 오랫동안……마치 아주 오랫동안 그의 전화를 기다린 사람처럼 전 전혀 서두르지 않으며 그의 전화를 받았습니다. 어쩔 수 없이 긴장되어가는 음성만을 뺀다면. 대여기간이 오래 지나 연락드립니다. 비디오 반납 가능한가요. 범상한 음성 저 깊숙이에 짙은 반가움을 감추고 있는 정겨운 톤이었습니다.

그렇잖아도 오늘 갖다 드리려 했는데요. 3시까지 갖다 드릴게요. 마치 그와의 만남을 약속하듯 말하는 제 음성이 시냇물처럼 졸졸 흘렀습니다. 참 이상한 일이지요. 단 한 번 본 사람을 천 년을 함께 한 듯 가깝고 친숙하게 느끼다뇨. 혼란. 대혼란이라 할밖엔 없었습니다. 거실로 나오자 남편이 물었습니다. 누구야?

으응, 비디오집. 나 비디오 갖다 주고 올께. 왜 당신이 가아, 애들 보내지. 아냐, 내가 가야 해.

자신이 생각해도 어이없을 만큼 황황히 비디오 테잎을 가방에 쑤셔

넣은 후 그가 있는 곳을 향해 달음질을 쳤습니다.

영화마을. 안으로 들어서는 저를 바라보며 그가 갓 피어난 수련처럼 환히 웃어보였습니다. 시리도록 떨리는 미소. 남자의 미소가 그렇게 신비로울 수 있음이 놀랍기만 했습니다. 그는 인라인 스케이트를 손질하고 있었습니다. 반납이 너무 늦었네요. 연체료 얼마예요? 딱히 할 말이 없어 숨을 몰아쉬며 그렇게 말하는 저를 바라보며 그가 하아, 소리내어 웃었습니다. 됐습니다. 블록버스터도 아닌데요, 뭘. 꼭 보실 분껜 그냥 빌려드려도 괜찮습니다. 어머……안 돼요. 아니, 됩니다. 자주 들르십시오. 저희 집 희귀한 테잎 많이 갖고 있어요. 흘러간 명화, 예술영화 쪽은 거의 다 있거든요. 아, 그래요? 실은 저 영화광인데……직장땜에 많인 못 봐도, 그래도 꼭 볼 건 놓치질 않죠. 저어, 혹시 선생님 아니세요? 어머……맞아요. 근데……어떻게 아셨죠? 아, 느낌…… 그냥 느낌입니다. 혹 국어과 아니신가요. 호홋……족집게시네요. 그날의 대화는 아마 그렇게 이어졌던 것으로 기억이 납니다. 그리곤 비디오, DVD 맞은편 서가에 빽빽히 꽂힌 신간 서적을 둘러보며 일없이 가슴이 쿵쿵 뛰었지요. 그가 말했습니다. 책도 한 번 읽고 나면 아깝단 생각이 들어 한쪽에 쌓아 놓다 보니 꽤 많아졌어요. 거의 요즘 신간인데 보시고 싶음 빌려 가세요. 그의 음성이 꿈결인 양 아득하였습니다. 여느 비디오점 하곤 많이 다르네요. 애서가신가봐요.

전에부터 사려고 벼르던 신간을 뽑아 페이지를 뒤적이며 제가 물었습니다. 하핫……그건……제 필요……아, 아닙니다. 그가 무언가를 말하려 하다간 멈칫 침묵하였습니다. 그러나 순간 전 직감으로 그가 누구인지를 알았습니다. 어쩜 처음 본 순간 이미 느꼈는지도 모릅니다. 다만 그것의 확인이 두려웠을 뿐 전 이미 그를 알고 있었음이 분명합니다. 집으로 달려오는 즉시 서재에 꽂혀 있는 그의 책을 찾아내었습니다.

대학 시절 한때 유례 없는 철학적, 인문학적 구도, 열정으로 문단에 선풍적 관심을 불러 일으키며 독자들을 뜨겁게 사로잡은 신예작가, 그가 분명하였습니다. 책표지의 얼굴은 30대의 것이라 좀 더 젊고 풋풋해 보일 뿐 10년이 훌쩍 지난 그의 얼굴은 크게 변하질 않았습니다. 책장을 넘기는 손길이 떨리고 가슴이 뛰었습니다. 젊은 시절, 그의 작품에 몰입하여 알 수 없는 열기에 휩싸인 그때로 돌아간 느낌이었습니다. 정기구독하는 문예지 부록을 찾아 작가의 주소를 확인하였습니다. 아……그였습니다. 그와 한 도시에 살고 있다니! 인구 30만의 분지를 이룬 작은 신도시에……마음 깊숙이에 감추어져 있던 흥건한 웅덩이가 와락 솟구치며 끓어오르는 듯한 느낌이었습니다. 그를 향한 제 마음은 그렇게 열렸습니다.

그리고 시인의 말대로 그 봄은 제겐 너무도 찬란한 슬픔의 봄이었습니다. 그를 향한 마음이 슬픔으로 뭉클뭉클 자라나기 시작한 때문이지요. 몇 차례의 봄비가 내리고 다투어 봄꽃들이 피어나기 시작하자 저는 더는 견딜 수가 없는 마음이 되고 말았습니다.

학교에서 일찍 퇴근한 저녁, 전 다시금 '영화마을'을 찾았습니다.

특별히 빌리고 싶은 책이나 비디오, DVD 테잎은 없었지만 전 그를 만나야만 했습니다. 4월의 어느 하루 맑게 개인 오후였습니다. 전 '영화마을'의 문을 밀고 안으로 들어섰습니다. 처음 왔을 때와 똑같이 그렇게. 그러나 가슴이 심하게 뛰어 발을 내딛기조차 힘들었습니다. 과도한 긴장으로 뿌옇게 흔들리는 시야에 카운터에 앉은 한 여자의 모습이 들어왔습니다. "어서 오세요." 수북이 쌓인 비디오, 책 더미 위에 놓여있던 손을 멈추며 여자가 인사를 했습니다. 퍼머가 거의 풀린 긴 머리를 자연스레 틀어올린 검은 폴라 티의 작고 마른 체형의 여자였습니다. 한눈에도 여자의 모습은 적어도 작가의 아내답다는 그런 느낌이 전해져왔습니다. 뭐랄까. 그 나이의 흔하고 속된 얼굴이 아닌 무언가 나름대로 자기만의 향을 지니고 있는 듯한 모습이었습니다.

알 수 없는 기분에 온몸이 얼어붙는 듯한 느낌이었습니다. 제 가슴 한켠에서 화악, 불꽃이 일었습니다. 여자를 향한 설명할 수 없는 감정이었습니다.

특정 비디오 테잎이라도 찾듯 잠시 가게를 서성이다간 '영화마을'을 나와 집으로 돌아오는 마음은 황량한 겨울 벌판의 한가운데에 서 있듯 외롭고 쓸쓸하였습니다. 제 발길은 어느새 도심의 중앙공원을 향하고 있었습니다. 이곳 신도시엔 공원이 몇 개 없고 그나마 가장 넓고 인라인을 위한 트랙까지 갖춘 곳이라곤 중앙공원 밖엔 없으니까요. 열심히 인라인 스케이트를 손질하던 그의 모습이 떠올라 자신도 모르게 발길이 그리로 향했었나 봅니다.

주말 오후라 공원엔 사람이 많았습니다. 달리거나 혹은 달려가듯 빠른 걸음의 독특한 포즈를 한 수많은 사람들이 트랙을 돌고 있었습니다. 트랙 안 쪽으로는 붉은 선이 그어진 두 개의 라인을 따라 헬멧과 장구를 갖춘 인라이너들이 바람처럼 휙휙 내달렸습니다. 아, 그를 만나야만 해. 꽃불처럼 활활 피어오르는 마음을 어쩌지 못해 전 공원을 가득 메운 벚꽃나무 밑 스탠드에 주저앉아 두 손으로 얼굴을 감쌌습니다. 순간 전신을 덮쳐오는 알 수 없는 슬픔에 눈물이 났습니다. 스스로에 대한 납득할 수 없는 마음과 통제할 수 없는 내면 깊은 곳의 애달픔 때문이었을까요. 잠시 후 흐르는 눈물을 닦으며 전 마치 자동 조정된 인형인 양 벚나무 밑 스탠드에서 몸을 일으켜 트랙을 돌기 시작했습니다.

휙휙 내달리는 인라이너들의 어깨 위로 연분홍 꽃잎이 후르륵 휘날렸습니다. 검정빛에 남색 줄무늬 유니폼의 인라이너가 속도를 줄이며 서서히 제 곁으로 다가옴이 느껴진 건 바로 그때였습니다. 고개를 돌려 옆을 보았습니다. 아아……그였습니다. 그가 환영처럼 스르르 제 곁으로 다가선 것이었습니다. 기적. 아, 우리 삶에 그런 일이 기적이 아니람 무엇을 기적이라 할까요. 수많은 엇갈림과 혼돈, 수많은 경우의 수 중 확률이 거의 제로에 가까운 일이 실제 눈 앞에서 현실로 발현하는 일. 그걸 기적이라 하지 않을 수 있을까요.

제 생애 가장 아름다운 기적의 순간만 같았습니다. 전 지는 꽃잎처럼 화르륵 자지러지며 놀라움과 환희에 몸을 떨었습니다. 그도 놀란 듯 나선형의 헬멧을 벗으며 저를 향해 꾸벅 목례를 해왔습니다. 아, 이……렇게 뵙다뇨……그 역시 그 봄날의 해후가 믿을 수 없이 느껴지는 듯 온몸으로 기쁨을 표했습니다. 돌고래를 연상케 하는 매끈하고 날랜 인라인 유니폼 속 그의 모습은 뿜을 듯 활력이 넘쳤습니다. 인라인 스케이트 바퀴의 지름 만큼 높아진 그의 키와 헬멧, 유니폼으로 바랜 듯 창백한 모습이 가리워진 그의 모습은 그가 글을 쓰는 작가임을 잊게 하였습니다. 그러나 그는 작가 김 아무개가 분명했습니다. 특유의 포근한 미소, 예리하고 깊은 눈빛이 그를 입증하였습니다. 두 사람은 둥근 트랙의 가장자리, 가까운 스탠드로 다가가 몸을 앉혔습니다. 누가 먼저랄 것도 없는 자연스런 몸의 움직임이었습니다. 스탠드에 앉은 두 사람의 어깨 위로 후드득 벗꽃 잎이 떨어져 내렸습니다.

아, 좀 걷기 위해 공원엘 왔어요. 주로 여기서 인라인을 타시나요? 극도의 희열과 놀라움에 젖은 눈을 크게 뜨며 전 겨우 그렇게밖엔 말할 수가 없었습니다. 네에, 자주 그래요……순간 그가 찌를 듯 제 눈을 바라보았습니다. 눈이 항상 그렇게 젖어있나요. 아뇨, 꽃가루 때문에요. 꽃가루가 날리면……눈이……맵거든요. 그가 제게 시선을 그대로 둔 채 깊고 따스한 눈으로 웃어보였습니다. 긴 세월, 오직 그 순간만을 바라고 기다려온 듯 너무도 부시고 아름다운 미소였습니다. 그 미소에 제 눈물은 순식간에 다 말라버렸습니다.

두 사람은 트랙을 따라 나란히 앞으로 나아갔습니다. 그는 저의 안

쪽에서 인라인 선을 따라, 전 그저 좀 빠른 걸음으로 그의 곁을 따랐습니다. 더 이상 말 같은 건 필요칠 않았습니다. 아주 오래된 연인이듯 우린 그렇게 몇 바퀴나 트랙을 돌고 또 돌았습니다.

그후 우린 주말이면 자연스레 어울려 공원에서 함께 인라인을 탔습니다. 남편과 같이 인라인을 시작했으나 점차 골프에 더 관심을 갖게 된 남편 탓에 잠시 쉬고 있었는데 인라인이 그와의 만남에 결정적 계기가 될 줄은 정말 몰랐습니다. 어느 날은 둘이서 서해가 보이는 제가 사는 신도시에서 멀지 않은 바다로 '로드'를 나갔습니다. 지하철 4호선 끝의 오이도 포구였지요. 늦은 봄이었으나 바람은 꽤 찼고 긴긴 방파제를 달리던 두 사람은 처음으로 손을 꼬옥 잡았습니다.

아영 씬 너무 가벼워 바다 가운데로 곧 날아가버릴 것만 같아요. 제 손을 힘주어 잡으며 그가 웃었습니다. 아, 바람이 너무 쎄요. 세찬 바람을 피해 전 그의 등 뒤로 몸을 감추며 아이처럼 장난을 쳤습니다. 그가 몸을 돌려 온몸으로 바람을 막듯 제 몸을 보듬어 안았습니다. 전혀 스스럼없이 그의 품에 안기며 제 안에 꽁꽁 숨겨있던 작은 씨앗 하나가 툭, 소릴 내며 막을 뚫고 터져나오는 환희에 몸을 떨었습니다. 방파제 끝에 앉아 우스꽝스런 벽돌빛 등대를 바라보며, 그 빛깔이 너무 이상하다며 보온병에 담아온 헤이즐럿 커피를 나눠마셨습니다. 바닷바람은 매우 찼습니다. 그가 자신의 점퍼를 벗어 제 몸을 둘둘 감은 후 오르르 떨고 있는 제 몸을 뒤에서 포근히 감싸안았습니다. 등을 통해 전해오는 미풍처럼 부드러운 그의 숨결, 펄떡이는 심장의 힘찬 박동. 아주아주 오래 전부터 그래온 듯한 아늑한 일치감이 온몸을 휘감아왔습니다. 아, 이윽고 제 안에 갇힌 씨앗 하나가 우드득, 그 싹을 틔운 순간이었습니다.

그후 저에겐 믿지 못할 일들이 이어졌습니다. 마치 제 모든 변화를 다 감지한 듯 남편이 제게 이혼을 요구해 왔습니다. 저와 거의 동시에 남편도 다른 여자를 사랑하고 있었던 것입니다. 결혼 후에도 계속 잊지 못한 옛 여인과의 극적인 재회 후 힘겹게 내린 결론이노라 고백했습니다. 대신 아이들은 자신이 책임지겠으며……조기 유학을 보내듯 캐나다 지사로 떠나게 된 자신에게 맡겨 달라 간청하였습니다. 너무도 놀랍고 황당한 일이었습니다. 그러나 이상하게도 제 맘엔 분노가 일질 않았습니다. 비로소 저 또한 사랑의 진실과 아픔, 그 실체를 이미 알아버린 때문이겠지요.

모든 일은 순식간에 진행되었습니다. 초등학생인 두 아들은 그저 아빠를 따라 유학 가는 것으로, 엄마는 교사인 까닭에 후임이 정해지면 때를 보아 차후 곧 뒤따라 갈 것이라 말했습니다. 평소 워낙 아빠를 따르던 아이들은 그저 해맑고 천진한 모습으로 가볍게 제 곁을 떠났습니다.

당신, 참 괜찮은 여자였어. 그러나……내 맘 깊은 곳의 진실을 영구히 묻어두고 살 순 없단 생각에서 벗어날 수가 없었어. 당신에겐 너무 미안해. 다행히 당신에겐 좋아하는 일이 있고 이곳의 모든 자산은 다 당신에게 남겼으니 부디 행복하길 바래……그리고 내 아인 곧 당신의 아이. 최선을 다해 잘 키울께. 그리고 언제라도 만나고 싶음 만나게 해줄께.

남편은 함께 살던 아파트며 일정액의 은행 잔고까지 그대로 남겨 놓은 채 오직 두 아이들만을 데리고는 훌쩍 이 땅을 떠났습니다. 앞서 이민 간 그의 여자가 터잡아 살고 있는 머나먼 캐나다를 향하여…… 대저 사랑이란 무엇일까요. 혼란 중에도 본인들보다 주위의 경악과 충격은 훨씬 더하였고 그 점이 마음아팠습니다. 또한 얼결에 헤어지고 말았으나 시간이 지날수록 견딜 수 없는 건 아이들의 존재였습니다. 퇴근 후 집에 오면 아이들이 남기고 간 책상이며 옷가지를 붙들고는 한없이 울었습니다. 쿨한……턱없이 쿨한 이별이길 원하였으나 모성이란 결코 쿨할 수 없음을 늦게서야 알았습니다. 야멸차고 메마른 모성. 못내 저를 옭아맨 슬픔은 그것이었습니다.

그간의 일들. 엄청난 한 차례의 쓰나미가 밀려온 듯 제게 일어난 많은 일들. 그러나 그건 실은 제가 좋아하는 그와는 전혀 무관한 일이었습니다. 글 쓰는 일을 업으로 가진 그는 그 존재의 무게만으로도 이 삶을 견뎌내기가 매우 힘듭니다. 설혹 서로 마음을 깊이 주고받는 사이가 된다 하여도 털끝만큼도 그에게 짐이 되는 존재가 되어선 아니 됩니다. 긴 숙고 끝에 전 학교를 사직하고 퇴직금과 그간의 모아 놓은 돈을 합쳐 산성의 카페를 인수하였습니다. 산성 아래에서 작은 모텔을 운영하는 선배 언니가 있었기에 가능한 일이었습니다. 어느 날 느닷없이 뜨거운 불화살을 맞은 듯 사랑에 빠져버린 여자는 더 이상 아이들을 가르칠 수가 없었습니다. 겹겹의 위선을 벗어나 남은 생 적어도 스스로에게만은 보다 진실되고 정직한 삶을 살 필요가 있음을 절감했던 것입니다.

누군가를 향한 타오르는 그리움에 목이 멜 때면 꼭 약속하지 않아도 언제 어느 때 불현듯 그가 나타나 주기를 기다릴 수 있는 공간을 갖고 있음은 얼마나 큰 축복인지요. 그는 늘 얼마쯤 지친 몸으로 말없이 카페의 문을 열고 들어와 창가의 고정된 자리에 앉습니다. 고요한, 그러나 응축된 그 모든 것을 담은 눈빛으로 그는 늘 5초쯤 저를 바라봅니다. 무슨 말이 필요할까요. 순간, 그 5초의 순간을 위해 모든 것을 참고 견뎌온 듯 저는 아늑한 행복을 느낍니다. 그외 그에게 더 이상 바라거나 원하는 거라곤 없습니다. 그렇듯 며칠에 한 번 그가 원할 때 산장의 제 카페를 찾아와 서로 만날 수 있는 것. 그를 위해 맛있는 차를 끓이고 마주 앉아 미소지을 수 있는 것. 제가 그에게 바라는 건 그것이 전부입니다. 그것이 어찌 사랑이란 이름으로 가능한가 물으시는군요. 그러나 도무지 어쩔 수 없는 상황에선 허기진 허리를 졸라매듯 그리 할 수밖엔 없는 것 또한 사랑 아닐까요.

때까치가 요란스레 울어대고 지난 해만큼이나 흠뻑 눈이 내린 겨울 아침이라 그러한 걸까요. 이 아침 불현듯 다시 사진 작가, 그들의 모습이 떠오릅니다. 봄비에 목련이 뚝뚝 떨어져 내리던 그 봄 이후 유난히 무덥던 여름, 그리고 가을……그렇듯 한 계절에 두어 번은 꼭 카페를 찾던 그들이 웬지 늦가을부턴 얼마간 뜸했습니다. 하얗게 눈 내린 이 아침, 유독 그들의 모습이 기다려집니다.

순간 딸랑, 경쾌한 음향으로 카페 출입문이 열리며 거짓말처럼 그들이 들어옵니다. 간절한 제 마음이 기어이 그들을 이 산정 꼭대기까지 불러 올린 것일까요. 눈빛처럼 환한 웃음으로 손을 번쩍 들어 보이며 반가운 인사를 건네 옵니다. 그리고 그들은 어김없이 창가 자리에 앉아 설경을 찍어대기 시작합니다.

다시 카페의 문이 짤랑, 소리를 내는가 싶더니 이번엔 또 저의 그이가 들어옵니다. 아, 그입니다. 찻잔을 나르던 제 몸이 휘청 흔들립니다. 나목에 소롯이 내려앉은 설화처럼 제 마음에 환한 눈꽃이 피어납니다. 카페에 손님이 뜸한 틈을 타 내 몫의 차를 준비하여 그의 앞으로 갑니다. 예의 나란히 앉고 싶은 마음을 누르며 그의 앞좌석에 몸을 앉힙니다.

사흘간의 폭설 내내 핸드폰 통화와 문자를 보내며 산 속에 홀로 고립된 저의 안위를 염려해 준 그가 있어 전혀 두려움없이 그렇게 뜨개질에만 몰두할 수가 있었던 걸까요. 그와의 만남. 그 깊이가 어느만큼인가 물으십니까. 그래요, 그걸 한 마디로 답할 수는 없겠으나 적어도 우리 사랑, 단지 세속적인 잣대로만 헤아려 재단할 수는 없단 사실만은 확실합니다. 우린 손을 맞잡는 것, 그리고 깊은 포옹만으로도 얼마든지 더할 수 없는 희열과 엑스타시를 느낍니다.

오늘따라 그는 카페의 문을 닫는 시간까지 책을 읽으며 묵묵히 저

를 기다려 줍니다. 그리곤 짤랑, 소릴 내며 카페의 문을 닫고 돌아서
는 순간 와락 저를 끌어당겨 안았습니다. 으스러질 듯한 포옹입니다.
너무 세게 안아 심장이 터져버릴 것만 같습니다. 순간 제 존재는 온전
히 소멸되고 오직 그의 숨결만이 온 우주에 가득 찬 듯한 느낌입니다.
온몸을 사르듯 뜨겁고 긴 포옹. 순간 전 실오라기 하나 걸치지 않은
겨울 숲의 나목이 되었습니다. 아니, 요요한 빛으로 겨울 하늘을 비추
는 가장 영롱한 별이 되었지요. 그 이상을 원한다면 천 길 벼랑, 그 앞
에서 한 발 멈춰설 줄을 모르는 과욕임이 분명합니다.

산장에서 저와 함께 밤을 지새고 싶어 하는 그를 저만치에 떼어 놓
고 시린 마음으로 한 발 한 발 카페를 향해 다가서는 순간이었습니다.
아……저 좀 도와주셔요, 저 좀……어두운 카페 문 앞에서 누군가가
휘익, 앞을 가로 막았습니다. 희미한 외등 아래 드러난 검은 실루엣은
뜻밖에도 사진 작가 그녀였습니다. 화사한 눈꽃 같아 보이던 낮의 모
습과는 달리 쓰러질 듯 파리하고 헝클어진 자태였습니다.

저는 황급히 그녀를 부축하여 카페 안으로 들어갔습니다. 그녀를
자리에 앉히고 장작을 가져다 벽난로의 불을 지핀 후 따끈한 차를 준
비해 그녀 곁으로 갔습니다. 그 사이 그녀는 많이 안정을 찾은 듯 수
줍은 미소를 띠우고는 어린 소녀처럼 단정한 모습으로 앉아 있었습니
다. 따릉, 순간 여자의 핸드폰에서 문자의 수신을 알리는 신호음이 들
렸습니다. 급히 문자를 읽어가는 여자의 눈가에 반짝 눈물이 어렸습
니다. 그러나 여자는 단호한 빛으로 핸드폰을 꺼버리며 제게로 얼굴

을 돌렸습니다. 밤새 혼자 산을 돌아다니며 절 찾는다 해도 오늘 전 그를 만나지 않아요. 두려워요. 오늘 밤 저를 좀 지켜주셔요.

여자의 음성엔 애절한 떨림이 묻어났습니다. 모든 걸 묵인한다는 듯 전 그녀를 향해 따뜻이 웃어 보였습니다. 그리곤 말없이 다시 한 잔의 밀감차를 따라 그녀의 앞에 놓아주었습니다. 제 남편은 지금 불운에 처해 있어요. 직장에서 경제사범으로 몰려 해외도피 중이에요. 대기업 임원인데 부실 경영의 책임을 지고 일단 그 책임의 소재가 밝혀질 때까지 잠시 피해있어야만 하는 처지예요. 그러나 회사는 점차 그에게만 책임을 전가하려는 움직임이 일고 있고 일의 해결 방향은 어둡기만 해요. 발벗고 나서 그의 결백을 위해 뛰어야만 할 땐데 제 마음은 엉뚱한 곳을 헤매고 있었던 거예요.

타다닥 불길 이는 벽난로 쪽으로 얼굴을 돌리며 여자는 두 손으로 얼굴을 감싸안은 채 어깨를 들먹였습니다.

그에게 빠져 들었어요. 난데없이……아무런 예고도 없이……마치 4월의 소나기 같았어요. 그러나 우린 결코 선을 넘진 않았어요. 믿으실 지 모르지만……한데 오늘이 고비였어요. 그와 저의 의견이 완전히 상충된 시점이었지요. 한동안의 실랑이 끝에 그의 차에서 내려, 이리로 달려 왔어요. 이제 그와는 끝이에요.

곧추세운 여자의 꼿꼿한 등선이 의지를 말해주듯 그녀의 얼굴엔 차가운 얼음꽃이 피어났습니다. 저는 망연한 얼굴로 이야기를 들어주며 그녀 앞으로 뜨거운 밀감차 한 잔을 더 내밀었을 뿐입니다. 잘 하셨어요. 오늘은 제가 차로 집까지 데려다 드릴게요. 젖어드는 음성으로 전 그렇게밖엔 말할 수가 없었습니다. 고마워요, 오늘 밤, 잊지 못할 거예요.

따릉……둘이서 나갈 채비를 하는 동안 제 핸드폰에 문자가 들어왔습니다. 그였습니다.

저 별★ 고운 아영. 잘 자요. 고운 꿈! 그의 문자는 늘 그렇듯 매우 짧고 간결합니다. 그러나 그 행간 속엔 너무도 깊고 뜨겁고 별처럼 아련한 그 모든 것이 숨겨져 있음을 느낍니다. 아련하고 뜨거운 그 무엇. 차마 드러내어 말 못 하는 그 무엇. 그러나 그는, 저는 아니 두 사람은 잘 알고 있습니다. 그 무엇이 무엇인지, 그 무엇을 어찌하여 그렇게 별처럼 멀고 아득하고 손에 넣을 수 없는 그리움으로만 바라보아야만 하는지……산성의 겨울 밤은 깊어만 가고 주위는 꽁꽁 얼어붙었으나 저의 마음은 한여름처럼 뜨겁게 달아오릅니다. 그가 보낸 짧은 문자만으로 이 겨울 내내 매서운 추위도 이겨낼 듯한 마음입니다. 그녀를 집에 데려다 주려 차에 시동을 걸고 차가운 핸들을 녹입니다. 옆자리에 앉아 그런 제 모습을 바라보는 여자의 표정이 포근하고 밝아 보입니다. 마음이 흥건히 하나로 녹아듭니다.

그녀를 처음 만난 산성의 아침, 때까치 소리 요란하던 그 겨울 아침이 떠오릅니다.

# 가지 않은 길

친정 조카의 상견례장. 별 다섯 개의 특급 호텔 창가에 앉아 아직 오지 않은 상대 신랑측 가족을 기다리며 창 밖을 바라본다. 차이나풍 하이넥에 하의 양 옆이 길게 터진 화려한 무늬의 실크 복장을 한 젊은 여자 도우미들이 쉴새없이 방을 드나들며 서빙 준비에 여념이 없다. 상견례치고는 최고의 장소이다. 그러나 신랑 신부 양가의 품위와 체면을 위해 사치의 극을 달린다는 느낌에선 자유롭지 못하다. 드넓은 창 밖에선 쉼없이 폭포가 떨어져 내리고 있다. 조경은 가히 수준급이다. 폭포 아래 크고 작은 바위 틈에는 온갖 꽃들이 피어있다. 그 중에

서도 유독 눈길을 잡아끄는 하얀 꽃에 눈길이 머문다. 소담스레 피어
있는 하얀 꽃 무더기. 불현듯 그녀의 모습이 떠오른다.


그녀, 강예현. 오늘은 누군가에게 그녀의 이야기를 들려주고 싶다.
짧은 2월의 황사 속에서 총총히 멀어져간 그녀의 이야기. 극성스런
매파媒婆가 물동이 이고 가는 이웃집 처녀를 훔쳐보려 일없이 동네 우
물가를 서성이듯 그녀를 보러 그녀의 일터인 P 초등학교를 찾아간
일. 후일 그것이 두고두고 내게 그리도 큰 과오와 회한으로 자리할 줄
은 미처 몰랐음을……거기에서부터 이야기를 해야 할 것 같다.
　처음으로 그녀가 근무하는 P 초등학교를 찾아가 학부모인 양 노모
와 함께 발꿈치를 들고 살금살금 그녀가 담임 맡은 1학년 1반, 복도
의 맨 끝 교실로 다가가던 때의 느낌. 그 긴 복도를 걸어가던 때의 느
낌이 생각난다. 조금쯤은 하릴없는 기대와 설레임, 훔쳐보듯 예고없
이 상대를 살짝 엿본다는 팽팽한 긴장, 그리고 한 가닥 가녀린 기도의
마음 같은 것이 한데 뒤엉켜흐르던……그러지 않고서야 미처 그녀를
보기도 전에 이미 그녀를 향한 알 수 없는 애정과 우호의 감정이 그토
록 가슴을 가득 메워왔는지 설명할 길이 없다.
　때는 신학기 봄이었고 학급은 모두 수업이 진행되고 있었다. 그러
나 주로 1학년만 모여 있는 교사校舍 1층은 너무도 어수선하고도 시
끄러워 그 소음이 복도에까지 전해져왔다. 한데 어쩐 일로 그녀의 학
급만은 이상하리만큼 조용했다. 가벼이 스쳐가듯 차분히 가라앉은 교

실 안을 힐끗 들여다보았다. 1학년 꼬마들이라기엔 너무도 의젓하고 긴장된 모습의 아이들이 올망졸망 열 지어 앉은 책상 사이로 긴 웨이브 머리를 한 하얀 원피스 차림의 여교사가 고요한 동작으로 아이들의 과제를 점검하며 몸을 움직이고 있었다. 이상하리만큼의 고요. 고즈넉한 교실을 가득 메운 적막에 가까운 고요는 돌연 나의 마음을 사로잡았다. 가을 낙엽처럼 바싹 마르고 물기 없는 몸매에 자그마한 키, 그러나 몸 전체에서 감도는 알 수 없는 고압과 단호함은 교실의 적요를 충분히 입증하는 무엇이 있었다.

너무도 천방지축 제멋대로인 아이들을 그토록 질서있고 틀 잡히게 하기까지 얼마만큼 공을 들였을 것인가. 문득 그녀와 대면해보고 싶은 욕구가 회오리쳤다. 단지 일별만으로 돌아오기엔 무언가 설명 못할 미진함 같은 것이 발목을 잡아채는 듯한 끈끈한 느낌 때문이었다. 그것을 일컬어 인연이라 해야 할까. 그날의 일은 아무리 생각해도 논리적, 이성적 설명이 불가능했다. 옛날 모든 상호 여건, 의사소통이 여의칠 않던 시절, 은밀히 이웃 처녀를 물색함이 중신의 한 유형이듯 다소는 경위없고 무렴한 행위를 하였음은 기이하기만 한 일이었다.

초등 교사인 맏언니의 가까운 옛 동료가 그녀와 같은 학교에 근무하여 노총각 동생, 재민의 혼처를 놓고 말이 오가던 중 자연스레 학교를 찾아 와 멀리서 한 번 신부감을 선봄이 좋을 듯 하다는데 의견이 모아졌고, 우연히도 단지 그녀 학교 가까이에 산다는 이유만으로 그 일의 수행이 내게 맡겨졌음은 묘한 일이었다. 그러나 더욱 묘한 점은 나의 태도일 것이다. 평소 좀 강파르고 뾰족하다 싶은 성정이라 누구의 청이건 맘 내키지 않고 하기 싫은 일은 끝내 마다하는 편이었으나 어쩐 일로 그 일만은 휘말리듯 그리도 흔쾌히 받아들인 것인지 알 수가 없었다. 아마도 그건 혼기 놓친 재민을 위해 전문 매파이듯 여기저기 수없이 맞선의 기회를 제공하였으나 번번이 실패로 끝나고 만 내 실의의 만회와 안쓰러움, 그리고 또 한 가지 중요한 것을 간과해선 안된다. 실은 그때만 해도 아직은 내 스스로의 사람 보는 능력, 예컨대 사람을 판별하는 내 능력에 대해 턱없는 오만과 과신을 품고 있을 때이기에 그 일이 가능했을 것이다. 사람을 알아본다는 것. 한눈에 사람을 알아보고 판별해낸다는 일. 그것이 얼마나 큰 위험이며 무모함이며 도전인지 그땐 미처 알 수가 없었다.

그날의 일이 그럴 것이다. 수업 중 교실 창을 통해 힐끗 그녀를 일견한 것만으로 재민의 신부감을 선보았다며 그대로 돌아서기엔 무언가 너무도 미흡한 느낌에 발길이 떨어지질 않았다. 적어도 그녀를 직접 만나 한 마디 말이라도 나눠야만 그래도 뭔가 느낌이 올 듯 했다. 미리 연락이 닿은 안면 있는 언니의 옛 동료 교사와 인사를 나눈 후 그의 안내로 노모와 함께 한적한 양호실에 앉아 곧 나타날 그녀의 모습을 기다렸다.

쉬는 시간의 타종과 함께 사환 아이를 보내어 잠시 양호실에 다녀갔음 한다는 선배 교사의 전언에도 불구하고 그녀는 근 30여 분이 지난 후에야 차분한 모습으로 자태를 드러내었다. 낯선 사람을 대하는 모습 어디에도 서둘거나 당황하는 기색이라곤 없었다. 배싯 웃어보이며 양호실로 들어서는 모습이 더없이 당차고도 단아했다. 마르고 작은 얼굴에 환한 원피스 차림이 꽤나 청초한 느낌으로 다가왔다. 호젓한 못가에 피어있는 한 송이 작은 수선화. 그것이 그녀를 본 첫 느낌이었다.

과제 점검 후에 오느라 늦었습니다. 선배의 소개에 우리 모녀를 향해 보일 듯 말 듯 까딱 고개를 숙이며 늦은 출현을 해명하는 모습이 무척이나 깍듯했다. 수선화……어찌하여 하얀 원피스 차림의 그녀에게서 수선화를 보았던 것일까. 무엇이 씌여도 단단히 씐 것임이 분명했다.

그녀의 학교를 방문하고 돌아온 얼마 후 마침내 나의 주선에 의해 재민과 그녀와의 만남이 이루어졌다. 그러나 그녀를 만나고 돌아온 재민의 반응은 너무도 뜻밖이었다. 수선화라니……말도 안 돼. 누나 말은 항상 열 배쯤 과장이야. 재민은 어이가 없다는 듯 그렇게 빈정거렸다. 수선화가 아니라 어쩜 갈대나 억새 같아. 아니 실은 엉겅퀴의 이미지였어.

재민의 반응은 예상 외였다. 왜소한 체구. 매너결여. 화제빈곤 등등……그리고 그는 무엇보다 그녀의 작은 키, 평균보다 훨씬 작은 키를 가장 마다하였다. 여자 키가 그만하면 되지 뭘. 누나보다 훨씬 작아요. 아냐, 나만 했어. 아니라니까요. 옆에서 나란히 걷는데 제 어깨 이만큼 밑이었어요. 키가 뭐 그리 중요하니. 중요하죠. 체형적인 밸런

스도 무시 못해요. 재민은 그녀에게 결코 후한 점수를 주지 않았다. 그녀의 키가 작다는 건 사실일 것이다. 그러나 친정 형제 중 재민을 포함한 밑의 두 남동생들을 제외하곤 위로 나란한 세 자매가 다 평균 치를 밑도는 작은 키였기에 여자의 키에 대해선 매우 관대한 편이며 외려 자그마한 키에 일말의 친밀감을 느끼곤 했다. 그러기에 막무가 내로 단신인 그녀의 키에 대해 불평하는 재민의 까탈만을 탓했을 것 이다.

귀엽고 깜찍하잖니⋯⋯눈 딱 감고 세 번만 그녀를 만나봐. 그렇듯 재민을 설득하여 두 번의 만남을 더 이어가게 하였으나 허사였다. 여 자를 느낄 수 없다. 그녀를 세 번 만난 후 재민이 내린 최종 결론이었 다. 여자를 느낄 수 없다니⋯⋯한 송이 하얀 수선화⋯⋯얼마나 여자 다운 모습인데⋯⋯여자를 보는 여자의 시선, 여자를 보는 남자의 시 선 간에 얼마나 큰 간극이 있는지를 절감했다. 하긴 한 여자를 놓고 열 남자가 본다면 열 남자 모두 다른 견해를 나타낼 지 모른다. 이제 더 이상은 만남을 주선하는 일 따윈 하지 않으리라 넌더리를 내며 그 녀의 존재를 잊어만 갔다. 그럭저럭 근 일 년이 지난 다음 해 봄이었 다.

누나, 그 여자, 기억해요? 수선화⋯⋯어쩌고 하며 누나가 되게 아 쉬워하던 그 여자말에요. 어느 날 퇴근길 불쑥 집에 들른 재민은 느닷 없이 그렇게 운을 떼었다. 그가 나를 찾아온 까닭은 전혀 예상치 못한 강예현, 그녀와의 재회를 의논하기 위함이었다. 일 년 전 세 번의 만남을 끝으로 더 이상은 인연이 아니란 생각에 연락을 완전히 끊고 있었는데 뜻밖에도 며칠 전 그녀로부터 다시금 만나자는 전화가 걸려왔다는 것이다. 수선화가 전화를 했다고?……잘됐다아. 재휜 일단 승산 확률이 높은 거야. 애타게 기다리던 전갈을 받은 양 내 쪽이 더 부푼 가슴으로 환호했다. 그때까지도 이렇다할 짝을 찾지 못한 재민은 뜨악한 얼굴로 전화를 통해 그녀가 원한 서른 두 송이의 붉은 장미를 안고 약속 장소로 나갔다. 그날은 다름 아닌 그녀의 서른두 번째 생일이었고 그녀는 좋아하는 누군가로부터 한 다발의 장미를 선물 받고 싶었음을 고백했다. 너무도 진솔한 그녀의 모습은 재민의 마음을 흔들었다. 그렇듯 극적인 반전으로 재회에 성공, 혼사에까지 이어진 만남이었다.

근 일 년이라는 공백을 통해 정제, 숙고된 만남이라 해도, 그러나 그후 그들 사이엔 끊임없이 문제가 발생했다. 첫 사건은 그녀를 위해 예물을 준비하는 과정에서 일어났다. 노모가 오랜 세월 아들을 위해 보관해온 3부 다이아몬드 반지를 결혼 예물로 정한 것부터 화근이었다.

예비 며느리인 그녀가 인사차 예비 시집엘 들른 날이었다. 혼사를 앞두고 자연스레 예물 얘기가 오갔고, 예비 시모는 오랜 세월 장롱 속에 보관해온 자신의 반지를 꺼내어 그녀에게 보여주었다. 문제는 바로 그 순간 일어났다. 아나, 아가 이거 한 번 보그래이. 예비 시모는 그 옛날 황망중 세상 떠난 남편이 신혼에 미처 예물을 못해 준 한으로 언젠가 해외에서 사다 준 선물을 예비 며느리에게 내밀었다. 어린 아들의 미래, 그 어느 날을 위해 깊숙이 간직해온 다이아몬드 알맹이에 백금을 두른 반지였다. 손가락에 맞나 끼워보그라. 세팅만 새로 하믄 예쁠끼다. 언제 한번 보석상에 함께 가보재이. 다소곳한 자세로 두어 품의 너비만큼 떨어진 곳, 아들 곁에 앉은 예비 며느리에게 무심코 반지를 건네었다. 가볍게……며늘 아기의 손 위에 던지듯 톡……그러나 불행히도(?) 반지는 그녀의 손을 벗어나 또르륵 바닥을 굴렀고 그녀는 황급히 구르는 반지를 잡아 손에 넣었다. 그녀의 낯빛이 하얗게 굳어졌다. 예비 시모의 무심한 동작 하나가 그녀의 가슴에 치명적인 금을 그은 것이다. 예물을……예물을 던지다니……그 일은 예비 며느리의 가슴에 씻을 수 없는 앙금을 남기었다. 신부의 예물은 반드시 새 것이어야만 한다. 평소 자신의 지론이 어긋나 가뜩이나 불쾌하던 그녀로선 더욱더 앙금이 쌓여만 갔다.

그 일 이후 혼사를 둘러싼 모든 일은 엉킴의 연속이었다. 신부를 위한 폐물 마련에서부터 신혼여행을 다녀오기까지 모든 과정이 불협화음, 부조화 일색이었다. 혼사란 원래 말 많고 탈 많고 집안 대 집안간 사고와 습성의 차이에서 오는 일대 모험이기는 하여도 그럴수록 당사자간 일말의 이해와 관용, 그리고 모든 허물을 뛰어넘는 화해가 요된다. 그러나 재민과 그녀 사이엔 결혼의 그러한 필수적 요소가 부족했다. 아니 어쩜 그보다 훨씬 더 많은 면에서 조화와 화합을 이룰 수 없었는지 모르겠다. 근원적인 사랑의 결핍, 혹은 흔히 일컫는 성격 차이, 성의 격차. 어쩌면 그에 앞선 이기, 아집, 자만, 그리고 방심이 그들 마음을 더 지배했던 결과일지도 모른다.

그러나 그 어떤 것도 정답은 아닐 것이다. 먼 후일 파경을 앞둔 그녀의 절실한 고백이 그에 대한 답이라 할 수 있을지……만시지탄의 후회, 보는 이의 가슴을 에는 회한 어린 그녀의 반응은 그러나 너무도 때늦은 대응이었다. 일이 그렇게 되기까진 재민에게도 자잘한 허물, 과오가 있음은 당연했다. 한쪽이 반듯한 정방형의 지나치리만큼 빈틈이 없고 한 치 여유 없는 성격이라면 다른 한쪽은 좀 더 둥글고 원만하고 숭굴숭굴한 일면을 지녔어야 했다. 그랬다면, 그랬었다면 아마 상황은 달라졌을 것이다.

어린시절 재민은 너무도 여리고 내성적인 아이였다. 동네 아이들과 어울려 치고 받고 싸움질하는 장면을 한 번도 본 적이 없다. 다만 고무로 만든 물총을 가지고 마당가, 장독대, 그리고 집 안을 돌아다니며 형과 함께 숨바꼭질을 하듯 전쟁놀이라며 맹렬히 물총을 쏘아대던 기억밖엔 떠오르질 않는다. 어쩌다 동갑내기인 고종이 놀러와 마당가 담벼락 밑에서 소꿉놀이를 할 때면 야무지기 이를 데 없는 계집애의 쉴새없는 지청구나 쫑알거림을 고스란히 감내하며 어쩌다 꼬집힘이라도 당할 양이면 가만히 고개를 숙이고는 빨개진 얼굴로 소리 없이 눈물을 삼키곤 했다. 재민아, 바보야, 울지 말고 너도 때려. 콱 한 대 때려. 등나무 그늘에서 책을 읽으며 그 장면을 목격할 때면 화가 치밀어 난 그렇게 소리치곤 했다. 그러다간 끝내 당하기만 하는 재민이 안 쓰러워 쪼르륵 달려가 앙팡진 계집애의 뒷꼭지에 한바탕 꿀밤을 먹이며 상황을 평정하곤 했다. 못된 계집애, 왜 자꾸 착한 애를 괴롭히니? 한 번만 더 그래봐라. 혼내줄꺼다…… 그것이 과연 올바른 평정이었을까. 무려 아홉 해나 손위인 여중생 누나였으나 아이같긴 마찬가지였다. 2남 3녀, 다섯 남매의 성격이 다들 용하고 물러터져 누구 하나 밖에 나가 싸움질하는 아이 없고 일이 나면 단지 그저 맞고 울면서 들어오는 형편일 뿐이었으나 어쩐일로 둘째인 나만은 예외였다. 성마르고 불같아 가족들로부터 '땡삐'라고 불리우는 별칭에 걸맞게 내 자신의 방어는 물론이며 가족이 처한 부당한 상황, 딱한 상황, 그 어느 곳에도 반드시 달려들어 편을 들고 나서야만 직성이 풀리곤 했다. 유년기엔 순해터진 언니와 쌈이 붙은 어느 동네 여자애의 머리털을 한웅큼이나 뽑아버린 악명 높은 전적도 지니고 있었다. 그렇듯 온몸으로 혼자 가족을 방어해야만 한다는 일은 외로운 일이었다. 가족의 대체적 성향이 근본적 평화주의인 까닭에 늘 방어에만 급급할 뿐 먼저 남을 해치거나 괴롭히는 건 결코 용납이 안 되듯 나 또한 그것으로부터 온전히 자유로울 수는 없었기 때문이다.

그중에서도 막내인 재민은 유독 맘이 더 약했다. 태생적 과보호와 유년기 그 과보호의 강력한 주체인 부친의 돌연한 죽음으로 가족 전체에 드리워진 침체와 우울이 그를 더욱 내성적인 성품으로 몰아갔다. 열서넛 사춘기엔 아침 저녁 마주치는 동네의 요정같이 예쁜 여학생을 흠모하여 고교를 졸업하는 순간까지 아무도 모르게 홀로 가슴앓이를 하며 재수에 재수를 거듭, 대학에 입학하기까지 삼수까지 해야만 하는 지경에 이르렀으나 가족은 아무도 그걸 몰랐다. 마음을 알 수 없는 아이였다. 다만 돌아가신 부친의 투병기간, 그 한 달여의 마지막 날 부친을 실은 하얀 앰블런스가 우리집 언덕을 향해 우웽 우웽 달려오는 순간 자신의 방 창가에서 소리 없이 눈물을 삼키며 그가 써내려간 초등학교 5학년 여름의 일기는 온 가족을 울렸다. 앰블런스는 점점 우리집을 향해 달려오고 있다. 두렵다……아……두렵다. 우리 아버지는 이제 어떻게 되나……어떻게 되나……5학년짜리의 애절한 슬픔이 그대로 드러나는 일기였다.

아버지가 돌아가신 후 그는 차츰 더 말이 없어졌다. 삶을 다한 듯 우울에 빠진 어머니, 그리고 저마다 깊이 침잠한 가족의 눈치를 살피듯 그는 점점 더 풀죽은 모습이 되어갔다. 다음 해 봄 그의 초등학교 졸업식이 있던 날, 엉성히 꽃을 부등켜안고 추운 듯 웅숭그린 아버지 없는 그의 모습은 온 가족을 울렸다. 특히나 조그만 짱구머리, 쌍가마진 뒷꼭지를 보이며 아버지의 영정 앞에서 제법 의연한 손길로 제주잔을 돌리는 모습은 참을 길 없는 슬픔을 자아냈다. 쌍가마……그랬다. 어렸을 적부터 그의 동그란 정수리는 유독 쌍가마가 도드라져 보였다. 쌍가마. 한데 그것이 왜 그처럼 가슴을 아리게 하는지는 알 수가 없는 일이었다. 다만 먼 훗날……아주 머언 훗날에 가서야 어쩌면 그것이 까닭 있는 연민이었을까 무연히 돌아보는 마음은 홈이 팬 듯 아리기만 했다.

갖은 우여곡절 속에서도 그와 수선화와의 만남은 마침내 혼인으로까지 이어졌다. 그녀, 수선화 역시 5학년 때 아버지를 잃은 편모 슬하의 성장이었기에 어쩌면 둘의 만남은 동병상련의 조화를 이룰 수도 있으리라 기대했었다. 그러나 결핍과 결핍의 만남은 더 큰 결핍을 낳을 수 있음은 알 지 못했다. 예식을 올리는 날, 양가 아버지의 텅 빈 자리, 그들 존재의 무無를 바라보는 느낌은 서늘한 결핍감을 자아냈다. 부성父性 부재의 세월 속에서 자란 그들은 어쩜 똑같은 무게의 허허로운 공동空洞 하나씩을 가슴에 품고 살아온 지도 모른다. 그렇듯 두 사람이 한 치 양보도 없이 팽팽한 대립, 갈등 양상으로만 치닫게 된 데는 그럴 수밖에 없을 딱한 성정이 자리했기 십상이었다.

돌이켜 보면 상견례 때부터 이미 예사롭지 않은 조짐은 감지되었다. 양가의 인사가 끝나자마자 그녀의 어머니는 모깃소리만 한 가는 음성으로 말하였다.

우리 아긴 안직 결혼할 때가 일러요. 변호사, 의사, 다 마다하곤 어쩌자구……그리고 말이 났으니께 하는 말인데요. 우리 아기 학교로 선보러 오는 건 경우가 아니지요. 맘이 내내 언짢았어요.

들릴 듯 말 듯 전해오는 말은 그러나 상대에 대한 엄혹한 질타, 가차없는 비난임이 분명했다. 듣기에 따라선 전후 사정 예를 절하며 상대의 속을 완전히 뒤집어 놓으려는 의도였다. 어눌하고 유순해보이는 모습 뒤의 뜬금없는 반격이라 더더욱 황당할 수밖에 없었다. 노모와 가족들의 낯빛이 와락 굳어졌다. 실신 직전의 모습이었다. 한 마디 나서지 않을 수가 없었다.

재민이도 좋은 혼처 많았어요. 하지만 그게 다 인연이겠죠. 그리고 혼사에 그런 예화란 흔히 있는 일. 따님을 예쁘게 봐 일이 잘 되어가는 터에 그 일이 그리 흉 될 것은 없다고 봅니다.

땡삐의 역할을 하듯 그렇게 응대하므로써 상황은 간신히 수습되었다. 그후 이런저런 얘기 끝에 딸 자랑을 하듯 그녀의 어머닌 덧붙였다.

우리 아긴 뭐 하나 일절 흐트러진 꼴을 못 봐요. 어렸을 적부텀 지 책꽂이에 꽂아둔 책 순서가 하나락두 바뀌는 날이면 집 안이 온통 난리가 났으니께요. 깔끔하고 알뜰해서 입 댈 것이 읎어요. 단지 어려서 아부질 잃고 정을 못 받고 자라 애가 쬐끔 차진 맛이……

그때 이미 알았어야만 했다. 그녀의 좀 지나치다 싶은 결벽과 아집, 그리고 부성 부재의 성장에서 기인된 어쩔 수 없는 고적의 그늘 같은 것. 그것을 미리 알았었다면 문제는 좀 달라졌을까.

양가의 마찰은 그들이 허니문을 다녀온 직후 더욱 극대화되어 산불이 번지듯 번져만 갔다. 그들이 허니문을 떠나고 난 후 난 얼마간 그들로부터 자유롭고만 싶었다. 이래저래 얽히고 설킨 감정의 실타래에서 후련히 놓여나고만 싶었던 것이다. 하지만 그것은 완전히 오판이었다.

괌에서 3박 4일, 짧은 허니문을 끝내고 공항에서 곧바로 친정엘 들른 후 신행이랍시고 시집을 찾은 그녀의 표정은 너무도 참혹했다. 어느 한 군데 새댁 특유의 조신함, 다소곳함이라곤 없이 온통 뒤틀리고 화가 나 금방이라도 폭발하고야 말 듯 고약한 낯빛이었다. 새색시를 위하여 법도에 맞게 큰상을 차린다며 시모와 맏동서, 시집 식구들 전원이 분주히 움직이고들 있었으나 그녀는 서릿발처럼 차가운 모습을 하고는 조상彫像처럼 굳게 앉아있을 뿐이었다. 신행을 온 모습이라기엔 상상을 불허하는 모습이었다. 허니문에서 뭔가 말 못할 사정이 있었던 것일까. 설혹 그렇다 해도 사람이 최소한의 예의는 있어야지⋯⋯솟구치는 불안, 분노를 감추느라 터질 듯 가슴이 끓어올랐다.

시댁이 싫어 시금치는 물론 시계조차 보질 않는다는 말이 있으나 아무리 그래도 서로 최소한의 예의는 갖춰야만 사람에 대한, 시집에 대한 예우가 아닐까. 마침내 큰상이 차려져 식사가 시작되었으나 그녀의 표정은 조금도 변함이 없었다. 화가 치밀어 음식이 위를 역류하는 느낌이었다. 분노를 참느라 붉게 달아오른 친정 대주이며 장남인 큰동생의 얼굴, 당혹과 의아함에 싸인 그의 아내인 맏동서, 아연실색하여 어찌할 바를 모르는 노모, 맘 약한 언니와 놀란 표정의 사위들, 여리디 여린 여동생의 질린 모습⋯⋯그 모든 것은 그대로 한 토막의 슬픈 마임MIME이었다.

재민, 무슨 일 있은 거니. 허니문 다녀온 신부의 얼굴이 어쩜 저런 거야.

식사가 거의 끝나갈 무렵 마침내 난 재민을 향해 그렇게 소리치고 말았다. 그만큼 참느라고 속이 까맣게 타버린 끝이었다.

　아……처가에서 올 때부터 언쟁이 좀 있었어요. 재민 역시 새신랑의 모습이라기엔 너무도 암담한 낯빛이었다.

　아무리 둘이 싸워도 그렇지, 신행 온 사람들이 가족들 앞에서 이럴 수 있니.

　빠알갛게 달아오른 내 모습에 비로소 그녀의 낯빛에 미세한 흔들림이 일었다. 그러나 단지 몇 방울의 눈물을 보였을 뿐 아무리 달래고 또 달래어도 봉한 듯 입을 다문 채 그녀 특유의 싸늘한 모습을 보일 뿐이었다. 마당가에 내려앉는 어둠만큼이나 겹겹의 침묵과 한숨이 쌓인 가운데 비로소 재민이 입을 열었다. 신혼여행을 다녀오니 장모님이 온통 실의에 빠져있었다. 이유인즉 새살림 차릴 아파트에 가구를 들이려 둘러보았는데 도배며 뭐며 새로 단장된 후 전혀 뒷정리를 하질 않아 모든 것이 엉망인 것에 혼절, 다리를 뻗고 목놓아 울었다는 것이다. 사돈댁에서 새살림에 전혀 관심 없음이 기막히고 화가 나 짐도 채 들이질 않고 일을 중단하고 말았다는 얘기였다. 예컨대 시댁 쪽에서 업체에 의뢰, 신혼 아지트에 대강의 인테리어만 하였을 뿐 잔손 가는 청소며 뒷정리는 전혀 배려하지 않았음이 화근이었다.

　시집에서 전세로 아파트를 얻어 리모델링으로 어느만큼 실내 보수를 마친 후 청소며 가구, 새살림 등 기타 후속 조치는 재민을 통해 신혼집 가까운 곳에 사는 처가에 일임한 것 뿐이었다. 그후론 모든 일이 그녀 친정 쪽의 소관이라 생각했을 뿐 신랑측 누구도 더 이상은 관심을 갖지 않았다. 기실 신혼 아지트의 청소를 누가 하느냐, 신랑, 신부 양가 어느 쪽이 해야 옳으냐, 그 점에 옳고 그름을 밝힐 명백한 전례나 해법, 혹은 정해진 규범이라곤 있을 리 만무였다. 다만 각각의 경우와 사례, 처지에 따른 유동적인 상호협력과 배려에 의함이 상례일 터였다.

따지고 보면 내가 사는 동네도 신혼 아파트에서 그리 먼 곳은 아니었다. 신혼집을 꼭지점으로 그녀의 친정과 내 아파트는 정삼각형을 이루듯 거의 비슷한 거리에 있어 정확히 말한다면 신혼 커플을 향한 어느 켠의 마음이 더 깊고 애련한가, 어느 쪽의 애정이 더 강한가, 그 점이 문제의 핵심일 뿐, 그 일을 놓고 적어도 사돈간 왈가왈부 따지고 시비하여 해답을 얻을 성질의 것은 아니었다. 재민과 그녀, 그들을 향한 애정의 농도. 그것이 곧 해답일 터였다.

사실 그들이 허니문에서 돌아오기 전날 남편은 뜬금없이 그들의 아파트를 청소하러 가자며 서둘렀다. 빗자루, 걸레, 물통 등을 챙기며 노총각 처남의 신혼 아지트를 위해 흔쾌히 팔을 걷고 나섰다.

리모델링 후엔 너무 지저분하잖아. 우리 청소 좀 해주고 오자.

미쳤어요? 그녀 남동생, 여동생에, 열쇠도 친정에 있는데 어련히들 알아서 할까. 그런 과잉 필요 없어요. 오버예요, 그건.

한 마디로 잘라 말하며 단호히 거절했다. 막내인 재민을 생각하면 시시때때 하릴없는 애련함이 차오르긴 하나 어인 일로 수선화, 그녀를 향한 마음엔 점차 처음의 그 호의가 퇴색되어만 감을 어쩔 수가 없었다. 처음의 그 청초한 느낌이 두 번 다시 소생하질 않음도 기이한 일이었다. 혼인이 성사되기까지의 온갖 구설, 갈등 속에서 너무도 아집 강하고 딱 부러진 그녀의 성격에 질려버렸음이 확실했다.

성당은 왜 다녀. 아랫사람은 그저 사랑의 마음으로 감싸야만 하는 거야. 남편은 극히 야멸찬 내 태도에 혀를 차며 자신이 마치 사제인 양 그렇게 훈계하였으나 내 맘은 요지부동이었다. 어차피 새살림을 주관하는 신부측에서 어련히 알아서 할까, 하는 마음은 그러나 완전히 오판이었음이 입증된 것이다. 신행의 밤, 큰상을 물린 후에도 여전히 입을 꼭 다문 채 누구의 물음에도 쌩한 침묵으로만 맞서는 그녀를 방으로 불러 조용히 대화를 시도했다.

올케, 잘못이 있음 서로 알고 노력해야지. 서운한 점 다 얘기해 봐.

우리 엄마가 절 어떻게 키웠는데 우리 엄마 눈에서 눈물나게 해요. 있을 수 없는 일예요.

울먹이는 음성으로 비로소 그녀가 입을 열었다. 역시 신혼 아파트의 청소 부실이 불화의 원인이었다. 그래, 미처 거기까진 생각을 못했다. 그러니 오늘은 일단 여기서 푹 자고 내일 날이 밝는 대로 모두 가서 함께 청소하자. 끓어오르는 속을 누르며 그녀를 달래고 또 달래었다. 그러나 그녀는 끝내 시집에서의 일 박을 마다하며 부득부득 아직 정리도 채 안 된 신혼 아지트에 가서 홀로 밤을 새울 것을 주장했다. 고집이 황소였다. 도리 없이 야심한 밤, 재민에게 호텔비를 주어 둘을 내보냈다. 그밤, 잔뜩 화가 난 재민은 끝내 호텔행도 마다하는 그녀를 차에 태워 이불짐도 채 풀지 않은 신혼 아파트에 내려놓고는 홀로 집으로 돌아왔다. 더 이상은 도저히 못 참겠다. 당장 이혼하겠다. 잠을 못 이루며 씩씩대는 재민을 가까스로 설득하여 다음날 날이 밝는대로 온 식구가 청소를 위해 그들의 아파트로 달려갔다. 자신의 뜻에 따라 홀로 밤을 새운 그녀는 우르르 몰려온 방문객에게 일별의 목례조차 없었다. 단지 장롱 배치를 위한 공간 체크, 전화문의 등으로 부산스레 몸을 움직일 뿐이었다. 그러나 간밤의 질긴 고집과는 달리 상큼하고도 민첩해보이는 몸짓이 든든하고도 밉지 않았다. 남편의 말대로 진작에 청소를 했더람 이런 불상사는 없었겠지……죄책감을 상쇄하듯 긴 고무 장갑을 끼고는 세제를 흠뻑 풀어 현관의 타일을 닦아내었다. 그녀의 손위 동서, 큰올케는 주방 싱크대를, 언니는 거실 바닥을, 여동생은 창틀을 맡아 저마다 열심히들 자기 몫을 해내었다. 하룻밤 사이에 훌쩍 야윈 듯한 재민의 창백한 모습이 안스러워 지난 밤의 앙금은 잊고 모두 쉼없이 몸을 움직였다.

그 순간 누군가가 안을 들여다보는 기척이 느껴졌다. 왜 왔어? 왜 왔냐구. 죽이 되던 밥이 되던 상관하지 말어, 왜 왔어? 허리를 잔뜩 구부리고 골똘히 바닥을 닦는 내 앞을 막아서며 현관 밖의 누군가를 향해 그녀가 바락 소릴 내질렀다. 일손을 멈추며 얼핏 등을 돌려 뒤를 돌아다 보았다. 왜소한 모습의 노인이 급히 눈물을 훔치며 도망치듯 계단을 내달았다. 이어서 재민이 급히 계단을 따라내렸다. 장모님이 오셨는데 금방 안 보이시네……잠시 후 돌아온 그는 맥빠진 듯 웅얼

거렸다. 한숨이 새어 나왔다. 오만불손, 안하무인······일하는 손에 경
련이 일 듯 떨림이 전해왔다. 점심 나절이 다 지나도록 그녀는 오직
장롱의 하자에만 매달려 전화문의, 인부 소환 등으로 제정신이 아니
었다. 줄곧 일만 하는 손위 동서, 시누이들의 점심 같은 것엔 관심조
차 없다는 태도. 아니 먹는 일따윈 하등 필요가 없고 항상 눈앞에 닥
친 자신의 일만이 전부인 듯한 그런 유형이었다. 타인을 향한 최소한
의 배려, 한 치의 온정조차 기대할 수 없는 여자······부디 그러한 우
려가 한낱 기우로만 그칠 것을 간구하며 한없이 이어져 늦은 오후까
지도 끝이 없을 듯한 일을 서둘러 마친 후 헬쑥한 얼굴로 배웅하는 재
민을 뒤로 하고 그곳을 떠나왔다.

　　그후로도 그들을 생각하면 늘 조마조마한 마음이었다. 탈없이 잘
사는가 싶어 외출시 전철역 부근인 그들의 아파트를 지날 때면 가슴
이 뛰었다. 직장에 다니는 그녀를 위해 이따금 김치며 밑반찬을 해다
날랐다. 얌전히만 잘 살아준다면 쇠고집에 인사성없고 살갑지 않은
것쯤이야 천성이려니 참기로 했다. 흠 없는 사람 있을까. 아집 세고
명확하고 직정적 성품이라 호오好惡의 감정이 그때그때 그대로 드러
날 뿐, 따지고 보면 그리 영악하고 간교한 인성은 아니라 판단했다.
그러기에 신혼 집들이 때 가까이 사는 시누이가 도와주지 않음에 재
민을 통해 내게 적이 서운함을 표했을 때나, 첫딸 출산 후 역시 가까
이 산다는 이유 하나만으로 그 아이의 양육을 고모인 내게 의뢰했을

때에도, 미쳐, 미쳐. 내가 지들 찬모야 유모야. 기절해, 정말. 한바탕의 혼란과 충격, 망설임, 고심 끝에 끝내는 거절할 수밖에 없었던 자신의 얄팍한 성정에 한 웅큼의 자괴심을 씹어야만 했다.

24시간 긴장의 연속인 그녀가 보기엔 아이들 웬만큼 키운 전업 주부인 내 모습이 꽤나 한가해보였을 것이나 그즈음 만학이랍시고 어쭙잖은 그림 공부를 시작한 나로서는 살림이며 뭐며 하루해가 짧기만 했다. 또한 해외 여행, 노인대학 등 자신의 즐김과 계발이 우선인 소위 X세대의 노모는 결코 그런 일을 떠맡을 사람이 아니었다. 결국 아이의 양육은 역시 그들 집에서 가까운 곳에 있는 그녀의 친정 어머니에게로 맡겨졌다. 그러나 가장 부재의 전형적 핵가족으로 재민 외엔 일가친척 아무도 발을 못 들이는 폐쇄적, 침잠된 분위기를 감안한다면 아이의 외조모에겐 너무도 큰 짐을 지운 것이었다.

그런저런 연유에 의한 일종의 보상심리였을까. 혹은 아이의 출산 때 적막히 홀로 병원을 지키는 재민이 안쓰러워 그녀의 순산을 기원하며 꼬박 밤을 새운 까닭일까. 스스로 생각해도 좀 유별나다 싶을 만큼 조카아이에게 정이 가고 마음이 쏠렸다. 아이가 급성 폐렴으로 입원 했을 땐 종일 울어대는 아이를 등에 업고 꼬박 네 시간짜리 링거액을 마지막 한 방울까지 다 맞춘 적도 있었다. 그날 역시 경황 중 아침도 거르고는 김밥 몇 줄을 사 들고 병원으로 달려갔으나 늦은 오후가 다 되도록 위를 깨끗이 비운 채 전신이 땀에 절어 돌아와야만 했다.

단지 한 마디 배려의 말이면 충분할 것에도 그녀는 이상하리만큼 무심했다. 아이가 아픈 상황에 밥이고 뭐고 오직 아이밖엔 눈에 들어오질 않는, 천성이 그러한 여자였다. 그래도 가끔 전화를 하면 '둘째 꼬모?' 하며 반기는 아이의 또랑한 음성이 예뻐 시내 완구점을 일주, 기어이 아이가 원하는 장난감, 미미 인형의 옷이며 장신구, 싱크대 등을 사주곤 했다.

몇 년 후 그녀는 다시 둘째를 출산하였다. 그리도 열망하던 아들이었다. 얼마나 오랜 시간 그녀가 아들에 집착했는지는 온 집안이 다 알 정도였다. 얼음장처럼 썰렁한 분위기에 늘 티격태격 싸우며 사는 커플이었기에 뜻밖에도 둘 사이에 또 하나의 아이를 갖으려 함은 무언가 화해의 조짐으로 여겨져 안도했다. 회임 중 초음파 검사 결과 의사로부터 은연중 아들임을 암시받은 그녀의 표정은 너무도 그윽하고 행복해보였다. 내가 본 그녀의 가장 행복한 모습이었다. 재민과의 결혼생활 중 아마도 그녀가 가장 기쁨에 젖은 순간인지도 모를 일이다. 그녀의 치마폭에 싸여 늘 징징 짜며 병치레 잦은 까탈스런 딸아이완 달리 아들아이는 너무도 순탄하고 건강했다.

그러나 마악 아이의 돌이 돌아올 무렵, 적어도 겉으론 모든 것이 잘되어가듯 평온해보이던 그녀의 가정엔 점차 먹구름이 드리워갔다. 이윽고 어느 날 한 차례의 천둥 번개가 몰아쳤다. 파경의 예고인 듯 가슴이 철렁했다. 밖에서 가족을 만난 재민은 그녀와의 긴 불화, 그간의 별거를 고백하며 짙은 곤혹감을 드러내었다.

둘째를 낳은 후 쭈욱 따로 잤으니 근 일 년쯤 돼요.

이유가 뭐니.

정확히 말하면 신혼 때부터 싹튼 시집에의 총체적 불만 때문이래요. 그게 최근에 와선 집 문제로 더욱 불거진 거죠. 아파트 전세금을 왜 본가의 어머니께 환불하느냐, 그 점을 그녀는 절대 납득 못해요. 재건축 대상이라 추후 새 아파트의 분양권을 양도받긴 하여도 신혼 아파트 전세금을 돌려받는 시집은 첨 본다는 거예요. 지독히 화가 나 있어 겨우 밥만 해줄 뿐 밤엔 아이들을 데리고 자신의 방으로 쏙 숨어버려요. 문을 꼭꼭 잠근 채……

물기라곤 보이질 않는 메마른 웃음으로 재민이 뇌였다. 화르륵 가슴에서 불덩이가 치솟았다. 그 여자, 미쳤구나. 제정신 맞아? 제 아무리 불화가 크다 해도 한집에서 문을 잠그고 자다니……가슴이 아려와 재민의 얼굴을 볼 수가 없었다.

요절을 낼 듯 당장에 그녀를 불러 마주 앉았다. 형님, 무슨 일이세요. 마스크를 쓴 듯 365일 여일하게 말짱한 그녀의 모습이 울컥 속을 뒤집었다. 기막히고 어이없어서 그래. 싫으면 차라리 깨끗이 헤어져. 원래 간 큰 여잔진 알았지만 해도 해도 너무 한 것 아냐.

한바탕 따귀라도 올려붙이고픈 마음이었으나 폭발하듯 들끓는 감정을 누르며 차츰 알아듣게 귀띔했다. 남자란……그래도 가끔씩은 안아 줘. 후일 호미로 막을 일 가래로 막아선 안 돼. ……하지만 그녀는 끝내 고집을 꺾지 않으며 나의 조언을 흘려버렸다. 그로부터 2년 후 마침내 일은 가래로도 막을 수 없을 만큼 커지고 말았다.

하긴 모자간에도 애초 집 문제, 돈 문제는 좀 더 명확히 했어야만
했다. 죄가 있다면 마흔셋에 홀로 된 후 다섯 자식 키우느라 돈을 최
우선으로 꼽는 노모의 수중에 점차 돈이 고갈되어갔음이 문제였다.
그나마 젊은 시절, 막내인 재민 앞으로 작은 아파트를 하나 사 놓은
것이 후일 재건축이 추진되며 분양권을 얻었다. 소위 딱지라는 분양
권, 아파트가 시내 중심가에 있기에 금방 되팔아도 딱지 값만 전세금
의 몇 배에 달하는 상당한 금액이었다. 그러나 노모는 기꺼이 재민의
앞으로 분양권을 양도했다. 자식이기에 가능한 일이었다. 대신 노모
는 노후 자금의 확보를 위해 결혼 때 얻어준 전세금만은 언젠가 집 문
제가 정리되면 전액 돌려줄 것을 요구했다. 그것이 화근이었다. 그러
니까 모든 문제는 돈, 돈, 돈으로 집결되었다. 유전무죄, 무전유죄. 예
컨대 새 아파트의 입주권을 양도하면서 아들의 전세금을 돌려받지 않
아도 될 만큼 노모에게 여유가 있다면 전혀 문제는 없을 것이다. 또는
아무런 이의없이 노모에게 전세금을 전할 만큼 재민과 그녀에게 재정
적 여유가 있다면 문제는 또 달라졌을 것이다. 혹은 여유가 있건 없건
모든 것은 다 마음에서 비롯되는 것인지 알 수가 없는 일이었다. 다만
금전 앞에서의 이기심은 부모 자식간에도 끝내 불화를 낳기 마련임을
절감할 뿐이었다.

점차 심화되어가는 고부간 갈등 속에서 피해자는 결국 재민이었다.
그의 입장은 되도록이면 순차적으로 본가에 전세금을 환불할 뜻을 밝
혔고, 그로인해 그들 부부의 갈등은 더욱 고조되어만 갔다. 당시 벤처

기업 소속인 재민의 수입은 박봉인 편이었고 또한 진로 모색을 위해 두어 차례 이직을 시도하던 중 얼마간의 실직기간이 있었기에 시집을 향한 그녀의 불만은 더욱 커져갔음이 분명했다.

재민 씨 수입, 얼만지 아세요? 저보다 훨씬 적어요. 어머님께 전세금 갚으려면 죽으라 저축만 해야 해요.

싸늘히 굳어진 얼굴로 그녀는 그렇게 뇌이곤 했다.

올케, 가족간에 무슨 채권, 채무관계야? 서로 형편 닿는대로 하면 돼. 너무 염려 말고 맘 편히 가져. 딱한 나머지 그렇게 말해주곤 하였으나 워낙 정확하고 딱 부러진 그녀로선 어떻게든 일이 매듭지어지기 전까진 좌불안석인 모양이었다. 급기야는 몇 년간 알뜰살뜰 모은 일정액으로 마침내 노모를 면담, 그것으로 전세금 전액을 탕감해줄 것을 요구해왔다. 그녀다운 당찬 결단이었다. 실은 그간 가족들의 노력으로, 그들 전세금 일정액을 온전히 탕감해주도록 노모를 누차 설득해온 탓에 그래도 일은 쉽게 풀린 셈이었다. 그러나 그녀의 마음속 앙금은 종내 풀리질 않았다. 시모에 대한, 시집 식구들에 대한 그녀의 감정은 그후 점차 더 꼬여만 가 급기야는 그 여파로 재민과 별거에까지 이르는 상황이 벌어졌다.

독방생활, 38개월이에요. 남자들 군생활, 36개월하고 나면 평생 그 얘기만 해요. 그 보다 더 긴 세월이었어요. 둘째 태어난 후론 줄곧 그래왔으니 확실해요. 첨엔 출산 후유증, 육아로 인한 피로감 땜에 그러려니 하고 참았어요. 한데 점차 아이가 자라나 숨쉴 틈이 생겨도 여전히 의도적 방어인 거예요. 때론 너무도 적극적, 공격적인 방어를 해 모욕을 느낄 때도 많았어요. '응징'이라 표현하며 격투하듯 온몸으로 거부해요. 애들만 데리고 들어가 매일 밤 방문을 꼭꼭 걸어잠그고 자요.

솟구치는 분노로 와르르 몸이 떨려왔다. 정나미떨어질 만큼 옹골차고 차진 그녀 뿐 아니라 어리뜩하고 용하기 짝이 없는 재민 또한 용납할 수가 없었다.

너희 둘, 진작에 헤어질 생각이었어? 그렇진 않았다고……그렇담 문짝을 때려부수는 한이 있어도 화해 했어야지.

가정의 평화를 위해……참았어요. 큰 소리 나면 아이들 놀라 울고 불고 난리일 텐데……그러고 싶진 않았어요. 아이들 크면 그때 조용히 헤어지는 한이 있어도 참을 만큼은 참아야지 했던 거죠. 한데 이제 더 이상은 못 참겠어요. 개선의 여지가 없어요.

헤어지잔 얘기, 그 쪽엔 했니?

네에. 뭐래? 충격이겠죠. 이혼만은 절대 못한대요. 하지만 그 쪽도 이미 계획해온 지 모르죠.

왜 그렇게 생각해?

38개월의 별거에, 알고 보니 새로 산 아파트도 학교에서의 융자를 핑계로 자신의 이름으로 돼 있었어요.

뭐야? 근데 넌 이제껏 그걸 몰랐다는 거니. 기막히다. 만약 헤어진다면 아이들 절대 네게 줄 여자 아니고 양육비하며 넌 이제 완전 알몸이다.

알아요. 그래도 더 이상은 이렇게 살고 싶지 않아요. 사람에게 완전히 정이 떨어졌어요.

떨어졌다가도 다시 붙고 하는 게 정이야. 너 혹 여자가 생긴 건 아니니? 솔직히 말해 봐.

절대 아녜요. ……지금으로선 내 자신도……그리고 모든 게 다 혐오스러울 뿐예요.

깊은 우물 속을 일렁이듯 어두운 얼굴이 되며 재민이 말했다. 메마른 내 입술 사이로 신음과도 같은 한숨이 새어나왔다. 몹쓸 것. 차라리 밥을 굶기지……뜨끈한 눈두덩을 비집고 눈물이 배어 나왔다. 납득할 수 없는 일이다. 그러고도 파경을 염두에 두지 않다니……무모와 뻔뻔함이 극에 달한 여자. 터질 듯 분노가 밀려왔다. 끄덩이를 잡듯 당장에 불러내어 독대했다.

사람이 어쩜 그리 독할 수 있니. 재민과 헤어질 각오였어? 어떤 마음으로 그랬던 거야? 얘길 해 봐.

헤어지다뇨. 그런 생각 절대 안 해요. 그랬담 왜 둘째를 낳았겠어요. 출산 후 직장과 육아의 병행이 너무 힘들고 재민 씨 하는 짓이 사사건건 맘에 안 들어 그랬을 뿐예요.

너무도 어이없는 대답이었다.

2년 전에 내가 귀뜸한 일 기억 안 나? 호미로 막을 일, 가래로 막아선 안 된다 했지. 문제는 모멸감으로 재민이 더 이상 견딜 수 없어 한다는 점이야. 그의 어떤 점이 그토록 맘에 안 들어?

일상의 소소한 일들은 말할 것도 없죠. 하지만 그런 건 다 접어놓고 살아요. 문제는 전 섹스리스를 원하고 그는 그걸 못견딘다는 거예요. 섹스가 뭐 그리 중요한가요.

젊은 커플간 그렇듯 완벽한 섹스리스가 가능하다 생각해? 매일 밤 방문을 걸어잠그고 자는 일이 정상이라고? 좀 더 정직한 대답을 듣고 싶어. 찻잔을.움켜진 내 손길이 하릴없이 떨려왔다. 방문 열쇠 재민 씨에게도 있어요. 맘만 있음……고개를 숙인 채 그녀가 웅얼거렸다. 그걸 말이라고? 남편이 치한이길 바래, 완전 엽기네. 올케, 사이코야?

불꽃이 튀듯 한동안 그녀를 노려보았다. 진실을 듣고 싶을 뿐야. 얘기 해 봐. 실은요……본가에 전세금을 환불하는 게 너무 화 나 재민 씨가 미워지기 시작했어요. 늘 돈 돈……하시는 어머님도요……점차 불만이 쌓이다 보니 마음의 문이 닫히고……죄송해요. 그때 조언해 주실 때 들었어야 했는데……죄송해요.

그녀가 조금씩 정직해지고 있었다. 자신의 잘못을 인정하며 슬며시 꼬리를 내리는 데야 도리가 없었다. 한방에 날릴 듯한 독침을 감추며 맥없이 물었다.

그럼 앞으로 어떡할 생각이야? 참고 살 거야, 아님…….

아이들 땜에도 절대 헤어질 순 없어요. 후일 늙어서 많이 많이 후회한다 해도 이혼만은 안 돼요.

그녀의 반응은 너무도 뜻밖이었다. 결코 헤어질 생각이 없다면 왜 그리 방심한 것일까. 오만일까, 우매일까. 아집일까. 생각할수록 그녀의 행위가 납득이 되질 않았다. 재민을 조금이라도 사랑하느냐는 나의 물음에 그렇지 않담 왜 아이 둘 낳고 10년 세월을 살았겠느냐 울먹였다. 때론 외형적, 물리적 화합이 정신적, 내면적 화합에의 지름길일 수도 있음을 간과했던 것일까. 빈틈없고 반듯한 성정만큼이나 그녀는 필히 그 역순逆順만을, 예컨대 언제나 정신적, 내면적 화합이 물리적, 외형적 화합에 우선되어야만 한다고 고집했을 것이다. 그러나 세상 일이 그렇듯 정석대로만 됨은 아니다. 한번 물꼬가 트인 재민의 마음은 도저한 물길이듯 도시 걷잡을 수가 없었다. 가족이 합심하여 밀어붙인 두 사람의 해외 여행건도 무산되었고 눈물로 만류하는 노모를 비롯, 온 가족이 매달려 어르고 애원하며 헤어짐을 말렸으나 허사였다.

모든 게 제 불찰이에요. 제가 다 잘못했어요.

때늦은 그녀의 각성이 주위를 울렸으나 재민은 끝내 흔들리질 않았다.

형님, 아무 일도 할 수가 없어요. 간이 콩알만해 졌어요.

어느 날 그녀는 잔뜩 목이 잠긴 소리로 내게 애소해왔다. 그녀는 결코 간 큰 여자가 못되었던 것이다. 재민을 향한 불같은 분노가 내 마음을 지배한 것도 그 즈음이었다. 난 한사코 재민의 결단을 만류했다.

여자가 백기 들고 용서를 청해오면 받아줘야지. 이렇게 되기까지

방치해온 네 책임도 커.

알아요. 모든 걸 인정해요. 하지만 우린 이미 와해되고 말았어요. 한 번 끊어진 마음은 이을 수 없어요.

외형적 이어짐이 정신적 화학반응을 일으킬 수도 있다고 믿어. 너희, 아이 둘 낳고 십 년을 함께 살았잖니.

십 년……하지만 그건 지옥이었어요. 아무도 몰래 정신과 상담을 받았담 믿겠어요? 그 여자……정말 독한 여자예요. 함께 살아온 사람만 알 지 아무도 몰라요.

간이 콩알만해 졌다며 울먹이는 여자가 독종일 수 있니. 생각보다 여린 성정이야. 포근히 감싸줘.

그러나 재민의 마음은 끝내 요지부동이었고 그들은 종내 그렇게 헤어졌다. 학기며, 뭐며 모든 것이 새로이 시작되는 3월 전, 그러니까 황사가 몰아치는 짧고 황량한 2월 안에 그녀는 되도록이면 모든 것을 정리하려 애를 썼다. 안간힘, 피맺힌 안간힘이었다. 혹여 후일의 재결합을 위해 법적절차는 미룬 채 일시 별거를 시도해볼 만도 하련만 가족의 조정은 실패였다. 그녀는 아이들과 함께 아파트에 남고 재민은 작은 원룸을 얻어 맨 몸으로 집을 나왔다. 그를 위해 가족들은 몇 가지 필수 가전제품, 살림 도구와 함께 커다란 퀸 사이즈의 대형 침대를 들여주었다. 강예현, 그녀와든 혹은 누구와든 정신과 치료대신 재민이 다시 사랑에 빠질 수만 있다면 언젠간 꼭 필요하리란 바람 때문이었다. 헤어지기 전 마지막 전화에서 그녀는 모든 걸 체념한 듯 내게 말했다.

막판엔 아파트를 재민 씨의 명의로 해주겠다 설득했어요. 그러나 끝내 거절당했죠. 사람 맘을 돈으로 살 순 없었어요.

그녀의 마지막 말은 내 마음을 휘저었다. 전율이듯……슬프게……

이제 헤어짐의 수순만이 남아있었다. 그녀답게 재민으로 하여금 양육비의 지급을 공증화하도록 하였고 또한 그 액수에서도 최대한의 선으로 합의를 이루었다. 재민과 아이들의 만남은 이 주에 한 번 주말에 만나는 것으로 결정이 되었다. 아이들은 유아기에서부터 유난히도 재민을 따랐다. 겨우 눈맞추고 웃는 것이 전부인 젖먹이 때도 재민과 눈이 맞으면 한 순간 환하게 꽃이 피듯 화닥화닥 웃으며 그에게 안겨오곤 했다. 그녀와의 결별 후에도 약속된 주말이면 재민은 아이들을 데리고 놀이공원이며 수영장, 유아 게임장 등을 지치도록 돌아다녔고 과보호이다시피 아이들을 품에 끼고 살았다. 아이들은 울 때도 늘 그녀보다 재민을 먼저 찾았다. 2학년 딸아이는 거의 본능인 양 가족 해체의 조짐을 알아차려, 어느 날부터인가 문득 말이 없어지고 기운을 잃어갔으며 이 주에 한 번 재민을 만나고 헤어질 때면 여린 눈가에 그렁그렁 눈물을 담은 애절한 몸짓으로, 아빠, 하나밖에 없는 내 소원이 뭔지 알아?……그건 바로 우리 가족을 되찾는 거, 하며 재민에게 매달리곤 했다. 그러나 아직 철없고 아무것도 모르는 4살짜리 아들아이는, 아빠 우린 왜 맨날 맨날 만날 수 없는 거야?, 하며 한사코 제 아비의 목을 감고 매달려 재민을 울리곤 했다.

아이들과 헤어진 재민의 모습은 물기 잃은 초목처럼 초췌해만 갔다. 그토록이나 완강하고 험한 기세로 결별을 서두르던 모습은 간 곳이 없었다. 어느 날은 곰실거리며 재롱떠는 아들애의 모습이 눈에 밟혀 근무 중 불현듯 유치원으로 달려가 한참이나 넋을 잃고 아이를 바라보고 오는 적도 많았다. 무엇보다 허용되지 않은 무분별한 만남을 원치 않는 그녀의 강력한 의지를 고려해야만 했고 또한 행여 아이의 마음에 동요를 일으킬까 단지 먼 발치서 숨죽이며 바라만 보고 돌아오는 부성은 너무도 애달팠다. 아늑한 보호의 그늘, 따뜻한 가족애를 잃은 둘째 아이는 유치원에서의 적응력이 현저히 떨어져만 갔다. 억센 아이들에 밀려 그 옛날 용해터진 재민이 또래의 고종 계집아이에게 당하고 얼굴 붉히며 참기만 했듯, 빨개진 얼굴로 고개 숙인 채 울음 참는 아이의 힘없는 모습은 아비의 마음을 아프게 했다. 직장으로 돌아온 후에도 재민은 아이의 모습이 눈에 밟혀 일이 손에 잡히질 않았다.

　퇴근 후 그는 맹모삼천교인 양 친정 어머니와 함께 좋은 학군 찾아 이사한 그녀의 집을 찾아갔다. 멀리서나마 아이들 노는 모습을 보고 싶은 간절함 때문이었다. 얼굴을 감추려 검은 안경과 모자를 눌러쓰고 한참이나 그녀의 아파트 앞 놀이터를 서성였다. 어디선가 아이들의 아련한 음성이 들려왔다. 꿈결인가, 환청인가 그는 자신의 귀를 의심하며 소리나는 곳을 향해 다가갔다. 저녁 어스름, 보호자없어 너무도 호젓해보이는 두 아이들이 미끄럼을 타며 놀고 있었다. 너무도 높고 가파른 미끄럼틀. 그러나 아이들은 굳이 계단으로의 오름을 마다한 채 미끄럼대를 타고 위태로이 기어올랐다. 미끈……어느 순간 작은아이가 팔 힘을 잃고 주르륵 미끄러졌다. 앗……다칠라……재민은 자신도 모르게 황급히 다가가 아이를 끌어안았다. 아앗, 아빠……우리 아빠다아……아이들은 놀라 소리 질렀고 셋은 와락 부둥켜안고 울음을 터뜨렸다.

아니, 지금 뭘하는 거예요. 누가 이렇게 함부로 나타나랬죠? 이런 식으로 룰을 어기면 앞으론 절대 애들 만나게 할 수 없어요. 명심해요. 갑자기 나타난 그녀는 날카롭게 외치며 거머리를 떼듯 재민으로부터 아이들을 떼내갔다.

지독히 독한 여자예요. 날 거지 쫓듯 쫓아냈어요. 재민은 매번 몸을 떨며 그 일을 회상한다. 당연하지. 넌 네가 한 일을 잊었니? 온 가족, 그리고 그녀가 끝내 원치 않는 이혼을 부득부득 강행할 때의 네 모습은 꼭 헐크 같았어. 넌 그 모습 절대 모를꺼야. 정말 지독했어. 그의 말을 듣고 답하는 내 몸 또한 화르르 떨려온다. 그러나 정작 알다가도 모를 일은 사람의 일, 재민의 마음이었다. 아이들을 향한 상사相思가 나날이 깊어가자 마침내 재민은 그녀를 다시 찾았다. 가족의 재결합을 위하여……그러나 번민 끝에 나온 재민의 때늦은 건의는 그녀의 분노만을 키웠을 뿐이다. 당신으로부터 받은 수모, 평생 잊지 못해요. 절대로 다시 합치지 않아요. 재결합을 요구하는 재민을 향해 절규하듯 그녀는 소리쳤고 그들의 만남은 다시금 어긋나버렸다.

헤어짐 후 6개월. 아직은 그녀의 분노가 채 가라앉지 않은 시점임을 간과한 것이 그의 잘못이었다. 결별 직후, 우정 그가 사는 원룸엘 들려 예상 외로 정돈되고 깔끔한 주위에 불같이 화를 내고 돌아갔다는 그녀의 마음 또한 묘하기는 매한가지였다.

그러나 그녀는 절대 간 큰 여자가 아니라는 것. 간이 콩알만해졌다며 울먹이던 그녀의 속내를 알아버린 것. 그것은 결코 그저 지나칠 수만은 없는 일. 한 순간 누군가의 진실을 알아버린 것은 그것을 아는 이의 마음에 멍에를 씌우는 일이다.

그때문인가. 길을 가다 문득 하얀 수선화, 그녀를 닮은 사람이 스쳐 가면 아직도 난 그녀를 떠올리며 생각한다. 불쑥 전화하여, 올케 잘 지내? 아이들은 잘 자라고? 보고 싶다아. 한번 만나. 하고 말하고 싶어진다. 그 작은 몸으로 세상 살아가기 고되지는 않은지, 콩알만하던 간은 좀 커졌는지 여러 일이 궁금하여 마음이 아려오는 때문이다. 그리고 때때로는 생각한다. 그들은 꼭 그래야만 했을까. 불현듯 어렸을 적 유난히 돋보이던 재민의 쌍가마가 일없이 마음을 흐려온다. 도도록한 정수리를 중심으로 꼬불꼬불 맴을 돌다 어언 두 갈래 또렷한 타래를 틀며 유독 눈길을 잡아 끌던 쌍가마의 형상이 눈앞을 가려오는 것이다.

두 갈래의 길. 그러나 그예 가지 않은 길. 후일, 후일, 한 길이 다 끝난 지점에 가서 미처 가지 않은 다른 길을 바라보며 그는 무슨 생각을 할까. 그는 아마 어디선가 한숨을 쉬며 얘기할 것이다. 숲 속에 두 갈래 길이 있었다고, 그는 사람이 적게 간 길을 택하였다고, 그리고 그것 때문에 모든 것이 달라졌다고…….

　재민과 그녀, 두 아이들, 그들 모두에게 축복 있기를……황사 실린 3월의 찬바람이 황량히 가슴을 때려온다.

# 노래하는 남자 — 비창

남편이 달라졌다, 너무 많이……눈에 띄게!

살아가며 누구에게나 절대로 있을 수 없는 일 일어나지 말란 법 없고, 이 세상에 절대로 변하지 않는 것은 모든 것은 변한다는 사실 뿐이지만 여자는 자기 남편의 변화만은 끝내 그대로 받아들일 수 없음이 너무도 절망스럽다.

있을 수 없는 일. 싱싱조차 히고 싶지 않은 일. 그것이 실제로 자신에게 일어나고 있다는 걸 깨닫는 여자의 마음을 참담했다. 한 지붕 밑에서 사는 사람끼리의 미세한 느낌. 그것은 속일 수도 감출 수도 없는 것이다. 지난 몇 개월 동안 남편은 그녀를 전혀 안으려 하지도, 그리고 눈길조차 마주치려 하질 않았다. 까닭을 물으면 모든 일에 지치고 피로해서 그럴 뿐이라 대답했다. 어찌보면 몹시 쓸쓸해 보이고 슬퍼 보이기조차 한 눈빛. 마치 가질 수 없고 이루어 질 수 없는 사랑에 빠진 듯한 아프고 애련한 모습이기도 했다. 여자는 그와 20년을 함께 산 직감으로 그걸 알았다.

환경을 바꾸면 좀 나아질까, 여자는 과감히 이사를 단행했다. 오래된 해묵은 아파트를 버리고 신도시의 새 아파트로 이사를 했다. 이삿날 아침 남편은 공연히 피아노를 노려보며 화를 내었다. "이 놈의 피아노, 그만 팔아버리지! 이젠 치지도 안잖아?" 여자는 어이가 없어 말을 잃었다. 한때는 피아노 치는 그녀의 모습이 예쁘다며 연주하는 내내 곁에 붙어앉아 악보를 넘겨주며 행복해 하던 사람이었다.

말썽장이 두 아들을 키워 대학까지 보내느라 언제 피아노 앞에 앉을 새가 있었던가. 그러나 여자는 더 이상 남편을 상대로 다그치거나 닦달할 생각이 없다. 그것이 여자의 성향이었다.

이사 후 모든 짐이 정리된 어느 날 비로소 여자는 모처럼만에 피아노 앞에 앉아 건반에 손을 얹었다. 손가락이 굳어버려 연주가 제대로 될까. 여자는 조심조심 악보를 보며 건반을 누르기 시작했다. '와이만'의 '은파'. 통통 튀는 듯한 경쾌한 선율에 자신의 암울한 기분을 실어본다. 은구슬이 구르듯 빠른 스타카토의 선율에 여자의 손이 춤추듯 건반 위를 날고 있다. 이렇듯 온 마음을 실어 연주하긴 처음이다. 아파트란 공간은 소음에서 자유롭질 못한 곳. 이웃을 위한 배려 때문에도 피아노를 멀리한 건 사실이다. '부베의 연인' '가방을 든 여자' '첫발자국' '성가 메들리'……생각나는 대로, 맘 내키는 대로…… 여자는 정신없이 연주를 계속했다. 딩동……, 인터폰이 울려왔다. 그럼 그렇지. 가만히 있을 리 있나. 철렁 내려앉는 가슴을 누르며 여자는 인터폰을 받는다. 소음 공해를 강조하며 성마른 음성으로 제발 연주를 좀 중단해 달라고 화를 낼 것이다.

그러나 인터폰을 통한 목소리는 너무도 의외였다. "안녕하세요. 윗층 502혼데요, 피아노 소리가 너무 좋네요. 그냥 계속 하셔요. 혹시 연주에 방해되었담 죄송해요. 언제 한번 차 마시러 오세요." 더없이 부드럽고 상냥한 음성이었다. 아니, 이런 의외성이라니! 여자는 너무도 어리둥절하여 외려 망연한 기분이었다.

지난 봄 동창 모임을 위해 시내 모 호텔에 갔을 때의 일이 생각났다. 로비 라운지에 들어서자 어디선가 피아노 소리가 들려왔다. 라운지 중앙의 그랜드 피아노 앞에 앉아 누군가가 연주를 하고 있었다. 긴 웨이브 머리에 매끈한 어깨가 드러난 빨간 이브닝 드레스 차림을 한 고혹적인 모습의 젊은 여자였다. 연주곡은 베토벤의 피아노 소나타 8번 c단조 작품 13번 '비창'. 여자는 가던 걸음을 멈추고 조용히 서서 피아노 연수에 귀를 기울였다. 음악은 온몸으로 파고들며 그녀의 혼을 뒤흔들었다. 여자는 눈물을 줄줄 흘리며 울고 있는 자신을 발견했다. 모임으로 향하던 발길을 돌려 차를 타고 다시 집으로 돌아왔다.

그런 기분으로 웃고 떠들며 아귀아귀 음식을 먹을 기분은 정말 아니었다.

작고 소소한 일로 남을 감동시킬 수 있고 감동받을 수 있다는 건 아직 살아 숨쉬고 있다는 증거다. 난 아직 죽지 않았다. 여자는 그 길로 곧장 성당으로 달려가 공석으로 비어있던 교중 미사 성가대 반주자를 자원했다. 그리고 오는 길엔 동네 산부인과 로비에 써붙인 '연주자를 구합니다' 라는 쪽지를 보고 간단한 오디션 끝에 병원 로비에서 임산부, 산모들을 위해 하루 세 시간씩 피아노를 연주하는 행운을 얻었다. 여자에게 그건 정말 굉장한 기쁨이었다. 얼마간은 불안하고 초조한 산모와 임산부들. 그들의 심리적 안정과 평온을 위해 피아노를 연주한다는 일은 생각보다 훨씬 멋진 일이다. 갓 태어난 아기를 안고 환한 미소로 병원 문을 나서는 산모의 모습은 여자의 마음까지 환하게 만드는 그 무엇이 있었다. 무언가 일을 갖게 된 것. 그로인해 여자의 일상은 한결 활기차고 밝아졌다.

운동을 위해 여자가 가까운 공원의 산책을 시작한 것도 바로 그 즈음이었다. 봄이면 눈부신 화사한 벚꽃이 꽃비를 뿌리고 가을은 가을대로 호젓한 정취가 있어 걷기에 좋았다. 더구나 길 우측으론 잔잔한 호수가 바라보여 마음을 가라앉히기엔 최적의 코스라는 생각이 들었다. 미술관까지 근 3km가 넘는 길을 여자는 천천히 혼자 걸어간다. 그녀의 내부에 뒤엉켜 흐르는 남편을 향한 온갖 의혹, 아픔을 잠재우려면 되도록 많이 걸어야 한다. 다리의 아픔이 마음의 아픔을 상쇄시킬 때까지. 여자는 걷고 또 걸으며 생각한다.

　세상의 모든 연인들은 누구나 자신의 사랑이 영원하기를 소망한다. 그러나 삶의 유한성 속에 깃든 인간의 사랑이 무한하기를 바라는 건 헛된 욕망일 뿐이다. 사랑의 가변성. 천지를 뒤덮듯 눈부신 만개로 혼을 사로잡던 꽃들도 한 줄기 모진 바람에 속절없이 흩어지고 말 듯 사랑이란 그런 것이다. 언제든 변할 수 있고 또한 변해가는 것. 다만 그것을 망각하고 살아갈 뿐이다.


　우우우 우우……

　산책로 끝에서 좌측으로 꺾어 작은 연못의 다리를 건너면 미술관. 그 앞 잔디밭에서 매일 먼 산 구름을 바라보며 노래하는 남자가 있다. 미국의 조각가 '조나단 브롭스키'의 '노래하는 남자'. 오늘도 그는 예외없이 노래 부른다. 오늘따라 그가 빚어 내는 음계가 슬프게만 들려옴은 여자의 기분 탓일까. 노래 부르는 남자의 뒷모습이 문득 남편 Y를 닮았다고 느끼며 여자는 가슴이 뭉클해 온다. 한 시간 노래 부르고 30분을 쉬는 남자. 그러나 여자의 남편에겐 그런 휴식조차 있었던 것일까. 여자는 곰곰히 남편과 함께 한 지난 일들을 떠올려 본다. 사랑하는 가족을 위해 힘겹게 앞만 보며 달려왔을 Y. 때론 '환희의 송가'를, 때론 '비창'을 부르며 그렇게 그렇게……그러기에 그의 노래가 한동안 '비창'으로만 이어진다 해도 끝내 참아야만 한다고 여자는 느낀다. '비창'이 다시 '환희의 송가'로, 사랑의 끝이 다시 사랑임을 확

인할 수 있을 때까지 긴 기다림의 시간을 견뎌내야만 한다고 생각한
다.

 그렇게 생각하자 여자는 자신의 마음을 단단히 장악하고 있던 짙은
무우霧雨가 서서히 걷혀감을 느꼈다. 여자는 이제 다시는 울지 않으리
라 다짐했다.

# 어두워지지 않는 밤

　서울을 떠나는 날의 일기는 쾌청했다. 장마가 끝난 무더운 7월 초, 토요일치고는 교통이 원활하여 공항행 리무진 버스는 막힘없이 훌훌 인천 국제 공항을 향해 달려갔다. 지나치리만큼 냉방이 잘된 버스의 넓은 창을 통해 녹음이 가득한 여름 풍경을 바라보며 비로소 여자는 어디론가 떠나고 있다는 느낌이 들었다. 안전벨트처럼 옥죄고 답답한 일상을 벗어나는 일이 날아갈 듯한 후련함을 안겨준다. 딴엔 하루에도 수없이 몰려드는 해일과도 같은 방랑의 광풍을 잠재우며 견뎌온 시간이었다. 그러나 이젠 떠나고 있다.

섬이 가까워오자 저만치에 잿빛 바다가 그 모습을 드러내기 시작한다. 썰물 때인지 훤히 드러난 갯벌 위로 붉게 타오르는 드넓은 꽃밭이 바라보인다. 꽃밭. 무슨 꽃이 저리도 붉게 피어난 것일까. 여자는 군데군데 지천으로 갯벌을 뒤덮은 붉은 꽃밭을 놀라움으로 내려다본다. 무슨 꽃이 저래요. 꽃이 아냐. 붉은말……해초……붉은말이야. 여자의 놀라움은 서해 갯가 태생인 남편의 설명으로 금세 착각임이 밝혀진다. 그러나 여자의 시선은 차의 속도를 타고 매달린 듯 꽃밭을 따라 달려간다. 무슨 꽃이 저리도 붉은 것일까. 붉은말의 군락이 아직도 여자에겐 꽃밭으로 보일 뿐이다. 밀물 때면 조수에 잠기고 썰물이면 환히 그 모습을 드러내는……자신의 마음에도 똑같이 자리한 붉은 꽃밭. 그것은 여정 내내 여자의 가슴에서 썰물이었다.

학회 주최, 12인의 지올로지스트와 함께인 러시아 여행은 여자에겐 파격의 시간이었다. 여자의 남편인 K를 포함, 일행 전원이 지질학도였으며 모두 남자라는 사실만으로도 그렇게 말하기엔 충분했고 이리저리 얽히고 매여 좀체 맞아떨어지기 힘든 일상에서 절묘한 틈을 내어 일행에 합류할 수 있게 된 것, 그리고 오랜 세월 아무도 몰래 홀로 꿈꿔온 뜨거운 열망이 그렇듯 소리 없이 손을 내밀며 그녀에게 홀연히 다가온 것 등이 그러하였다. 러시아……여자는 마침내 오랜 세월 동토의 땅으로 인식되어온 광대한 땅을 향해 날아간다. 바이칼 호수와 이르쿠츠크 상공을 지나 주유를 위해 일시 착륙, 근 10여 시간을 날아 이윽고 생페테르스부르그에 도착한 것은 한밤이었다. 밤 11시를 넘은 시각. 그러나 공항에서 바라보이는 광활한 들녘 저편엔 빠알갛게 달아오른 해가 영롱한 크리스탈처럼 붉게 붉게 타오르고 있었다. 백야. 저물지 않는 태양. 어두워지지 않는 밤. 너무도 신비스럽고 두려움의 전율을 안겨주는 검푸른 하늘빛. 고도古都, 생페테르스부르그의 첫 느낌은 그렇듯 여자에겐 말라카이트malachite빛 충격으로 다가왔다.

생페테르스부르그의 첫밤. 밤이 이슥하도록 좀체 어두워지지 않는 하늘과 집을 떠나온 낯섬, 여정 등으로 일행은 쉽게 잠을 이루지 못한다. 사십대 초반의 나이에서 오십, 육십대까지의 교수들과 연구원, 기업인들로 구성된 일행은 마치 약속이나 한 듯 아래층에 있는 바에 모여 보드카를 나눠마신다. 호텔은 낡고 오래되어 수도관에선 붉은 녹물이 나오고 침대가 헐어 삐걱였으나 흰 레이스 창을 열면 잘 가꿔진 녹색의 정원과 꽃들이 내려다보여 그런대로 고졸한 아취雅趣가 있다. 1층 프런트 옆의 바는 매우 작아 테이블이 겨우 네댓 개밖엔 자리할 수 없는 좁은 공간이었으나 예의 테이블 마다엔 정갈한 식탁보에 정원에서 마악 꺾어온 듯한 청초한 꽃들이 꽂혀있고 러시아 특유의 호밀빵, 햄. 후라이드 에그, 풍성한 야채 등으로 꾸며진 유럽식 아침 메뉴는 생각보다 훌륭했다.

고도古都에서의 첫 아침은 비가 내렸다. 학회에 묻혀와 여자는 하릴없이 그들의 일정을 따라야만 한다. 지올로지스트들의 일정은 예의 필드로 시작된다. 러시아측 지도 교수의 인솔에 따라 일행은 대형 전세 버스에 몸을 싣고 빗속을 달려간다. 달리고 또 달려도 한없이 펼쳐지는 녹색의 초원은 끝이 없다. 드넓은 목초지를 하얗게 수놓은 이름 모를 들꽃. 목가풍의 농가를 에워싼 노오란 유채밭. 오직 러시아에서만 자란다는 보랏빛 오아시스……여름비에 젖은 이국의 초원은 그림 같다. 목적지에 도착한 일행이 빗속을 누비며 필드를 강행할 동안, 여자는 버스에 홀로 남아 러시아의 대문호, 톨스토이의 민화를 떠올리며 초원을 산책한다. '사람에겐 얼마만큼의 땅이 필요한가'의 어리석은 농부, '파흠'. 끝없는 땅 욕심에 해 가는 줄 모르고 걷고 또 걸어 돌아오기엔 이미 너무 멀리 가 버린…… 때문에 지쳐 쓰러진 그는 하인에 의해 정확하게 그의 키 치수대로 3아르신, 겨우 3아르신(1아르신=약 70센티)의 땅에 묻히고 만다.

들꽃이 무리지어 하늘거리는 가없는 초원. 비에 젖은 초원을 바라보는 여자의 마음에도 비가 내린다. 여전히 썰물인 채로 붉게 드러난 여자의 꽃밭에도 빗물이 흐른다. 필드에 참여하지 않았기에 완전히 혼자인 시간. 걷는 동안 빗발은 뜸해지고 여자의 눈앞엔 나지막이 잇닿는 늪지대가 펼쳐진다. 연이어 꿈결인 양 아득히 너울대는 유채의 노란 물결에 여자는 탄성을 지른다. 그러나 혼을 앗길만큼 아름다운 곳에 홀로 있음이 너무도 마음 아리다. 영화 닥터 '지바고'의 끝없는 유채밭이 떠오른다. 여자는 샌들을 벗어들고 춤을 추듯 걸어간다. 빗방울이 튀는 듯한 발랄라이카의 경쾌한 음향이 온몸을 감싸온다. 썸

웨어 마이 러브……파도처럼 밀려오는 회한에 여자는 두 팔을 활짝 벌리고 빙그르르 맴을 돈다. K의 설명에 의하면 지금으로부터 약 백이십만 년 전쯤엔 바다였던 곳. 거대한 빙하삭박지형으로 캠브리아기의 건충과 이곳 건축자재로 쓰이며 삼엽충을 포함한 석회암층, 다이아몬드 광상鑛床이 분포되어 있는 발틱해 연안이었다. 백이십만 년이라는 시간. 여자는 그 엄청난 양의 시간이 도저히 가늠되질 않아 망연하기만 했다. 지질학에선 그리 긴 시간이 아니지. 캠브리아기, 오르도비스기 화석들은 적어도 5억 년이 훨씬 넘은 것들인걸. K의 건조하고 담담한 설명에 여자는 완전히 질리고 만다.

5억 년이라니……길어야 백 년인 인간의 유한한 삶으로는 도저히 헤아림이 불가능한 시간이다. 5억 년의 세월. 그리고 몇백만 년 전엔 바다였던 곳. 그로인해 유난히 호수와 초원과 늪지대가 많은 곳. 여자는 홀연히 한 마리의 백조가 되어 춤을 춘다. 날아도 날아도 가없이 넓기만 한 초원을 훨훨 날아간다. 스완 레이크Swan Lake. 오랜 세월 그녀가 흠모해온 차이콥스키의 선율이 여자의 혼을 뒤흔든다. 나의 지그프리트. 그녀는 한 마리의 백조가 되어 그녀의 지그프리트, 그를 찾아 날아간다.


대학 시절 그는 여자에게 말했다. 혜원이 넌 사람 냄새가 나질 않아. 고요한 호숫가 한 마리의 백조 같아. 그 말이 두 사람 사이의 결말을 암시하듯 그는 여자가 좀더 자라 사람 냄새가 배이기를 기다리지 못한 채 떠나갔다. 졸업 연주회에 꽃다발을 안고 온 것이 마지막이었다. 음악을 전공한 여자, 우리집하곤 안 맞아. 처음부터 그걸 알았지만 무작정 네가 예뻤어. 넌 장식장 위에 가만히 올려놓고 바라만 보고 있어야 할 여자야. 재능을 활짝 꽃피울 수 있는 곳으로 날아가. 그는 여자의 어깨를 다독이며 어린 동생에게 하듯 말하였다. 그러나 이유야 어쨌든 그녀는 그 말이 여자로서 그로부터의 명백한 배제임을 모를 만큼 어리지는 않았다. 그는 적어도 여자로서 그녀를 사랑한 것은 아니라는 결론은 여자의 가슴에 지울 수 없는 회한을 남겼다.

그는 절친한 여고 동창생, 진희의 오빠였기에 동시에 또한 여자의 오빠이기도 했다. 여중 시절 2년, 그리고 여고 3년, 5년의 긴 세월 동안 내낸 단짝이었던 진희와는 마치 연년생 자매와도 같은 복잡다단한 애증과 갈등이 자리하는 사이였다. 중2 때의 첫 만남에서부터 무언가 보이지 않는 힘에 끌리듯 가까워지기 시작하였으나 환경의 차이에서 오는 약간의 괴리에도 불구하고 오랜 세월 우정이 유지되어 온 것은 순전히 진희 오빠인 그의 존재 때문임을 여자는 잘 알고 있었다.

진희 남매를 특징짓는 요소는 무엇보다 그들을 에워싼 설명할 수 없는 지적 분위기였다. 모든 것을 다 잃는다 해도 그것만은 끝내 그들로부터 절대 앗을 수가 없을 만큼 존재 자체에 강력히 들러붙어 그들과 하나로 융합된 그 무엇. 후일 세월이 지나 여자는 그것이 바로 그들 집안의 내력이며 유전 인자임과 동시에 지력이며 자산임을 알았으나 그 때의 여자로선 그 점이 무엇인지 보이지 않는 신기루를 좇듯 안

타깝기만 했다. 진희는 공부를 잘했고 매우 총명했으며 외모, 언행 모든 면에서 알 수 없는 향기 같은 것이 느껴지는 아이였다. 빼어난 외모는 아니었으나 감색 교복에 하얀 칼라를 한 단발머리의 갸름하고도 가무스름한 얼굴, 잘 익은 머루알처럼 반짝이는 검은 눈은 진희만의 독특한 매력이었다. 그러나 정확히 말해 분명히 그건 진희만의 것은 아니었다. 진희의 강점을 공유한 또 한 사람의 존재, 그가 바로 진희의 오빠, 그였다.

여중 2학년 여름 진희를 따라 처음으로 가회동 그의 집을 방문한 무더운 한낮, 그는 채송화, 봉숭아, 나팔꽃, 금잔화 등 꽃이 만발한 정방형의 작은 한옥 마당 펌프가에서 윗통을 벗어붙인 채 목물을 하고 있었다. 정갈한 원피스 차림을 한 진희 어머니가 환하게 웃으며 바가지 가득 물을 담아 펌프장에 엎딘 아들의 등에 물을 끼얹었다. 한 손엔 물바가지, 다른 한 손으론 조심스레 아들의 등을 다독이며 가만가만 아들의 긴 등 위로 물을 퍼부었다. 푸후 푸후……목덜미까지 흘러내리는 시원한 물줄기를 맞으며 새끼 하마처럼 그가 소릴 내질렀다.

검게 그을린, 단단한 등뼈로 이어진 길고 윤기나는 그의 등을 보는 순간 여자는 눈앞이 아찔해오는 전율을 느꼈다. 수세미 넝쿨을 따라 기어오른 나팔꽃이 하르르 떨렸다. 태어나서 처음으로 남자의 등을 본 것이다. 진희 왔구나, 어, 친구랑 왔네. 마당가 빨랫줄에 걸쳐둔 수건을 내려 등과 가슴께의 물기를 닦으며 그가 말했다. 진희와 동일한 깊고 검은 눈동자의 갸름하고 단아한 모습의 청년이었다. 오빠, 얘가 우리 반 피아니스트, 혜원이야. 진희가 가족에게 여자를 소개했고 그 날부터 여자는 그 집 가족의 일원이 되었다.

그의 존재와 함께 여자는 진희네의 모든 것이 마음에 들었다. 남녘 지방 선비의 후손으로 대대로 학문을 가까이 해온 진희네는 무엇보다 도 책이 많았다. 서재 겸 그의 방 벽면 가득 책이 빼곡히 쌓여있는 기 이한 광경은 여자를 경악케했다. 애석하게도 얼마 전 고인이 된 책의 원래 소유주인 진희의 아버지를 대면할 수 없음은 큰 손실이었으나 동경 유학생이었으며 언론인이었다는 진희의 아버지는 이해할 수 없 는 친밀감으로 여자의 마음에 자리했다. 그것은 늘 그 집을 드나들며 수시로 무시로 고인의 혼이 깃든 오래된 책들과 접한 때문인지도 몰 랐다.

진희를 만난 것은 행운이었다. 책이 들어설 공간 대신 외제 오디오 와 스피커, 커다란 TV가 자리한, 그리고 늘 그녀의 자매들이 치는 서 투른 솜씨의 피아노 소리와 어린 남동생들의 전쟁놀이로 부산한 그녀 의 덩그런 이층 양옥과는 완연히 다른 그 무엇이 진희네엔 있었다. 가 장이 없는 집이었으나 어찌된 일로 그닥 생활이 궁핍해보이지 않음도 불가해한 일이었다. 그건 늘 싱거 재봉틀을 돌리며 양재일을 하는 진 희 어머니의 근면과 시골 본가의 도움 때문이었을 것이다.

그의 본가에서 보내온 남녘의 감자는 유난히도 맛이 있었다. 비 오 는 여름날 반지르르 윤기 흐르는 한옥의 대청에 앉아 파슬파슬 껍질 이는 금방 쪄온 감자를 먹는 일은 무엇보다 즐거운 일이었다. 혜원이 많이 먹어라. 넌 좀 더 살이 쪄야 돼. 긴 나무 젓가락에 뜨거운 감자를 끼워 입으로 후후 불며 정신없이 먹을 때면 그는 늘 오빠답게 그렇게 말하곤 했다. 하긴 진희와 무려 다섯 살 터울이었기에 그는 이미 대학생이었고 모든 면에서 그들의 우상이며 보호자였다. 아버지의 이른 죽음이 안겨준 충격으로 한때는 의학에 뜻을 두었으나 편모 슬하의 환경을 고려, 빠른 자립을 위해 상대商大를 택한 그는 실리주의자라 할 수가 있었다.

이런 깡통들! 이것도 못 풀어? 어려운 수학 문제 같은 것을 풀 때면 눈물이 펑펑 날 만큼 냉혹한 면을 보이기도 했다. 명문대 장학생인 그는 그녀와 진희의 가정교사였다. 진희네의 잦은 출입에 명분을 부여하려면 여자로선 그 방법이 가장 그럴 듯 하다고 판단했기에 여고생이 되면서부터 부모를 설득, 결국 그로부터 과외 수업을 받게되었다. 어쩌면 그것은 일거양득의 효과를 얻는 일일 수도 있었다. 첫째는 어려운 진희네 가계에 미력이나마 보탬이 되지 않을까 하는 제법 갸륵한 생각과 또한 자신의 부진한 성적을 향상시킴에도 효과가 있으리라는 것이 여자의 생각이었다. 어쨌거나 그는 꽤 오랜 세월 그녀의 가정교사였다. 지독히 엄하고도 무서운 과외 선생. 사실 그에 대한 여자의 사랑은 끝내 그 벽을 넘을 수 없었는지 모를 일이다. 그러나 때때로 그는 여자에 대해 숨길 수 없는 격정을 드러내곤 했다.

피아니스트를 꿈꾸며 음대생이 된 첫 해의 여름이었다. 남녀 해안에서 열리는 음악 캠프에 참가하려 설레임을 안고 집을 나서려는데 꿈결처럼 그에게서 전화가 왔다. 평소 과외를 늦춘다거나 연기해야만 할 때의 허물없고 담백한 태도와 달리 이상하게 경직되고 긴장한 듯한 음성이었다. 여자가 곧 음악 캠프 참가자들과 함께 열차편으로 떠나야 했기에 두 사람은 서울역 광장 한가운데에서 만났다. 교사를 지망하는 진희는 교대엘 갔고, 여자는 음대생이 되어 저마다 분망한 신입생 시절을 보내다보니 그즈음은 진희네를 드나듬도 얼마간은 뜸해져있었다. 당연히 그와의 만남도 그 빈도가 줄어만 갔으나 진희네는 아직 집에 전화가 없어 그녀 쪽에서의 연락은 그만큼 어려울 수밖에 없었다. 그는 긴 그림자를 드리우며 광장의 시계탑 앞에 서 있었다. 오빠, 무슨 일이에요. 무슨 일은⋯⋯그냥 혜원이가 보고 싶어서⋯⋯많이 예뻐졌네. 대학생활은 재밌고?⋯⋯네에. 아르바이트비를 받은 날이라 혜원일 데리고 좋은 델 좀 갈까했는데 바쁘구나. 바쁜 게 좋지. 그럼 가봐. 친구들 기다리겠다. 그들은 뜨거운 광장 가운데서 애타는 작별을 하였다. 오빠, 다녀올께요. 그래. 언제 집에 한번 들러라. 여자의 모습에서 눈길을 떼지 않는 그의 눈빛이 광장을 녹일 듯 쏟아붓는 여름 햇살보다 훨씬 더 뜨겁게 느껴졌다. 광장을 녹일 듯 뜨거운 눈빛. 아름다운 검은 눈동자⋯⋯그가 보고 싶다⋯⋯그를 만나고 싶다.

초원을 훨훨 나는 여자의 몸짓이 알 수 없는 슬픔으로 가라앉는다. 몇만 년 전 호모사피엔스, 더 머언 먼 옛날 원생 인류, 네안데르탈인을 위한 초혼招魂의 몸짓이 이러할까. 백조의 춤은 사위어 간다. 흩뿌리던 빗발도 주춤하다. 얼마의 시간이 흐른 것일까. 야트막한 구릉 저 편 모롱이로부터 사람의 말소리가 들려온다. 12인의 지올로지스트와 러시아의 지도 교수가 출발점으로 돌아오는 기척이다. 빗속을 떠날 때의 스산함에 비해 한결 생기에 찬 모습임이 전해온다. 여자는 급히 물이 고인 웅덩이에 발을 씻는다. 싱싱한 감각이 소생한다. 마른 펌프 에 한 바가지의 마중물을 붓고 삐걱삐걱 손잡이를 움직이면 어느새 콸콸 시원스런 물줄기가 쏟아져내리던 진희네 펌프장이 떠오른다. 말 없고 능숙한 그의 펌프질이 좋아 여름이면 곧잘 펌프 꼭지에 발을 대 고 뽀독뽀독 발을 씻어대곤 하던 기억이 살아난다. 펌프질을 하듯 여 자는 자신의 의식 저 밑바닥에 고여 흐르는 열망을 길어올린다. 순간 여자의 마음은 일시에 초원을 떠나 모스크바를 향해 날아간다. 이국 의 수도, 모스크바. 바로 그곳에서 모스크비치의 삶을 살아가고 있을 그를 떠올린다. 여자의 휑한 가슴에 아스라히 꽃밭이 펼쳐진다.

혼자 뭘 했어. 지루하진 않았고?……필드에서 돌아온 K가 활기찬 모습으로 여자에게 다가오며 묻는다. 까마아득한 백이십만 년 전의 바닷속을 헤매듯 초원을 헤매었어요. 여자는 여전히 몽롱한 눈빛인 채 대답한다. 겨우, 백이십만 년. 우린 무려 5억 년의 세월을 헤집고 다녔지. 이걸 좀 봐. K는 흙이 잔뜩 묻은 삼엽충의 화석을 내밀어보 이며 여자의 반응을 기다린다. 흙투성이 그의 손엔 바닷가재 형상의 긴 마디가 달린 꼬리 부분과 몸통인 듯 등뼈 부위가 뚜렷한 두 개의 화석이 들려있다. 귀한 보물을 채취한 듯 비에 젖은 모습이 행복해 보인다. K뿐만이 아니다. 12인의 지올로지스트, 그들은 모두 나름대로의 보물을 찾아낸 듯 흔연한 모습들이다. 전공을 향한 그들의 순수한 열정과 몰입이 여자의 입가에 웃음을 자아낸다. 굉장한 소득이네요. 정말 놀라워요. 다소 과장된 표현으로 여자는 그들의 노고를 치하한다. 실은 삼엽충 따위 여자에겐 전혀 관심이 없다. 다만 5억 년이라는 엄청난 시간의 길이가 아득하게 밀려와 멍해질 뿐이다. 이제 일행은 필드를 끝내고 초원을 떠나간다. 떠나는 일은 언제나 조금쯤 슬픔의 감정을 동반한다. 언제 이곳에 다시 올 수 있을까. 빗발 내리 긋는 차창을 바라보며 여자는 푸른 초원을 향해 작별을 고한다. 오래 전 바다였던 그대, 초원이여 안녕……. 멀어져가는 초원을 바라보는 여자의 시선에 뿌연 물기가 차오른다.

스완 레이크Swan Lake. 객석 가득 울려퍼지는 오케스트라의 생생한 음향이 골을 타듯 여자의 마음을 파고든다. 성인식을 앞둔 지그프리트 왕자는 왕비로부터 선물 받은 활을 들고 숲으로 간다. 그곳은 악마 로트바르트의 숲. 호반에는 마법에 걸린 백조들이 무리지어 모여 있다. 그들은 밤에만 인간으로 돌아올 수 있는 가엾은 운명. 달빛 은은한 밤, 호반을 찾아온 왕자는 아름다운 오디트의 모습을 발견하고 사랑에 빠진다. 슬픈 듯 애잔히 날갯짓하는 백조. 지그프리트는 오디트를 성인식에 초대한다. 한껏 고조되는 음악. 고요한 오페라 좌를 휘젓는 티없이 맑은 선율. 운명적 사랑. 그것의 절정을 예고하듯 일시

막이 내리며 인터미션. 여자는 그림자처럼 조용히 좌석을 빠져나와 1층으로 향한다.

자신도 모르게 그녀는 로비에 자리한 전화 부스로 다가간다. 발레 감상 내내 다스려온 알 수 없는 격정이 그렇듯 단호한 결심을 하도록 이끌었다. 여자는 이윽고 모스크바, 그가 있는 곳으로의 통화를 시도한다. 현의 선율처럼 빠르게 진동하는 심장. 알레그로 마 논 트로포의 음성. 그러나 기적처럼 그의 음성을 듣는 순간 여자의 목소린 금방 안단테 콘 모토로 바뀐다. 저어……혜원이에요. 아……혜원……반갑다. 진희 통해 이곳에 온 걸 알았어. 그냥 가면 어쩌나 했지. 그의 음성은 변함없는 라르게토. 그러나 예전보단 한결 여유롭고 포근함이 전해오는 중후한 느낌이 여자를 안심시킨다. 모스크바에 오면 내가 그곳으로 갈게. 내 오피스텔은 아르바트에 있어. 그는 옛날과 조금도 다름이 없다. 바로 어제 만나고 헤어진 사람처럼 다정하고 따뜻하다. 좋은 시간을 함께 한 사람들, 좋은 마음으로 서로를 향해 그리움을 키워온 사람이면 누구나 그렇듯 마악 어제 만나고 헤어진 듯한 느낌을 안고 살아간다. 그것을 확인하는 여자의 마음에 넘치듯 기쁨이 찰랑인다.

긴긴 세월이 흘러도 언제나 정겹고 따스한 느낌을 간직하고 사는 것. 무한대의 우주, 몇십억 년 땅의 역사에서 너무도 덧없고 유한한 우리의 삶에 그보다 가슴 찡한 일이 있을까. 폭발할 듯 울리는 왈츠의 선율이 들려온다. 숨죽여 백조의 춤을 지켜보는 여자의 가슴에도 폭발할 듯 왈츠의 선율이 물결친다.

고도, 생페테르스부르그, 미美의 궁전 에르미타주 국립 미술관을 둘러본다. 하절기엔 유독 관람객이 많음을 입증하듯 조금이라도 이름이 알려진 눈에 익은 명화 앞엔 으레 관람객이 바글거린다. 저마다 한 사람씩 가이드를 앞세워 아우성대는 엄청난 인파. 명화를 감상하기엔 너무도 붐빈다는 느낌에서 헤어날 길이 없다. 그로부터 자유롭기 위해 여자는 미술관을 따라 흐르는 네바 강, 그 잔잔한 물결에 시선을 준다. 유유히 흐르는 강은 평화롭고 아름답다. 인간이 이룩한 것. 그것이 제아무리 높고 크다 해도 자연이 주는 신비, 환희에 비할 수는 없는 것. 이름난 궁전, 예술품, 건축물 그 어느 것에도 한 아름의 무상과 허망의 그림자가 너울댐은 슬픈 일이다. 여자는 짐짓 일행의 열에서 벗어나 열심히 감상하는 그들의 모습을 감상한다. 한결 싱그럽고 생생한 느낌임이 즐겁다. 현존의 모든 것은 흘러간 모든 것을 능가한다. 여자는 골똘히 그들의 모습을 관찰한다.

학회와의 친분으로 연결된 일행의 가이드인 러시아의 여류 지올로지스트, 니나Nina. 작품을 해설하는 그녀의 영어는 빠르고도 거칠다. 그럼에도 불구하고 그녀의 말을 가장 잘 이해하고 반응하며 일행에 보충 설명을 마다 않는 젊고 쿨cool한 모습의 A 교수. 그는 긴급히 휴대용 티슈가 필요했을 때 형수 씨, 이거 쓰세요. 하며 앤크린 로고 새겨진 주유소 홍보용 화장지를 꺼내주었고 재래시장에서 한 봉지의 빨간 체리를 사주기도 했다. 깍듯하고 도시적인 분위기가 느껴지는 첫 인상을 깨 듯 여유롭고 맑은 웃음과, 과음을 하면 느슨한 언행에 비행기, 버스 등에 곧잘 자신의 짐을 그대로 두고 와 좌중의 실소를 자아낸다. 과로로 인한 눈다래끼를 감추느라 그는 여행 내내 그에게 매우 잘 어울리는 검은 선글라스를 쓰고 다닌다.

B 교수. 그는 그저 바라만 보고 있어도 좋은 사람이다. 환하고 동그란 웃음과 솜사탕 같은 음성을 동안童顔 가득 매달고 다니며 온화하고 따스한 언행으로 불혹을 넘은 나이라곤 믿어지지 않을 만큼 선의에 찬 모습을 하고 있다. 초등학교 시절 열성적인 조모께서 담임교사에게 줄 스타킹을 사들고 매일같이 학교엘 드나들며 늘 교실 뒤에 앉아 수업을 감독을 했고 식탁에선 귀한 손자를 위해 늘 손수 반찬을 집어주며 끔찍이도 과보호를 해온 까닭에 아직도 직접 쌈을 싸먹는 따위의 귀찮은 일 같은 건 아예 행할 엄두를 못 낸다는 웃지 못할 일화를 지니고 있다.

C 교수. 무어라 설명할 수 없는 지적 분위기와 댄디한 품격이 쉽게 범접하기 어려운 느낌이나 타인에 대한 포근한 배려, 담백한 유머엔 절로 미소가 흐른다. 보드카 자체보다는 보드카 마시는 분위기와 다정한 담소를 즐긴다. 그와 룸 메이트이며 학회 대표인 D 교수. 몸 전체에서 페미니스트다운 면모가 전해오는 자상함이 강점. 기록을 위해 여자에게 목걸이 볼펜을 선물하며 첫 대면부터 잔잔한 유대감을 형성케 하는 단체의 수장다운 면이 돋보이며 여행중 알게 모르게 여러 은전恩典을 베풀어 팀에 활력을 준다.

젊잖음과 과묵으로 일행의 구심점을 이루며 조용한 일치와 배려로 힘을 실어주는 E 교수, F 교수. 브라운 계통의 상의에 같은 색상 케이스의 외제 담배를 피우며 맞춤 셔츠를 입는 영국 신사 같은 분위기의 G 교수. 얼핏 보기엔 터프하고 시니컬해보이나 알고 보면 더없이 다감한 감성을 지녀 친밀감이 느껴진다. 팀의 막내이며 일행의 궂은 일을 도맡아 하는 젊은 교수, H. 초등학교 때 모친이 담임교사의 친구여서 그 배경으로 늘 반장을 하며 모범생 노릇만 해온 사람답게 온순, 성실하며 편안한 미소가 특징인 어진 길잡이.

대학 시절 우골탑인 양 시골의 부모님이 마련해준 등록금을 신문에 둘둘 말아 기차 객실 선반 위에 던져 놓고 맘 놓고 잠을 잤다는, 인간적인 너무도 인간적인 그리고 사업가적 호방한 스케일과 의리, 가식 없는 미소와 신뢰로 다가오는 기업인 I. 더없이 소탈하고 따스하며 진국스러운 인품을 지닌 그의 룸 메이트 J. 그리고 진지한 너무도 진지한, 남다른 필드정신을 지닌 기업 소속 여자의 남편 K. 다정이 병이라 술을 마시면 곧잘 뒤풀이의 해프닝을 벌이긴 해도 진정한 필드 정신과 순발력으로 팀의 분위기를 돋우는 연구원 L.

이상 12인의 지올로지스트를 점검하며 여자는 그들과 함께함의 의미를 생각한다. 여행이 끝나고 나면 다시는 모이기 힘든 만남이다. 그러나 그간 매우 가까워진 느낌만은 지울 수가 없다. 7박 8일의 일정 동안 그들과 나눈 짧은 대화, 무심한 미소, 말없는 배려……단지 그 뿐으로 그들을 안다 한다면 역설이다. 하지만 여자는 오직 여행지에서의 만남이 주는 새로움, 기쁨, 경이만을 취하기로 마음 먹는다.


생페테르스부르그의 마지막 밤. 러시아 학회측이 마련한 만찬의 시간이 열린다. 러시아 전통 음식인 펠메니와 생선, 육류, 다양한 야채와 과일. 그리고 보드카. 모두 그동안의 쌓인 정을 나누며 회포를 푼다. 다정다감, 대화를 즐기는 러시아인들 답게 전원이 돌아가며 자신의 느낌을 표현한다. "이 짧은 만남을 위해 우린 오랜 시간을 준비하며 기다려왔습니다. 그러나 만남의 시간은 너무도 빨리 흘러갑니다. 이제 곧 헤어짐의 슬픈 시간이 다가옵니다." 필드를 인솔한 러시아 지도 교수가 깊은 감회를 토로한다. 모스크바행 비행 시간은 다가오는데 석별의 정은 깊어만 간다. 우라, 건배, 우라, 건배, 우라 우라 우라! 러시아와 한국, 양국간의 긴밀한 유대와 학회의 무궁한 발전을 위하여 건배를 의미하는 러시아말, '우라'와 '건배'를 벌갈아 외치며 헤어짐의 아쉬움을 달랜다. 그러나 작별의 시간은 다가오고 일행은 모두 공항행 버스에 몸을 싣는다. 고도, 생페테르스부르그여, 안녕. 언제 다시 이곳에 올 수 있을까. 이별의 슬픔과 보드카에 취한 여자의 마음은 젖어만 간다.

평원의 도시 모스크바. 녹음이 우거진 여름의 도시는 건조하고 싱그럽다. 7월의 햇살은 부시도록 쨍쨍하나 그늘로 들어서면 금세 서늘함이 느껴지는 묘한 날씨다. 이틀간 예약된 호텔 컨벤션 홀에서 일행 전원이 참여하는 국제 학술회의가 진행되는 동안 여자는 혼자의 시간을 갖기로 한다. 이제까지 일행과 모든 일정을 함께 한 것관 달리 극히 이례적인 시간이 주어진 것이다. 그것은 대의에 따라 마지 못한 듯 응한 K의 동의와 일행의 배려 덕분이었다. C 교수의 소개로 여자는 모스크바에 거주하는 한국인 여학생, M을 소개받았다. S 전자 주재원인 아버지를 따라와 모스크바대大에서 국제정치학을 공부하며 청바지에 티 셔츠, 귀엽성스럽고 여릿한 외모가 포근함을 안겨주는 재원이다.

이곳에서 어디가 젤 가고 싶으세요? 전문 가이드가 아닌 M은 보조개 고운 미소로 여자에게 묻는다. 여자는 일순 마음이 흔들린다. 어디가 젤 아름다운 곳이죠? 이렇게 묻고 싶은 것을 간신히 참으며 여자는 잠시 생각에 잠긴다. 실은 아르바트 거리가 가장 보고 싶어요. 뭔가 많은 것이 있을 듯 해요. 여자는 천천히 힘주어 말하며 M의 반응을 살핀다. 아, 그래요. 그럼, 그렇게 해요. 그곳에선 크렘린, 볼쇼이도 가깝고 메트로를 타고 어디든 갈 수 있으니까요. M은 활짝 피어나는 얼굴로 흔쾌히 동의한다. 본인 소유의 승용차가 없어 우려하던 차에 지하철, 메트로를 이용할 수 있음은 다행이라고 말한다.

여자와 M은 금세 의기투합하여 모녀처럼 팔짱을 끼고 메트로를 타기 위해 지하철로 향한다. 메트로는 지하 깊은 곳에 있고 길고 긴 에스컬레이터는 와르르 굴러내리듯 급속도로 내려가 여자는 긴장한다. 그때마다 M은 환히 웃으며 여자의 팔을 잡아준다. 한국에서 대학을 다니는 여자의 딸과 비슷한 나이다. 여자는 아무도 몰래 가만히 한숨짓는다. 나이에 비해 마른 여자보다도 훨씬 더 가냘픈 체격인데 어디에 저렇듯 단단한 순발력이 있는 것일까. 에스컬레이터의 벨트를 잡고 긴장해 있는 여자를 보호하느라 야무진 자세로 버티고 서 있는 모습이 놀라워 여자는 감탄한다. 젊음. 젊음과는 멀어져만 가는 나이……불혹을 훨씬 넘긴 자신의 나이를 떠올리며 여자는 문득 우울해진다. 애초 마음먹은 계획조차 무효화 할까 갈등한다.

그날 발레 공연시 연결된 통화에서 그는 말했다. 오피스텔이 아르바트 거리에 있거든. 어디든 쉽게 갈 수가 있어. 금방 달려갈게. 여자는 그 말이 줄곧 귓가에 맴돈다. 그러나 일행이 묵는 호텔로 그를 오게 할 수는 없다. 그와 K의 만남은 여자에겐 견딜 수 없는 곤혹이기 때문이다. 만날 것인가, 말 것인가……서점, 꽃집, 상점, 거리의 화가, 오픈 까페 등이 즐비한 활기 넘치는 아르바트 거리를 걸어가며 여자는 고심에 빠진다.

M이 몽롱한 표정으로 걸어가는 여자를 이끌어 어느 젊은 부부의 동상 앞으로 데려간다. 금방이라도 화려한 옷깃이 바람에 날릴 듯 요요한 자태의 여인과 턱시도 차림의 깊고 명민한 눈을 한, 여윈 턱수염의 곱슬머리 남자가 여자를 굽어본다. 푸쉬킨과 콘체르바. 그들을 바라보는 여자의 시선에 반가운 미소가 어린다. '대위의 딸' '푸쉬킨 시선집' 옛날 그의 서가에서 만난 퀴퀴한 냄새의 묵은 책 더미 속에서 익히 보아온 모습들이다.

삶이 그대를 속일지라도 슬퍼하거나 노여워하지 말라.

슬픔의 날을 참고 견디면 머지 않아 기쁨의 날이 오리니

현재는 언제나 슬프고 괴로운 것.


여자의 뇌리에 그 시절 줄줄 외고 다니던 '삶'이라는 시가 떠오른다. 가슴이 저며온다. 아무도 풀지 못하는 스핑크스의 수수께끼를 풀어내고 세상의 온갖 지혜를 다 아는 밝은 눈을 가졌으나 정작 '자기'에 대해서만은 끝내 장님이었던 오디푸스처럼 러시아의 대시인 푸쉬킨 역시 자기 삶의 문제에 있어서만은 끝내 슬픔과 노여움에서 헤어날 수가 없었던 것일까. 빼어나게 아름다운 나탈리아 콘체로바. 그녀를 사이에 둔 연적戀敵과의 결투 끝에 못내 아까운 목숨을 잃고 만 그는 왜 한 번쯤 자기 삶의 속임수에 질끈 눈감아 줄 수는 없었을까. 왜 한 번쯤 속는 듯 삶과 악수할 수는 없었던 것일까. 차오르는 회한에 여자는 살며시 푸쉬킨에게로 다가가 그와 악수한다. 그가 살았던 거리, 그의 신혼이 담긴 작은 저택. 근 이백 년 전쯤 태어났더람 그와 동시대를 살았을까. 이백 년의 세월. 그건 땅의 역사, 돌의 역사에 비함 손에 잡힐 듯 가까운 시간이다. 그러나 결코 되돌릴 수는 없는 것. 때문에 누군가와 동시대를 살아감은 축복임이 분명하다. 지구 끝 어디에서라도……

잠시 후 여자는 마침내 M의 핸드폰을 빌려 그에게 전화한다. 알레그로 마 논 트로포 운 포코 마에스토소. 여자의 가슴에 환희의 송가가

밀려온다.

　M은 꼭 사야 할 책이 있다며 서점으로 들어가고 여자는 곧 달려 오 겠다는 그를 기다리며 거리의 화가에게 얼굴을 맡긴다. 되도록이면 순간의 느낌을 오래 간직하려는 마음 때문이었다. 몇몇 거리의 화가 중 여자는 가장 나이 많은 노인을 선택한다. 살아온 세월만큼 자신만 의 비법을 지니고 있으리라 판단한다. 주름진 얼굴에 베레모를 쓴 백 발의 화가. 그러나 여자의 얼굴을 주시하는 눈빛만은 찌를 듯 예리하 고 날카롭다. 조금만 움직여도 엄히 주의를 주며 그림에만 몰두한다. 여자는 하릴없이 그림에 갇혀 산들바람 이는 오후의 거리를 내려다본 다. 거리는 시간이 흐를수록 점점 더 사람으로 붐비고 생동감이 넘쳐 난다.

　거리 저편 화원에서 누군가가 꽃을 안고 나온다. 점점 가까이 다가 오는 사람. 엷은 올리브빛 셔츠에 동색 계열의 타이를 맨 낯익은 얼 굴. 그의 가슴엔 한 아름의 꽃이 안겨져있다. 여자가 초원에서 보았던 하얀 들꽃 같다. 빠르게 다가오는 그의 뒷편으론 끝없이 펼쳐지는 말 라카이트빛 하늘이 바라보인다. 밤이 이슥하도록 어두워지지 않는 하 늘. 저물지 않는 태양. 이윽고 그가 환히 웃으며 다가와 여자에게 꽃 을 내민다. 머루빛 검은 눈에 갸름한 얼굴. 단정하고 정리된 중년의 모습. 몸이 조금 불었을 뿐 예전과 조금도 다름이 없다. 역시 혜원이 다워. 전혀 변함이 없군. 그가 거리의 화가에 의해 완성되어 가는 그 림을 바라보며 엄지 손가락을 치켜세운다. 여자의 가슴, 붉은 꽃밭으

로 쏴아 물결이 밀려온다. 따뜻하고 맑은 물결. 여자는 이제야 그곳에
마악 밀물 때가 도래했음을 깨닫는다.

# 호수회의 첫 여행

　어디론가 떠나기 위해 국내선 공항에 온 것은 지애에겐 꽤 오랜만
의 일이었다: 항공편을 이용한 국내 여행을 한 적이 별로 없어 발길
닿을 일이 없었던 때문이었다. 그녀와 같은 헬스클럽 회원인 한 여자
는 이따끔 기분이 우울한 날이면 한껏 성장을 하곤 아무런 볼 일도 없
이 공항 리무진 버스에 몸을 싣고 국제선 공항으로 달려가, 사방이 유
리로 된 드넓은 창가 로비에 앉아 쉼없이 뜨고 내리는 비행기의 이 ·
착륙을 하염없이 바라보다 돌아오곤 한다. 무슨 특별한 사연이 있어
서가 아니라 단지 그저 공항의 그 모든 것이 마음에 들어, 예컨대 확

트인 활주로, 큰 가방을 끌며 분주히 오가는 여행객의 들뜬 표정, 누군가를 맞고 보내고, 오고 가는 사람들의 다양한 표정, 뭐 그런 것이 좋아 그렇게 아무 일도 없이 마치 반가운 손님을 맞는 화사한 차림을 하곤 공항으로 달려가곤 한다고……지애의 경우, 울적하고 사는 일이 힘들 때, 일없이 재래시장을 한 바퀴 돌며 마음을 가라앉히는 그런 류의 행위와 같을 것이다. 공항이나 재래시장이나 고달프고 애련한 우리 삶의 한 단면이 축약된 공간이란 점에선 같을 테니까.

공항 로비는 한산한 편이었다. 어버이날을 기해 2박 3일의 제주도 여행을 떠나는 것. 일행은 도합 여섯 커플인 12명. 지애에겐 모두 서먹하고 낯선 얼굴들이다. 남편 인호의 불알친구들, 일테면 그의 초등학교 동창 모임인 '호수회' 회원 6명과 그의 부인들로 구성된 멤버였다. 그러나 여자들끼린 완전 초면, 그간 전혀 서로 얼굴을 대한 적이 없었다. 그러기에 그리 더불더불한 성격이 못 되는 지애로선 떠나기 전부터 지레 걱정, 기어이 인호로부터 한 소리를 들어야만 했다. "있잖아, 나 안 가면 안 돼요? 불참하면 한 사람 몫의 비용은 빼주나요?" 그녀의 말에 인호는 참으로 어이가 없다는 표정으로 얼굴을 찌푸리며 말했다. "안 가면 그만이지. 환불 따윈 없는 거야. 왜 가기 싫어?" "실은 좀 그래요. 아는 이도 없고 되게 썰렁할 것 같아" "여행이란 일단 떠나면 누구라도 다 친해지는 거야. 당신 나이가 몇인데 아직도 그렇게 까다로움을 피우고 그래? 괜찮아, 가면 다 재밌어." 지애는 결국 인호의 의견을 따를밖엔 없었다. 그간 남자들끼리 적립해 온 회비로 여행비 전액을 충당하는 만큼 안 가면 뭔가 손해라는 느낌도 없진 않았고 인호의 말대로 일단 떠나고 보면 의외로 기대 밖의 일들이 있을 수 있음이 여행의 묘미 아닐까. 그렇게 해서 호수회의 여행은 성사되었다.

출발 당일 지애 부부는 여유롭게 공항에 도착, 에스컬레이터를 타고 출국장인 3층으로 올라갔다. 한데 그들보다 먼저 와 일행을 기다리고 있는 커플이 있었다. 구청 소속 환경미화원인 일만과 그의 부인이었다. 흡사 싸운 사람들처럼 한 마디 말도 없이 뻘쭘히 앉아 있는 모습이 참으로 기이한 느낌을 주는 커플이었다. "야, 인호 너 그새 머리 많이 벗어졌다야. 공불 너무 혀서 그냐아?" 보자마자 던지듯 툭, 그렇게 말하며 지애를 향해 꾸벅 한 번 눈길을 주었을 뿐 일만은 이내 다시 잠잠해졌다.

그의 부인에게서 느껴지는 분위기도 매우 독특했다. 의례적인 인사성 같은 건 약에 쓸래야 없는 뚝배기 같은 모습의 여자였다. 빠글빠글 볶은 짧은 파마머리에 작고 통통한 몸집의, 세상 웬만한 일은 다 겪어 봤음직한 강단있고 다부진 인상이었다. 곁눈 한번 안 주고 굳은 듯 앉아 있는 모습이 흡사 돌미륵같이만 느껴져 지애는 실소했다. "저런 유형의 여잔 질색인데……." 지애는 떠나기도 전에 벌써 가슴이 답답해 와 앞으로 벌어질 일이 도시 암담하게만 여겨졌다. 여행의 가장 큰 묘미는 함께 하는 사람들이 누구냐에 달려 있는 것. 첫눈에도 비슷한 취향의 부류는 아니란 생각이 들었다. 지애는 그들과의 소통을 포기한 채 여행 가방에 넣어 온 얇은 책자를 꺼내어 손에 든다. 독서. 그랬다 그녀에게 있어 책이란 여행의 필수품 중 필수품. 여행중 마냥 흘려버리는 시간을 메워야 할 때, 문득 낯선 곳에 당도하여 무언가를 기다릴 때, 그리고 낯선 곳, 낯선 사람들을 만나 전혀 할 말이 없거나 시선 둘 곳 없어 당황할 때, 독서란 그럴 때 그 무엇보다 유용하고 유효적절한 매개체인 것이다.

"이거 좀 마시지." 인호가 공항 매점에서 음료수를 사와 먼저 일만 부부에게 건넨 후 책에 눈길을 주고 있는 지애의 코 앞으로 내밀었다. 음료수를 받아들며 지애는 힐끗 옆자리의 일만 부부를 일별한다. 받자마자 음료수를 꿀꺽꿀꺽 마셔버리는 일만과는 달리 여자의 표정은 여전히 변함 없는 무표정이다. 가벼운 미소조차 없이 건성인 양 음료수를 받아들고는 묵묵히 앞만 바라보고 앉아 있을 뿐이다. "어이, 일찍들 왔구먼" 훈훈한 미소에 우지직, 장작 패는 듯한 목소릴 내며 용길이 나타났다. 강북에서 오랜 세월 부동산 중개업을 하는 호수회의 총무인 용길이었다. 그의 곁엔 긴 머리에 뽀얀 얼굴을 한 젊은 여자가 서 있다. 30년을 함께 살아오며 아이들을 넷이나 낳아 기른 조강지처와 사별하고 얼마 전 젊은 여자와 재혼한 커플이었다. 그래서인지 나이에 비해 월등 젊어 보이고 무언가 활력이 감도는 듯한 모습이었다.
긴 머리의 여자, 용길의 새댁이 지애와 일만 부부를 향해 까딱 머리를 숙여보이며 인사를 해왔다. 수줍은 듯 발그레한 미소였으나 까만 눈빛과 잘 익은 사과처럼 단단한 윤곽, 꼭 다문 입술이 그리 녹록찮은 성격임을 말해준다. 싱글벙글 싱글벙글……용길의 얼굴엔 시종 사람 좋은 웃음이 떠나질 않는다. 무슨 일인지 살풋 웃음을 터뜨리며 새댁이 용길의 팔짱을 끼고 저만치로 멀어져 간다. 젊은 팀은 어디서든 티가 나는 법. 젊은 새댁의 풋풋함, 장난기를 바라보는 지애의 입가에도 엷은 미소가 떠오른다.

　다음으로 속속 등장한 팀은 일행 여섯 팀 중 나머지 멤버들. 그들은 모두 지방 소도시에서 상경, 공항 1층 로비에 함께 모여 있다가 용길의 전화를 받고 왁자하니 몰려들 왔다. 건축 노동자인 기호 부부, 아내가 미장원을 하고 안채에서 주로 감독(?) 역할만을 맡아한다는 창수 부부, 그리고 만학도인 부인이 배움터로 나가 도리 없이 혼자 싱글로 참석한, 농원을 경영하며 인테리어까지 겸업한다는 문섭. 이상 모두 다섯 커플에 싱글 하나, 일행은 도합 11명으로 결정이 났다. 2박 3일의 제주 여행. H 여행사 소속의 패키지 상품인 까닭에 항공편으로 제주공항에 내리면 현지 가이드가 마중나오고 그들 외에도 몇 개 팀이 더 합류할 것이라고, 총무인 용길이 말했다. 여자들은 서로 말없이 미소와 눈인사를 주고받는다. 단 한 사람, 일만의 아내만은 여전히 일관된 무표정, 사람들과의 소통 의사가 전혀 없어 보인다.

　미용사답게 동그란 단발형의 머리를 단정히 손질한, 가장 사교적이며 활달해 보이는 창수의 아내, 우락부락 전형적 노동자형인 남편과는 반대로 말이 없고 천상 여자인 곱살한 분위기의 기호 아내, 가장 젊고 팽팽한 느낌을 주는 용길의 아내인 새댁, 뽀글 파마에 더없이 다부진 모습을 한 일만의 아내, 그리고 어쩔 수 없이 어딘가 전직 교사다운 티가 배어나는 까칠한 모습의 지애. 호수회 남자들의 다양한 직업만큼이나 여자들의 분위기도 각양각색, 남편들이 초등학교 동창이라는 공통분모외엔 전혀 유사점이 없어 보이는 이질적 집단이었다.

비행기에 탑승하는 순간, 용길이 난데없이 인호를 향해 소리쳤다. "야아, 가이드헌티는 인호, 너 장관 출신이라고 잘 모셔야 헌다고 해뒀응께 그리 알아라잉." 모두 와르르 웃었다. 지애도 고소를 금치 못했다. 더없이 속물스럽기는 하나 한편은 너무도 어이없고 소박한 발상이 아닐 수 없었다. 적어도 일행 중 한 명이 장관 출신이라면 가이드의 태도가 달라지리라 생각한 것일까. 인호의 입가에도 잠시 희미한 미소가 스쳤을 뿐 말이 없었다.

'호수회'의 원래 이름은 '저수지회'. 불알친구로 모두 함께 모여 살던 당시 마을 가운데 커다란 저수지가 있어 붙여진 이름이었다. 농사일로 부모로부터 일찍 격리된 마을 아이들은 엄마 젖만 떼고 나면 무조건 그곳에 나와 멱감고 수영을 하며 함께 어울려 자랐다. 때론 그곳에서 익사로 죽는 아이들도 많았다. 다산과 고된 노동으로 부모의 손길이 일일이 아이들에게 닿을 수 없던 시절의 농촌 풍경이었다.

그들 유년기의 추억은 그렇게 저수지를 중심으로 알알이 엮어져 왔다. 성인이 된 후 다들 뿔뿔이 흩어져 각기 다른 길을 걸어 왔으나 유년기 그 마을 저수지를 둘러싼 우정만은 못내 잊을 수가 없었다. 그렇게 해서 만들어진 것이 '저수지회'였다. 그러나 지애만은 그 저수지란 이름이 너무도 촌스럽단 생각에 단지 그녀 혼자 '호수회'로 바꾸어 부를 뿐이다. 어린시절 착하고 공부 잘하고 범생이였던 인호는 마을 아이들의 기준이며 지향이었다. 마을 아이들은 너나 없이 늘 귀에 못이 박히도록 "인호 좀 닮아라" 하는 엄마들의 잔소리를 듣고 자랐다. "인호, 너 땜시 하여간 울 엄마헌티 욕 직싸게 먹고 자랐응께" 마을 친구들은 늘 그런 얘기를 입에 달고 살았다.

   그들에겐 그런 인호가 먼 후일 장관이 되지 말란 법도 없었다. 그러나 관운과 인맥, 재운이 별로 없는 인호는 장관도 못되었고 교수도 못되었고 단지 공기관의 임원으로 평범한 생을 살았을 뿐이었다. 친구들은 내심 적이 실망하였고 자신들의 대표성이라 할 인호에 대해 나름대로 다들 묘한 열패감과 좌절감 같은 것을 품고 있었다. "야, 인호 넌 워쩌서 그렇게 밖엔 못 되는 것이냐아. 너 같이 실력있고 양심적인 인간도 읎는디 장관 자리도 한 자리 꿰 차지 못허고 뭘 허는 것이냐고오……." 함께 술을 마실 때면 친구들은 그렇게 종종 자신들의 속내를 토로하곤 했다. 장관이 무슨 어린시절 구슬치기의 왕구슬이기라도 하듯.


   제주공항 착륙. 비행기 트랩을 내리니 벌써 바람결의 느낌이 다르다. 드넓은 공항 주차장엔 활짝 핀 박꽃 같은 모습의 여자 가이드가

'저수지회'라 쓰인 피킷을 들고 일행을 기다리고 있다. "이 친구가 바로 장관 출신 그 친구여요." 아니나 다를까 용길은 또 가이드에게 인호를 가장 먼저 소개한다. "아, 예 반갑수다." 가이드의 입가에 묘한 미소가 떠올랐다간 사라진다. 지애의 입가에도 얼핏 실소가 어린다. 이들과 함께 할 2박 3일의 여행이 아득하게만 느껴진다. 소리 없이 한숨을 삼키는 지애의 가슴에 썽그런 바람이 몰아친다. 비록 해외는 아니나 명색이 바다를 건너는 여행이랍시고 저마다 바퀴 달린 가방을 질질 끌고 모여든 일행 중 유독 용길 부부만은 하얀 종이 쇼핑백 하나만을 달랑 들고 와 눈길을 끈다. 그러고 보면 새댁이 여간 깔끔한 성품이 아님을 말해준다. 여행시엔 세탁의 편리를 위해 되도록이면 구김 안가고 짙은 빛깔의 옷을 챙겨 넣는 지애로선 쉬이 납득이 되질 않는 차림이라며 그녀는 내심 혼자 혀를 찼다. 그러나 모든 것은 다 본인의 개성, 취향이므로 어쩔 수가 없는 일. 그것까지 뭐랄 것은 없겠으나 지애의 판단으론 늘 흰 옷이나 검은 옷만을 즐겨 입는, 너무 흑백의 조화에만 치중하는 부류들은 완벽주의 내지는 결벽증 혹은 아무래도 좀 남과 다른 별난 면이 있는 사람이라는 근거 없는 편견을 갖고 있었다.

어쨌든 사람들은 함께 먹고 마셔야만 친해진다. 초면이라 서먹하던 호수회 여자들도 한 상 잘 차린 밥상을 앞에 두자 너나없이 긴장감이 풀어진 편안한 모습들이다. 사방이 바다로 에워싸인 섬 음식답게 생선회 외에도 싱싱한 해산물이 가득한 여행지에서 언짢을 일이 무엇인

가. "제주도 첫밤인디 술 한 잔씩 하셔야쥬" 용길이 여자들 쪽으로 맥주잔을 돌리며 말한다. "전 소주로 할게요." 지애가 맥주잔을 치우며 서빙하는 아낙에게 소주를 청한다. "맞아, 쏘주가 젤로 낫지." 바로 옆자리의 일만 아내가 반색을 하며 소주를 반긴다. 만남 이후 그녀의 첫 일성이었다. 그러나 대다수 여자들의 반응은 단지 뜨악할 뿐이다. "맥주 드실 분들은 맥주로 하세요." 느닷없이 소주를 청한 지애는 조금은 머쓱한 기분에 그렇게 부언한다. "지는 술 못 혀요." "술은 입에 안 대요." "저도 술 안 할 게요." 지애의 앞에 나란히 앉은 세 여자, 기호의 부인과 창수 부인, 그리고 새댁이 단호히 술을 마다한다. "혹시 교회 다니세요?" 지애가 웃음을 머금은 채 세 여자를 향해 묻는다. 세 여자 모두 고개를 끄덕이며 수긍한다.

"그럼 우리 소주파끼리 마셔요." 다소는 썰렁해지려는 분위기를 재빨리 수습하며 지애가 곁에 앉은 일만 부인에게 소주를 권한다. 일만 부인은 확 밝아진 얼굴로 화끈하게 소주를 들이킨다. 소주파끼리의 친밀감 때문인지 일만댁은 멀리 있는 안주를 젓가락으로 집어 지애의 입에 넣어주기도 한다. 너무 매워 지애가 한 입 먹고 버려둔 청량 고추를, '고추는 매워야 제 맛인겨.' 하며 우적우적 씹어먹는 모습이 더없이 소탈하게만 느껴진다. 일만 부인까지도 교회엘 다니는 여자였담 어쩔 뻔 했나. 주거니 받거니 잔을 채우며 소주파 두 여자는 점차 알 수 없는 친밀감이 쌓여간다.

일만댁의 핸드폰이 울린다. "누구여? 샛별이? 할미 잘 도착혔다.

근디 왜 눈물바람을 하고 그려? 할미 낼 모레면 갈 것인께 그때꺼정 고모 말 잘 듣고 유치원 잘 댕겨. 지각허면 못 쓴다, 알았장?" 핸드폰을 꺼 주머니에 집어넣는 일만댁의 눈가에 아련한 그늘이 드리운다. 그 모습이 웬지 짠한 느낌을 불러 일으켜 지애가 묻는다. "손년가 봐요? 샛별이! 이름 예쁘네요." "매칼읎이 어린 양 허느라 그려요. 을매나 야무진지 뭣이든지 다 잘허믄서……." 단숨에 술잔을 비워버리며 일만댁이 혼잣말을 하듯 중얼거린다. 저런 할미가 곁에 있담 샛별이란 아이는 참 포근하고 든든하겠네. 그런 생각을 떠올리며 지애는 가슴 한켠이 저릿해 온다. 지난 해 결혼해 직장엘 다니는 딸아이에게 차후 아이가 생기면 절대 봐 줄 수 없노라 못박았던 자신의 야박한 성정이 새삼 가슴을 찔러온 때문이었다.

"손녀 보기 힘들지 않으셔요?" 지애가 슬쩍 운을 뗀다. "힘들지유. 키우는 애가 고만고만 넷이나 되니께 옥상을 아예 놀이터로 맹글어 쌩긋을 혀요. 그려두 이럭저럭 다들 탈읎이 자라줘서 고맙지유." 발그레 달아오른 뺨에 송글송글 땀 맺힌 모습이 공항에서 처음 볼 때와는 달리 너무도 웅숭 깊고 푸근하게 느껴져 지애는 감탄한다. 소주파건 냉수파건 여자들의 화제는 어느새 다 자란 자식들의 이야기로 넘어가며 돌연 활기를 띄운다. 단지 새댁만은 약간은 새침한 듯 단정한 몸가짐을 한 채 자기 앞에 놓인 음식을 모두에게 손이 닿도록 살그머니 옮겨 놓는 등, 일행 중 가장 젊은 사람으로서의 배려심을 잃지 않는다.

천상 여자의 분위기인 기호 부인은 간간이 웃음을 보일 뿐 별 말이 없고, 미용실을 경영하는 창수 아내는 활달한 모습만큼이나 자신의 미용실이 동네 사랑방이 된 연유, 얼마 전 사위 생일에 밤새워 만든 음식을 바리바리 싣고 딸 집을 향한 얘기 등을 들려준다. 창수 아내의 생명력 넘치는 모습이 지애에겐 놀랍기만 하다. 그녀로선 엄두도 못 낼 일이므로. 지난 달 사위 생일엔 미리 예약한 음식점에서 밥을 사주고 간소한 선물을 건네었을 뿐, 번잡함을 극도로 기피하는 그녀로선 그 이상은 과잉이라는 느낌을 지울 수가 없다. 지애는 여자들의 얘기에 계속 놀라고 감탄한다. 자신과는 많이 다른 세상을 사는 사람들이란 느낌을 지울 수가 없다. 매우 이질적이면서 대단히 진하고 강한 그들의 체취에 지애는 혼돈을 느낀다.

좌중의 공통된 화제는 급기야 여행을 떠나오기 전 어버이날 겸 자식들이 용돈을 준 얘기로 넘어간다. "세 딸이 몰려 와서는 잘 놀다 오라고 삼십만 원을 주고 가드라고오. 아덜놈은 아덜놈대로 또 주머니에 찔러 넣어 주고……." 용길이가 특유의 높은 음성으로 은근히 자식 자랑을 시작한다. 새댁이 살짝 눈을 내리깔며 웃음을 깨문다. 용길 전처가 오랜 세월 병을 앓다 세상을 떠나 세 딸이 미처 대학도 못 가고 여고 졸업 후 각자 취업을 했고 그후 차례로 시집가 잘 살고 있단 소릴 들었었다. "한데 참 착하게 잘 자랐구나……." 언젠가 얼핏 본 적 있는 용길 전처의 소처럼 순한 눈빛을 떠올리며 지애는 가만히 머리를 끄덕인다.

"우리 딸은 사위랑 와서는 봉투에 이십만 원을 내놓고 가대요." 창수 부인이 환한 웃음으로 말을 잇는다. "일 년에 단 한 번 뿐인 어버이날인께 다덜 그냥 있을 순 없는 것이재." 곁들여 모두 한 마디씩 은 연중 자식 자랑을 늘어 놓는다. 그러나 인호와 지애만은 아무런 할 말이 없다. IT 분야 박사과정을 위해 연구실에서 밤낮 없이 논문에 매달리고 있는 아들은 그렇다 치고, 어설픈 신혼살림에 수업 외 잡다한 업무로 연일 피로에 지친 교사인 딸아이에겐 여행계획을 알릴 틈도 없이 슬그머니 집을 떠나 온 때문이었다. 평소 그들 부부는 아이들이 각자 자신들 일에 충실함이 최선의 효라 여겨왔었다. 그러나 저수지회 멤버들의 자식 자랑은 마음 한켠에 알싸한 느낌을 불러 일으킨다. 아이들을 너무 개인주의, 자기본위로만 키운 것은 아닐까. 지애는 씁쓸해 오는 마음을 달래며 침묵할 뿐이었다.

모두들 흥건히 취한 상태가 되자 다음 수순은 호텔 지하의 노래방 행으로 결정이 났다. 그러나 지애와 인호는 잠시 밤 바닷가를 거닌 후 일행에 합류하겠노라 몸을 일으킨다. "배도 좀 꺼치고 그러게 우리도 좀 나가서 걷는 게 으떡겠수?" 등 뒤에서 일만댁의 탁한 음성이 들려온다. "밤에 나가서 뭣혀어……후딱 몸 씻고 자는게 젤인겨." 이어서 들려오는 일만의 쉰듯한 음성. "옘병헐! 이 화상아, 낼 아침 일 나가냐? 일 나가야고오? 그저 허구헌 날 먹고 자고 먹고 자고……에이그 으……." 가래가 끓어 오르는 듯한 일만댁의 거친 음성에 실소하며 인호 부부는 곧바로 호텔을 빠져나와 호젓한 산책길로 접어든다. 밤바다에서 불어오는 시원한 바람에 속이 확 트이는 기분이다.

"다들 소박하고 재미있는 사람들예요, 특히 샛별 할머니가 그러네요." 앞장 서 걷던 지애가 입가에 웃음을 띄운 채 인호를 돌아보며 말한다. "함께 여행할 맘 없다고 난리더니 다행이네" 확 밝아지는 인호의 얼굴에 기쁨이 내비친다. 여행을 떠나오기 전까진 사실 그랬었다. 그러나 호수회 사람들을 직접 만나 여행하고 얘기하고 밥을 먹고……그러고 나니 마음이 조금씩 움직임을 느낀다. 떠나오기 전 아무리 곰곰히 생각해도 이질적이고 낯설게만 느껴지던 마음이 점차 엷어져만 감은 다행이었다.

저만치에 밤 바닷가를 산책하는 또 한 부부가 보인다. 공항에서 여행사 간의 연합으로 호수회에 합류된 몇 팀 중 한 커플이었다. 제주공항에서 버스를 타고 호텔로 오는 도중, 대부분은 조용했으나 호수회만은 유독 거침없는 농담을 주고받으며 떠들썩하여 지애는 내심 혼자 마음을 졸였었다. 혹 다른 팀에게 누를 끼치는 것은 아닐까 염려되었던 것이다. 가벼운 눈인사만으로 그들 곁을 그냥 지나칠까 하는데 앞장 서 다가오던 여자가 먼저 지애네를 향해 미소를 보내온다. 호텔로 오는 길 휴게실에서 잠깐잠깐 버스를 오르내릴 때 눈인사 나눈 것이 그나마 친밀감 형성에 일조한 것일까. 여자의 모습은 뭔가 좀 독특한 데가 있었다. 하나로 묶은 머리 위에 까만 핑클 달린 망사 두건을 두르고 잿빛 하프 트렌치 코트에 긴 부츠를 신은 모습이 마악 승마를 끝내고 말에서 내린 어느 귀족의 연인 같은 분위기를 풍겼다. 가까워지자 그녀 쪽에서 먼저 말을 건네온다.

"친구들과 함께 와서 재밌겠어요. 참 좋아 보여요." 분위기완 달리 여자의 입에선 너무도 뜻밖의 말이 흘러 나온다. 곁에 서 있는 중후한 모습을 한 그녀의 남편도 짐짓 입가에 미소를 띠어 보인다. 남자와 인호가 서로 목례를 나누며 헤어지려는 순간 여자가 다시금 지애의 귀에 대고 속삭이듯 말한다. "부부끼리 단 둘이 오니깐 되게 재미 없는 거 있죠." 여자의 까맣고 장난기 어린 눈에 문득 외로움이 묻어남을 느끼며 지애의 가슴이 서늘해 온다. "맞아요, 부부만 오면 늘 그렇기 마련이지요." 지애의 말에 여자가 손을 흔들어 보이며 환한 웃음으로 멀어져 간다. 티없고 밝은 여자라는 생각에 호텔로 돌아오는 지애의 입가에도 환한 웃음이 피어올랐다.

호텔 지하의 노래방. 몇 겹으로 둥글게 에워싼 객석에 덩그런 무대까지 갖춘 소형 나이트 클럽의 분위기였다. 이미 많이들 취한 상태였으나 맥주를 한 박스는 사야만 그곳을 대여할 수 있다는 조건에 술을 더 살 수밖엔 없었다고 용길이 변명을 한다. 그러나 정작 용길 자신은 과음을 삼갔고 젊은 아내인 새댁과 함께 마치 신혼 커플처럼 최신 유행가를 부르며 재밌게 잘 논다. 예컨대 가장 호흡이 맞는 커플인 것이다. 지애는 단지 객석에 앉아 그들이 하는 양을 가만히 지켜볼 뿐이었다. 노래를 좋아하기는 하나 그리 잘하는 편은 아니었고 아는 곡이 별로 없어 자신의 차례가 오면 마지 못해 동요나 가곡, 흘러간 가요를 불러 한창 무르익은 분위기를 흐려놓고 마는 소위 노래방의 폭탄(?)과도 같은 그런 타잎이었다. 더구나 감기로 목이 잠겨 그밤은 도저히 더 노래를 할 자신이 없었다.

무대를 누비며 왕제비처럼 춤솜씨를 자랑하던 문섭이 슬그머니 지애에게 다가와 마이크를 들이댄다. 언제 배웠는지 춤 추는 솜씨가 여간이 아니다. 농원 관리와 인테리어를 하며 짬짬이 갈고 닦은 실력이라고……지애는 잘 나오지 않는 목소리로 겨우겨우 가요 한 곡을 부른 후 무대를 내려왔다. 새댁이 바톤을 이어 경쾌한 최신 가요를 이어 불렀다. 잘 익은 과일처럼 탱탱하고 싱그런 모습이 보는 이를 즐겁게 한다. 젊음이란 그 자체로 저렇게나 좋은 것. 함께 따라 부르는 용길의 모습도 친구들 중 가장 쌩쌩한 느낌이다. 아니 어쩜 복은 누구에게나 참 골고루 분배된 것인지도 모른다. 호수회 멤버 여섯을 보면 저마다 다 각기 자신만의 행복, 즐거움을 지니고 있음을 깨닫게 한다. 용길에겐 젊은 아내와 사는 기쁨이, 기호에겐 곱고 단아한 아내의 순종과 사랑이, 인호에겐 학문에의 탐구와 좋아하는 일이, 창수에겐 현실적이고 능력 있는 아내의 살가운 배려가, 그리고 일만에겐 세상 누구보다 강하고 생활력 있는 아내의 끈적한 희생이, 또한 문섭에겐 일과 함께 자신의 신명을 풀어갈 춤과 노래가 있어 그런대로 다들 세상이 살아갈 만한 것으로 수용되는 깃인지도 모를 일이다.

어느 순간 일만댁의 핸드폰에 수신음이 울린다. 혼자 나와 묵묵히 일행이 노래하는 양을 지켜보던 일만댁이 얼굴을 찡그리며 핸드폰에 대고 악을 쓴다. "그려 알았어 알았다니께, 이그으, 웬수~" 핸드폰 폴더를 소리나게 접어 바지 주머니에 찔러 넣으며 일만댁이 몸을 일으킨다. "목욕 중인디 등짝 좀 밀어달래유~" 가까이서 그녀의 말을 들은 몇 명이 와르르 웃음을 터뜨린다. "앗따, 아무리 그려도 노래 한 곡조 뽑고 가셔야지유!" 창수가 한사코 그녀를 만류하며 무대 위로 이끌었으나 의외의 단호함을 보이며 그녀는 객실을 향해 몸을 돌린다. 돌아서 가는 그녀의 앙바틈한 뒷모습이 바위처럼 단단해 보여 지애는 감탄했다.

둘째 날은 해안가의 해녀마을을 둘러보는 코스였다. 여행사 패키지 상품이 늘 그렇듯 관광과 함께 으레 쇼핑 순서가 있기 마련. 그것은 국내 제주 여행에서도 예외가 아니었다. 억새고 강인해 보이는 해녀 출신의 여자가 마을 풍속과 함께 지역 특산물을 소개하였다. 이어서 아르바이트 고용인으로 보이는 젊은 판매원들이 시식을 위한 샘플을 나눠주며 구매를 촉구한다. 새댁과 나란히 앉아 있는 일만댁 앞으로 다가와 요란스런 상술로 식품의 효용성을 떠들어 댄다. 그러나 돌미륵처럼 무표정한 일만댁과 야물딱진 입매를 꼭 다문 새댁의 모습엔 전혀 동요의 빛이 보이질 않는다. 판매원은 당황의 빛이 역력하여 좀 더 강력한 접근을 시도한다.

"두 분, 모녀간이세요? 친정 어머니 피부 노화가 매우 심하시네요. 잔주름과 검버섯엔 이 식품이 최곱니다. 하나 사드리셔요." 판매원은 새댁을 향해 끈질기게 상품을 들이 밀며 설득한다. "모녀간 아니예요. 함부로 속단하지 마세요. 그리고 아무리 상품 홍보라지만 너무 심하시네요. 결례인 걸 모르시나요?" 모녀로 오인된 두 여인은 다소 민망한 얼굴인 채 꿈쩍도 않는데 곁에서 지켜보던 지애가 참을 수 없어 한 마디 쏘아부친다. "냅 둬유. 물건 좀 팔려구 그런 거지, 뭐." 툭툭, 엉덩이를 털고 일어서며 일만댁이 외려 지애를 다독인다. "다 장삿속이에요. 이런 데서 구입하면 나중에 후회해요." 미동조차 없는 새댁은 끝내 흔들리지 잃지 않는다. 그러나 인호를 비롯, 귀 얇은 일행 대다수는 이미 구매를 결정, 지갑을 여느라 여념이 없다. "말많은 예수쟁이들과 장삿꾼은 질색이여~" 일만댁이 훌쩍 밖으로 몸을 빼져 나가며 중얼거린다. 지애도 그곳을 빠져 나온다.

저만치에 바다가 바라 보인다. 해변을 향해 일만댁이 천천히 걸음을 옮겨 간다. 지애도 말없이 뒤따른다. 하얀 포말을 일으키며 바다가 사납게 으르렁거렸다. 일만댁이 바지 주머니에서 핸드폰을 꺼내어 귀에 대고 소리 친다. "어어, 샛별이? 밥 잘 먹고 있냐? 유치원은 댕겨 왔고? 고모 말 잘 듣고 동상이랑 싸우지 말어. 할미 낼 갈팅께. 그려, 그려, 그려어~" 지애가 다가가며 묻는다. "샛별이가 할머닐 무척 따르나봐요." "지 에미 대신 할미가 키워서 그래요. 딱허지유." 일만댁이 한숨을 내쉬며 말을 잇는다.

"울집에 애덜이 무려 4명이나 있어유. 이혼한 아덜의 애덜 둘, 그리고 직장에 다니는 딸의 애덜 둘, 합쳐서 모두 넷이여유. 워찌나 극성들인지 아예 옥상에 흙을 깔고 풀도 심어 놀이터를 맹글었다니께유. 그곳에서 서로 쌈박질하고 난리들을 치며 살지유. 여기 온 동안은 딸이 휴가를 내 봐주고 있는데, 맨날 전화해서는 눈물바람하며 할미 언릉 오라고 성화네유." 눈가에 잔주름을 가득 지으며 웃어 보이는 그녀가 한없이 크게만 보여 지애는 가슴이 뭉클해 온다. 금방이라도 날아갈 듯 거센 바닷바람을 맞으며 이따끔 허리를 굽혀 손주들을 위해 조가비를 줍는 그녀의 모습이 아름다워 지애는 오래오래 그 정경을 지켜 보았다.

다음날 아침 식사 시간. 일행이 모두 모여 아침을 먹는데 어인 일로 일만댁의 모습만 보이질 않는다. 전날 밤 밤 바다 파도 소리에 취해 늦도록 술을 마시며 담소했던 일이 과음으로 이어진 것일까. 주량이 소주 세 병이라는 만만찮은 실력인데 그럴 리가 없다. 일만 혼자 입맛을 쩝쩝 다시며 퉁퉁 부은 얼굴로 밥을 먹는 모습이 뭔가 심상치 않은 느낌이다. 지애가 묻는다.

"샛별 할머닌 식사 안하셔요?" 말없이 밥을 먹던 일만이 한참이나 뜸을 들인 후 입을 연다. "어젯밤에 나 증말로 죽는 줄만 알았다야. 작살이 났당께. 뭐시냐, 야아, 어제 싸가지 없는 해녀마을 고것들이 용길이 니 각시가 원캉 젊어갖고설랑 글씨 우리 마누라의 딸인 줄 알았디야. 그래 봐야 두 사람 나이 차이가 고작 열 살 안팍 이짝 저짝 인디 나땀시 고생혀서 팍 늙어뿌린 거라고 워쩌나 닦달을 해대는지 밤

새도록 싸움 싸움 했당께. 완전히 질려버렸어야. 시방까지 독이 안 풀려갖고는 입맛도 밥맛도 일절 읎대여."

허허 웃으며 말하는 일만의 허심한 얘기에 모두 웃음을 터뜨린다. 그러나 지애만은 마음 한켠이 짠해 와 웃을 수가 없다. 국에 밥을 말아 김치와 잔 하나, 그리고 소주 한 병을 쟁반에 받쳐 들고 그녀의 방으로 올라갔다. '샛별 할머니, 좋은 아침입니다. 해장술 한 잔 드셔요. ^^' 급히 적은 메모지 한 장을 잔 밑에 깔고 쟁반을 문 앞에 놓은 후 똑똑 그녀의 방문을 노크했다. "누구셔유?" 그녀가 슬리퍼를 끌며 나오는 소리에 얼른 몸을 피해 계단을 내려왔다. 되도록 얼굴 마주치지 않음이 그녀를 위해 외려 더 나을 수 있다는 생각이 들었기 때문이었다.

2박 3일의 마지막 날. 제주공항을 출발한 일행은 전원 모두 인천공항에 무사히 도착하였다. 떠날 때 그러했던 것처럼 다들 그곳에서 다시 만난 것이다. 여행의 끝은 언제나 허탈이 자리하기 마련. 여행에서 돌아오는 이들의 모습은 으레 피로와 탈진, 결국은 떠나왔던 곳으로 다시 돌아왔다는 안도와 일상에의 불안이 뒤섞여 대부분 좀 늘어지고 맥 빠진 모습이기 십상이다. 호수회 멤버들도 예외는 아니어서 다들 좀 지친 모습으로 말이 없었다.

짐을 찾은 후 제각기 카트를 밀며 입국 게이트를 빠져 나오는 순간이었다. "할머니이~" 게이트 맨 앞줄에 서 있던 환영객 속에서 미미 인형처럼 예쁜 계집아이가 또르륵 일만댁을 부르며 달려나왔다. "오오, 샛별이, 내 강아지! 잘 있은겨?" 일만댁이 환한 웃음으로 품에 안겨드는 아이를 얼싸안고 빙그르르 맴을 돈다. 일만댁의 활짝 핀 표정이 너무도 행복해 보여 지애의 입가에도 웃음이 배어난다. 아니 모든 이의 얼굴에 웃음꽃이 피어난다. 아이의 뒤에는 듬직하고 늠름한 모습의 남자가 작은 사내아이의 손을 잡고 그들을 향해 웃고 있다.

"뭘라고 나왔어, 바쁜디……야아, 참 인사나 혀라. 느그 아빠 불알 친구덜이다." "야아가 우리 큰아덜이여. 야아는 손주녀석이고……." 곁에 서 있던 일만도 흔연한 낯빛으로 친구들에게 자신의 아들과 손자를 소개한다. "그람 우리 먼저 갈틴께 다덜 잘들 가드라고오. 야아, 샛별 아범아, 너 차 갖고 온겨? 그려? 그람 언릉 가야재" 어깨에 힘이 잔뜩 들어간 일만이 큰 소리를 지르며 앞장을 서자 그 뒤를 이어 일만댁과 샛별이, 샛별 동생과 그의 아빠가 주르륵 열을 지어 공항을 빠져나간다. 일행은 모두 꿀 먹은 벙어리처럼 어벙벙한 낯빛. 호수회 멤버 중 아들이 마중 나온 집은 일만이네 오직 한 집뿐이었다.

호수회 친구들과 헤어져 지애네는 집으로 가는 공항 버스에 몸을 실었다. 여행의 끝이 허탈만이 아닌 무언가 그윽함이 가득 차오르는 듯한 느낌임은 야릇한 일이었다. 산다는 건, 살아간다는 건 참으로 눈물겹도록 고단하고 아름다운 일이라고 지애는 여행의 끝을 그렇게 결론 지었다. 어두워지는 리무진 버스 차창 위로 샛별이의 귀엽고 예쁜 모습이 별처럼 영롱히 떠올라 왔다.

# 장미 정원

   그를 처음 만난 것은 이사온 지 한 달쯤 된 지독히도 무덥고 시끄러운 6월 초 어느 하루였다. 친구 따라 강남 간다 듯 우연히 대학 동창 집엘 놀러 왔다간 사통팔달 확 트인 강변의 정취에 혹하여 그녀답지 않게 앞뒤 재지않고 서둘러 행한 이사였다. 그러기까지엔 하나밖에 없는 6살짜리 아들아이가 아직 취학 전이라는 점과 비록 17평의 넓지 않은 아파트였으나 소위 강남권에 속해있어 시세가 이곳 새 동네의 넓은 평수와 맞먹은 점이 옮겨앉음을 용이하게 했다. 그에 더해 집 시세의 차액으로 그녀 몫의 작은 승용차까지 얻게 되었으니 금상첨화였다.

　이사 온 후 얼마간은 모든 것이 새롭고도 신선한 설렘의 나날이었다. 일상을 벗어나 시공을 부유하는 듯한 야릇한 기분이 지속되었다. 저녁 이내 무렵이면 곧 무슨 일이 일어나고야 말 듯 형용할 길 없는 야릇한 열기가 안개인 양 강변을 휘감아 도는, 마치 머언 먼 이국의 어느 항구도시와도 같은 착각을 불러일으키는 동네였다. 그러나 역시 완벽히 좋기만 한 곳이란 없는 것. 문제는 소음, 소음이었다. 도심의 서쪽 끄트머리, 한강 하류를 타고 방죽인 양 아파트를 가로막은 대로변인 탓에 도로 위를 질주하는 엄청난 차량의 소음이 밤낮없이 귀를 괴롭혀왔다.

　더구나 계절은 6월, 날은 점점 더 더워지고 있었다. 창이라도 조금 열어놓을라치면 신선한 공기 대신 집어삼킬 듯 그녀의 가냘픈 몸을 향해 덮쳐오는 엄청난 차량의 소음에 질겁할 지경이었다. 도로와 차륜의 마찰이 빚어내는 찌들고 시커먼 분말의 먼지와 굉음은 그녀를 매우 지치게 했다. 그러나 어둠이 내리는 밤이면 동네는 완연히 분위기가 바뀌었다. 밀폐된 공간을 견뎌낸 한낮의 고역과는 달리 잘 닦인 창을 통해 바라보이는 강변의 풍경은 제법 그럴싸한 운치를 자아냈다.

　하류답게 넉넉한 품을 펼친 강물 위로 빨갛게 물든 감빛 노을이 스러지고 밤이 오면 하나 둘 불을 밝히는 키 큰 가로등이 강변 특유의 정취를 빚어낸다. 여자는 밤의 강이 마음에 들었다. 언젠가 본 명화의

한 장면이 생각났다.

  몹시 사랑하였으나 자주 어긋나고 비끼는 애틋한 사연으로 끝내 그
사랑을 이룰 수 없었던 한 남녀가 있었다. 오랜 세월이 지난 후 그들
은 우연히 어느 항구도시의 부두에서 조우한다. 고된 하루를 마감하
는 밤이 오고 부두의 가로등에 불이 켜지면 무사한 하루를 감사하는
마음으로 마을 사람들은 축제인 양 모두 함께 박수를 친다. 언제부터
인가 내려온 항구의 오랜 관행이었다. 부두의 허름한 의자에 앉은 두
사람……힘겹게 살아온 서로의 삶을 위로하듯 말없이 서로 마주보며
박수를 치고……. 어언 헤어짐의 시간은 다가오는데……그들은 끝내
그렇게 서로를 떠나보내야만 한다.


  유난히도 더위가 기승을 떠는 6월의 어느 월요일 오후. 19세기 영
국의 계관 시인 로버트 브리즈의 「6월이 오면」의 한 구절이 떠오르는
계절이었다.


  6월이 오면, 그땐 온종일 나는
  향긋한 건초 속에 님과 함께 앉아
  산들바람 부는 하늘에 흰 구름이 지어놓은
  눈부신 높은 궁전을 바라보려네

  그녀는 노래부르고, 나는 노래지어 읽으려네

남몰래 우리 건초 집 속에 누워있을 때

오 인생은 즐거워, 6월이 오면


오 인생은 즐거워, 6월이 오면……

그 부분을 읊다 말고 그녀는 가슴이 찡, 아려왔다. 때는 6월이거늘 인생은 과연 즐거운가. 소음 속의 산책로를 걸어가며 몇 번이고 그녀는 그렇게 되뇌였다. 계절의 아름다움과 '준 브라이드june bride'라는 음흡이 주는 설레임에 굳이 6월의 신부가 되기를 원했고 결국 그것을 이루어낸 그녀였으나 그래서 사실 달라진 것은 무엇인가. 아, 인생은 전혀 즐겁지 않아, 6월이 와도……가슴을 꽉 메워오는 그러한 느낌에 흠칫 놀라움을 느끼며 그녀는 잠시 산책로의 나무 벤치에 몸을 앉혔다. 무엇 때문인가. 무엇이 문제인 것일까……. 변화와 환기를 위하여 과감히 이사를 하였고 덤으로 차까지 얻어 소위 이름난 명소는 빠짐없이 다녀보았으나 그때마다 무언가 속았다는 생각과 함께 까닭 모를 공허감만 깊어갈 뿐 뾰족한 해결책은 없었다.

가슴을 태울 듯한 뜨거운 불길……그것을 느껴본 게 언제였던가. 이즈음 그녀는 자신의 가슴을 메워오는 근원을 알 길 없는 냉기에 지쳐갔다. 가슴께에 손을 얹으면 실제 가슴 부위로부터 얼음 골인 듯 쌩한 찬 기운이 전해져 와 계절이 6월임에도 몇 번씩 얇은 모포를 끌어다 몸을 덮으며 내심 혼자 놀라곤 하였다.

386세대 동갑내기인 남편 성민은 대학 시절 도예과 캠퍼스 커플이었다. 밤낮을 가리지 않고 도예에 흠뻑 빠져있던 시절……가마의 불이 타오르 듯 그들의 사랑은 시작되었다. 언제까지고 그렇듯 타오르리라 여겼던 뜨거운 불길은 흔적도 없이 사라져버렸다. 지하 단칸 셋방에서 집을 장만하기까지의 소금기 가득했던 한 시기, 유독 몸이 약해 몇 차례의 유산 끝에 어렵게 아들아이를 얻기까지의 숨가쁘고 맹목적인 조갈, 출산 후 만끽한 감로수와도 같이 시원하고 달콤한 포만감과 흔연함. 그리고 마침내 원하던 곳 한강 조망권으로의 이사, 그녀 소유의 빨간 승용차, 어린 왕자처럼 얄상하고 곱다랗게 자라준 아들 유호……어느 것 하나 부족함이 없을 듯한 삶이었다. 그러나 그녀는 채워지지 않는 헛헛함으로 다시 또 갈망하고 있는 것이다. 뜨겁게 자신을 태워줄 무언가를 향한 열망……그것이 무엇이건, 무엇을 향한 열망이건 그녀가 원하는 것은 뜨거운 불길……한 아름의 불길이었다. 차갑게 얼어붙은 가슴을 녹여줄 꺼지지 않는 그 무엇…….

산책로를 걸어가며 생각에 잠겨 소음조차도 잠시 잊고 있었나. 기도를 하듯 그녀는 자신의 가슴에 양 손을 모은 채 그렇게 걷고 있었다. 무언중 가슴 시림을 확인이라도 하려는 듯…… 산책로 양켠 조붓한 숲을 따라 소담스레 피어난 하얀 클로버 더미에 눈길을 주던 여자는 돌연 오솔길을 벗어나 숲으로 뛰어들었다. 당신은 아직도 네 잎 클로버의 행운을 믿으십니까. 누군가가 만일 여자에게 그렇게 물어온다면 그녀는 물론 '네.' 하고 대답할 것이다. 여자는 아직도 그런 따위치기스런 부분을 미처 떨쳐버리지 못한 자신이 조금은 한심스럽게도 여겨진다. 네 잎 클로버에 거는 행운, 설레임, 기대, 기도의 마음 같은 것. 그녀는 아직도 그러한 기도의 마음을 포기 할 수가 없다. 하얀 모자의 차양 아래 섬세한 그녀의 콧날 위로 송골송골 땀방울이 솟아남도 아랑곳없이 그녀는 몸을 숙인 채 열심히 네 잎 클로버를 찾아 헤맨다. 그 몸짓이 너무도 골똘하다. 머리를 어지럽히는 소음조차 깜박 잊아진 듯한 평화로운 정경이다. 얼마 후 날아갈 듯 기쁜 얼굴로 그녀는 네 잎 클로버를 찾은 행운에 감사하며 자리를 털고 일어선다. 그녀의 손엔 마술인 양 변종의 네 잎을 매단 클로버가 한 잎 들려있다. 여자는 어깨에 맨 가방에서 얇은 책을 꺼내 정성껏 클로버 잎을 끼어 넣는다. 다시 걷기 시작하는 그녀의 걸음이 한결 가벼워진 느낌이다.

하지만 아무래도 그대로 걷기만 하기엔 너무도 더운 날씨였다. 강변을 따라 마냥 이어지는 오솔길을 내처 걸을까 했던 그녀는 산책로 중간쯤에 위치한 근린공원 앞에 다다르자 잠시 생각을 바꿔 그대로 공원 안으로 들어선다. 휑하니 너무 크지 않아 오히려 더 아늑하고 정감이 가는 곳. 그 옛날 가난한 이들에게 멀리 인술을 베푼 대의학자의 동상이 있어 무언가 더 포근한 느낌을 주는 곳이다. 6월의 녹음이 깔린 공원은 더없이 고즈넉하고 평화롭고 아름답다. 여린 수목의 얇은 이파리들이 아롱아롱 몸을 맞대어 무성한 녹음보다 더 애틋한 그늘을 드리운 작은 숲과, 동산 그리고 오솔길…… 지나친 평화와 고요, 적막은 외로움임을 깨닫게 하는 곳이다.

이곳에 이사온 후 그녀는 인근에 이만한 근린공원이 있음에 감사했다. 엷은 안개가 낀 아침은 아침대로, 햇살 눈부신 투명한 한낮은 또 그대로, 이내가 내려앉는 저녁은 또 나름대로 운치가 있어 그녀가 사랑하는 장소였다. 부신 햇살과 더위에 지쳐 그녀는 무작정 그늘이 드리운 가까운 쉼터를 향해 뛰어들었다. 통나무로 만든 방갈로 풍의 작은 오두막이었다. 내부 벽면을 따라 디귿자형의 원목 붙박이 의자가 놓여 있는 두어 평 남짓한 공간이었다. 햇빛 속을 걸어온 여자에겐 오직 어두컴컴할 뿐인, 그러나 생각보담은 훨씬 서늘한 기운이 감도는 작은 공간이 그녀를 기다리고 있었다. 가뿐 숨을 몰아쉬며 여자는 오두막의 한쪽 귀퉁이에 몸을 앉혔다. 모자를 벗어 활활, 부채질을 하며 여자는 숨을 고르었다.

맞은편 귀퉁이로부터 그녀를 응시하는 조용한 시선이 느껴져왔다. 아!⋯⋯그녀 말고 또 한 사람의 점령자가 있었던 것. 어째야 하나⋯⋯그러나 아무튼 그는 그녀보다 한 발 앞서 온 선취자先取者다. 그녀로선 싫고 말고 할 상황이 아니었다. 그대로 나가버릴까 어쩔까 짧은 망설임 속에서 그녀는 어깨에 맨 가방을 추스른다.

"앉아 쉬세요. 제가 가겠습니다."

나직한, 그러나 놀랍도록 친밀감이 깃든 바리톤의 음성이 그녀를 향해 날아왔다. 좁은 공간에 낯선 남자와 함께 있다는 거부감, 껄끄러움이 일시에 가셔지는 편안한 음성이었다.

"무척 더운 날씨죠. 자아, 그럼 쉬어 가십시오."

책이며 노트 등 소지품을 챙겨들며 남자가 자리에서 훌쩍 몸을 일
으켰다. 검은 베레모가 몸의 일부인 양 썩 잘 어울리는 남자였다. 이
더위에 베레모라니…… 무얼 하는 사람인가. 불현듯 솟아오르는 호
기심, 의아함에 여자는 마악 오두막을 나서는 남자의 모습에 눈길을
던졌다. 그리고 다행히도 남자의 베레모가 얇은 여름 천으로 만들어
진 것임을 확인하며 여자는 안도했다. 상 하 흰빛의 정갈한 의상이 알
수 없는 품위와 고아함을 느끼게 하는 모습이었다. 가벼운 미소, 목례
와 함께 남자는 오두막 밖으로 성큼 사라져갔다.

좀 큰 듯한 키와 듬직한 어깨가 나름대로의 만만찮은 연륜과 이력
을 느끼게 하는 중년의 남자였다. 그의 사라짐과 함께 갑자기 오두막
이 텅 비어버린 듯한 느낌에 여자는 적이 당황했다. 그를 만난 지 불
과 몇 초만의 일이었다. 침침한 그늘 속에서 극히 찰나의 마주침이었
을 뿐이거늘……여자는 자신의 그러한 반응에 놀라움을 금할 수가
없었다. 호젓해진 마음을 추스르듯 여자는 점차 밝아오는 주위를 둘
러보았다. 남자가 앉았던 자리 옆에 조그만 보온병 하나가 놓여 있었
다. 급히 나가느라 남자가 놓고 간 것일까. 순간 자신도 모르게 여자
는 보온병을 손에 들고 오두막을 뛰어나가 남자의 뒤를 쫓았다.

"저어, 있잖아요. 이걸 두고 가셨는데요……"

숨찬 소리로 여자는 남자를 향해 작은 보온병을 들어 보였다. 오두
막에서 조금 떨어진 곳, 너울너울 그늘이 드리운 나무 벤치에 앉아 다

시 책을 펼쳐들던 남자가 검은 베레모에 가린 얼굴을 들어 그녀를 바라보았다.

"아, 그걸 잊고 왔군요. 감사합니다."

환한 웃음을 지어보이며 남자가 보온병을 건네받았다.

"자매님, 커피 좋아하십니까?"

자매님?……마악 몸을 돌려 오두막으로 돌아가려던 여자는 남자의 입에서 나온 '자매'라는 호칭에 멈칫 걸음을 멈추고 남자를 바라보았다. 오랜 세월 어디에선가 보아온 듯한 매우 친숙하고도 편안한 미소였다. 어디서 보았던가, 어디서 보았던가……몹시도 익숙하고 낯익은 표정이다. 세례 이후 늘상 들어 와 너무도 귀에 익은 호칭하며……살며시 피어오르는 웃음을 참으며 여자는 남자가 앉은 벤치의 한쪽 끝에 몸을 앉혔다.

"교우신가 봐요."

"……."

이렇다 할 대답 대신 남자는 묵묵히 웃어 보였다. 놀라우리만큼 친밀감을 느끼게 하는 미소였다. '자매'란 그리 쉽게 통용될 수 있는 호칭이 아니다. 첫눈에 아무런 스스럼없이 오랜 세월 그렇게 불러왔던 것처럼……너무도 신기한 생각에 여자는 곧 남자의 곁을 떠나야 한다는 생각도 잊은 채 오랜 시간 아주 익숙해 온 만남처럼 남자의 커피를 받아 마셨다.

"제가 교우라는 걸 어찌 아셨지요?"

"뭐랄까……그냥 느낌 같은 것이죠. 왠지 그럴 것만 같은……."

잔잔히 웃어 보이며 남자가 또 한 잔의 커피를 따라주었다. 헤이즐럿. 너무 진하지 않고 엷은 듯 은은한 향이 일품이었다. 여자는 묘한 기분을 느꼈다. 무언의 일치감 같은 것. 아무튼 그와 유사한 감정이었다. 경험상, 입맛의 일치란 미각과 함께 모든 감각의 일치를 의미하며 더불어 정서와 감성까지 쉬이 상통함을 느껴온 까닭이었다.

"커피 맛이 아주 좋으네요."

음미하듯 한 모금씩 천천히 커피를 들이키며 여자가 감탄했다. 이열치열인 것일까. 끓어오르는 더위 속에서 홧홧한 자극으로 목덜미를 타고 내리는 따끈한 액체가 더위를 잊게 하였다.

"헤이즐럿을 좋아하십니까?"

"짙은 향보다 이런 정도의 적당한 맛을 즐겨요."

두 사람은 마주 보고 웃었다. 야릇한 일치감…….

"처음 뵙는 분 같은데……이사 오신 지 얼마 되셨죠?"

"그럼……이 동네의 모든 분을 알고 계신다는 뜻인가요?"

"아하하……그런 뜻은 아닙니다. 교우끼린 오며 가며 성당에서라도 어느만큼 낯이 익기 마련인데 전혀 뵌 적이 없는 듯 해서요."

남자는 유쾌하게 웃으며 담배를 한 개비 피워 물었다. 담배를 꺼내려 상의의 가슴 부위를 뒤적이는 남자의 손길이 마치 뛰는 심장을 어루만지 듯 짠하고도 정겨워 보여 여자는 감동했다. 섬세하고도 아름다운 손이었다.

"실은 이사 온 지 얼마 안 돼요. 겨우 짐 정리를 끝내고 지금은 답사랄까 동네 명소를 탐방하는 중이죠. 의외로 좋은 곳이 많고 전설이 많은 곳이에요. 희대 명의의 이름을 딴 공원이 있고, 나루터의 흔적이 남아 있고……조만간 곧 장안 유일의 향교를 찾아볼 생각이에요."

턱없이 생기가 돋는 음성으로 여자가 많은 말을 쏟아내었다. 말하자면 남자는 이사 온 후 여자가 맨 처음 알게된 이웃이었다.

"동네가 맘에 드신 것 같아 다행입니다."

남자의 얼굴에 알 수 없는 미소가 피어올랐다.

"소음……소음이 좀 심하긴 해도 강을 보고 사는 혜택을 생각함 참아야겠죠. 하지만 아무래도 소음은 좀 문제 같아요."

"사실 소음도 생각하기 나름입니다. 자아, 들어보세요. 다들 지쳐있는 이 뜨거운 한낮에도 끊임없이 들려오는 망치 소리, 해머 소리, 불도저 소리……또 어디론가 달려가는 차량의 소음……생존을 위한 아우성, 치열함이 그대로 전해져오지요. 깨어있을 수밖에 없는 소리들입니다 .우리에게 끊임없는 각성과 자각을 불러일으키는 소리. 삶이라는 흉흉한 바다에 몰아치는 간단없는 파도 소리. 언제부터인가 전 요란한 생활 소음을 감미로운 해조음海潮音쯤으로 듣고 있지요."

낮고 부드러웠으나 알 수 없는 힘과 일깨움이 느껴지는 음성이었다. 무얼 하는 사람일까……. 남자의 얼굴 곳곳에서 배어나는 숨길 수 없는 감성과 사유의 흔적을 더듬으며 여자는 문득 그 점이 궁금하였다.

"이 공원엔 자주 오시나요?"

아끼 듯 남은 커피를 조금씩 들이마시며 여자가 물었다.

"가끔 오지요. 월요일의 고요를 위하여……."

월요일의 고요라니…… 말이 주는 묘한 여운이 여자의 귓가를 맴돈다.

"이번엔 제가 물을 차례입니다. 성당엔 열심히 다니십니까?"

"아뇨. 그렇질 못합니다. 실은……냉담 중이라 해야 옳을 거예요."

"아……그래요. 그러심 성당에서의 재회를 기대하긴 이르겠군요."

문득 서운한 낯빛을 해보이며 남자가 그녀를 바라보았다.

"세례명이 뭐지요?"

"씰비아. 그런데 다들 그냥 '씰비'라 불러요. '씰비' 혹은 '실비'……각자 자기 취향에 따라 그렇게들 부르곤 해요. 하긴 처음부터 제 뜻과는 전혀 상관없이 지어진 이름이니까요. 시댁이 오랜 구교 집안인데 결혼 전 이미 예비 며느리의 세례명을 지어놓으셨어요. 제 생일 달과 일치하는 어느 성녀의 이름이라죠. 놀랍게도 예물함에 세례명을 넣어 함께 보내셨죠. 제 믿음의 까닭은 그러해요. 그렇듯 자유 의지에 의한 믿음이 아니었던 만큼 때론 냉담일 수밖에 없나봅니다."

"자유 의지에 의한 믿음이 아니었다……."

무언가 생각에 잠긴 모습으로 남자가 혼잣말을 웅얼거렸다. 연이어 꿰뚫을 듯 그녀의 눈을 응시하며 남자가 다시 물었다.

"누굴 위하여 마음속 깊이 기도 올린 순간. 그런 순간이 있습니까?"

"기도. 그래요. 기도는 가끔 하는 편이에요. 사랑하는 가족, 주변을 위하여, 그들의 안녕을 위하여……."

매우 자신 없는 태도로 여자가 대답했다. 그런 그녀의 모습을 바라보는 남자의 눈에 웃음이 어리었다.

"그렇담 사랑하는 사람의 안녕을 위한 기도 외에 그들을 위해 올린 절박한, 아주 절박한 기도의 기억은 갖고 있는지요."

"글쎄요. 그토록 절박한 기도는 아직 해본 적이 없어요. 기도란 건 사실 제겐 쉬운 일이 아니예요. 끊임없이 분심이란 장애물이 끼어들어 엉망이 되버리곤 하거든요. 때로 불면의 밤이면 성서를 읽곤 해요. 성서 읽기가 제겐 초강력 수면제니까요. 우습죠?"

"아니오. 전혀 우습지 않아요. 오직 딱하기만 할 뿐……."

가늘게 담배 연기를 내뿜는 남자의 표정에 여자에 대한 가벼운 힐난과 함께 엷은 장난기가 배어 났다. 여자의 얼굴에도 비눗방울처럼 투명한 웃음꽃이 피어올랐다. 소리도 없이 마음의 문이 스르르 열림을 깨달으며 여자는 놀라움을 느꼈다. 오래 전부터 누군가로부터 그 해답을 얻고 싶었던 진지한 물음 하나가 불쑥 고개를 내밀며 입 밖으로 튀어나왔다.

"신의 존재를 믿으시나요?"

"……."

"절대자…… 그분에 대한 절대적인 믿음을 갖고 계시는지요. 사실 전 그분에 대한 확신이 없습니다."

"……우리 쉽게 한 번 생각해 볼까요. 이곳 풀숲에 피어 있는 가냘픈 풀 한 포기, 너무도 애처롭고 강인하고 대견한……그 생명의 근원은 어디에서 온다고 생각하십니까. 말 할 수 없이 신비롭고 사랑스러운, 길가에 아무렇게나 핀 이름 모를 노방초의 생명력……이들에 대한 해답은 무엇이라고 생각하십니까. 답해 보세요."

벤치 밑 풀숲의 하늘거리는 야생초 한 포기를 가리키며 남자가 그녀를 향해 물었다. 야생초를 향한 남자의 눈길엔 알 수 없는 경이와 애정이 넘쳐 났다.

"글쎄요……그건 과학적 생성의 법칙, 혹은 과학적 필연성이 낳은 결과가 아닐까요. 우주 만물 모든 생성의 근원, 신비 같은 것…… 저라면 그 해답을 차라리 과학 쪽에서 찾겠어요."

심히 자조적인 낯빛이 되며 여자가 자신 없이 말했다. 그런 여자의 모습에 실소하며 그가 다시 물었다.

"과학의 위대성……그건 물론 대단한 것입니다. 우주의 신비에까지 닿아 우리를 설레게 하지요. 그러나 생각해보세요. 위대함과 동시에 우린 벌써 그 한계를 너무도 뼈저리게 느끼고 있습니다. 예컨대 우리가 사랑하는 존재를 대상으로 생각해봅시다. 우리가 만일 누군가를 깊이 사랑하고 있을 때……그 사랑을 과학적으로 증명하고 나타내 보이고……그렇듯 명쾌한 논리적 설명만으로 그 사랑을 증거함이 가능하다고 생각하십니까. 그것만으로는 어림도 없는 게 사랑의 실체이겠지요. 눈에 보이지 않고 설명할 수는 없으나 뜨겁게 느낄 수는 있는 것……그것이 바로 사랑의 실체이며 절대자, 그분의 존재를 증거함 이라면 쉽게 이해가 되실지요."

그러나 여자는 보일 듯 말 듯 고개를 가로 저었다.

"어떤 존재를 사랑한다는 것…… 그것은 우리에게 무한한 희열을 가져오죠. 보고 만지고 접촉하고 느낄 수 있고……소통이 가능하고…… 뜨겁게 안길 수도 안아줄 수도 있는 그러한 것이겠지요. 그러나 그분의 존재란 제겐 늘 너무도 아득하고 막막하고 허허롭기만 하여 도저히 닿을 수 없는 거대한 의혹과 모호함……그것일 따름입니다."

여자의 눈빛엔 곤혹감이 스쳤고 또 한 개비의 담배를 피워 무는 남자의 말엔 점차 더 열기가 더해갔다.

"개인적인 신비 체험을 통해서 조금씩 조금씩 성장해 가는 것. 어느 한 순간 무언가 초자연적인 성령의 힘을 깨달아 온 마음으로 그것을 느끼고 감동하고 받아들이는 것……그것이 바로 믿음이겠지요. 마음 깊은 곳에 그러한 믿음의 싹을 틔우는 순간이란 사람마다 다르겠으나 가장 중요한 것은 마음의 문을 활짝 열고 그 싹을 틔우려 부단히 노력하는 의지……그것일 겁니다. 우리가 생각하는 사랑……보고 느끼고 만져서야 아는 물리적 요소를 포함한 그러한 사랑이란 사실 얼마나 유한하고 또 유한한 것인지……사랑하는 사람이 불행이나 위험, 혹은 그 어떤 절박한 상황에 처해있을 때 그들을 위해 우리가 할 수 있는 일이 너무도 미약함에 때때로 우린 절망하곤 합니다.

또한 생을 살아가며 우리의 힘만으로는 도저히 어찌해 볼 도리가

없는 불가사의한 일, 불가항력적인 일들과 마주치게 될 때 어쩔 수 없
이 우린 마음을 다해 기도하며 절대자의 존재에 매달리게 됩니다. 바
로 그러한 순간 우리가 그분의 존재, 그 큰사랑 안에 있음을 깨닫게
됩니다."

"그러한 깨달음의 순간이 누구에게나 오는 것은 아니겠지요."

여자의 얼굴엔 의혹의 안개가 자욱했다.

"그렇지 않습니다. 진리란, 깨달음이란 항상 가깝고 비근한 곳에서
그 답을 찾을 수가 있습니다. 예를 들어볼까요. 씰비 자매님은 평소
분명히 네 잎 클로버의 행운 같은 걸 믿고 계시겠지요."

함빡 웃음을 머금은 남자의 눈이 여자의 얼굴을 정시했다.

"글쎄요……그걸 어떻게 답해얄지……."

놀라움과 당혹감에 여자의 말끝이 흐려졌다.

"아마도 이곳으로 오는 산책길에서 네 잎 클로버를 한 잎 따셨을
거예요. 잠시나마 마음을 한 곳에 모아 그것을 찾기 위해 풀숲을 뒤지
는 동안 무슨 생각을 하셨을까요."

확신에 찬 남자의 말에 여자의 눈엔 놀라움이 가득했다.

"지천으로 널려 있는 무성한 클로버 숲에서 누구의 손길을 기다리
듯 아슬아슬 몸을 감춘 채 하늘거리는 네 잎 클로버의 절묘한 파격,
그 기이한 조화는 무엇을 말하는 것일까요. 또한 그것에서 우리가 어
떠한 행운을 믿는다 할 때 그 행운을 내리는 주체, 그는 누구라 생각
하십니까."

남자의 질문은 집요했다. 단순한 재미, 심심풀이인 양 작은 행운을 기대하며 곧잘 그렇게 찾아 헤맨 네 잎 클로버에 어떠한 의미를 부여했을까. 또한 그것을 내리는 주체는 누구라 믿은 것일까……여자는 끝내 명쾌한 답을 내릴 수가 없었다.

"글쎄요. 어디엔가 존재할 법한 행운의 여신, 막연히 그걸 믿었던 같기도 하고 혹은 누군가의 입김이 낳은 오묘한 조화, 그리고 신비의 손길이 닿은 듯한 느낌……그러한 느낌을……."

주변에서 단지 습관인 양 별다른 생각 없이 무심코 행해온 일들이 얼마나 많은가. 이번에도 여자는 애매하게 그 답을 흐릴밖엔 없었다.

"아, 바로 그것입니다. 그것이 바로 해답이지요."

모호한 그녀의 답변에, 그러나 남자의 반응은 단호하였다.

그것이 바로 그분의 현존하심을 나타내는 증좌입니다. 상황, 대상, 때와 장소에 따라 모양과 격, 호칭을 달리하여 시시각각 필요에 따른 변이된 형태로써 우리 안에 함께 하는 존재……그것이 바로 그분의 실체일지도 모릅니다."

미처 다스리지 못한 내열을 어찌지 못하듯 남자의 눈빛이 뜨겁게 끓어올랐다. 알 수 없는 열정이 넘쳐나는 강하고도 예리한 눈빛이었다.

대체 무얼 하는 사람일까. 남자를 처음 본 순간 느낀 애초의 의구심이 다시금 여자의 마음을 채워왔다.

"말해주세요. 제가 여길 오며 네 잎 클로버를 찾아낸 것……그걸 어찌 아셨나요"

"하하하……아는 수가 있지요. 다들 귀신 아비라 하니까요."

"귀신 아비라니요……실례지만 무얼 하시는 분이신지…….."

"……장미 정원의 주인이라 해야 할까요. 예쁘고 아담한 장미 정원을 가꾸고 있습니다."

장미 정원……이 동네에 장미 정원이 있었던가. 여자는 고개를 갸웃거리며 생각에 잠겼다.

"저마다의 향기를 지닌 온갖 종류의 장미들이 있지요. 어여쁘나 유난히 날카로운 가시를 지닌 종이 있는가 하면 너무도 여린 나머지 곧 으깨어질 듯 애처로운 종도 있어요. 강한 비바람, 뜨거운 햇살, 온갖 병충해로부터 그들을 지켜주고 보호하는 일……그 일이 바로 제가 맡은 역할입니다."

"몇 종이나 되지요?"

장미에 대한 애정으로 환히 피어오르는 남자의 얼굴을 주시하며 여자가 물었다.

"제 정원에 머물다간 수많은 장미들을 다 기억할 수는 없지요. 때론 각각의 향기와 빛깔을 떠올리며 아련한 기억을 되살려 하나, 둘……헤아려 보곤 하지만 번번이 셈을 포기하곤 합니다. 일일이 다 헤아릴 수가 없기 때문이지요. 언제 한번 오십시오. 산책로 중간 공원을 긴 우측 골목으로 접어들어 대로변 끝까지 가면 줄장미가 우거진 빨간 벽돌집이 있습니다. 그집이 바로 제가 사는 곳입니다. 꼭 한번 들려주세요. 그리고 오늘 찾으신 네 잎 클로버와 함께 부디 행운이 있기를 빕니다. 하하……."

아득한 곳에서 떨어져 내리는 폭포수와도 같은 시원스런 웃음을 남기며 남자는 멀어져갔다. 오두막을 향해 돌아감도 잊은 채 한동안 여자는 멍한 기분에 잠겨있었다. 남자가 오두막을 떠났을 때 느낀 텅 빈 느낌이 여자의 가슴을, 공원을 가득 메워왔다. 설명 못할 묘한 느낌이었다. 불현듯 그녀는 힘들게 찾은 정갈한 모양의 네 잎 클로버를 기억해내며 동시에 또한 남자의 존재를 떠올렸다. 까닭은 알 수 없었다. 다만 알 수 없는 희열, 설렘 같은……오랫동안 잊어 왔던 벅찬 느낌이 가슴을 가득 채워옴을 느끼며 그녀는 천천히 공원을 빠져 나왔다. 이상한 하루였다.


남자를 다시 만난 것은 그로부터 사흘 뒤였다. 여자가 자신의 빨간 승용차를 몰고 동네의 대형 마트로 향해 가고 있을 때였다. 여자는 그때 자신이 사는 아파트 진입로를 빠져 나와 대로변 첫 신호 앞에서 우회전 깜빡이를 켜며 무심히 차창 밖을 내다보고 있었다. 테니스 라켓을 어깨에 맨 운동복 차림의 한 남자가 그녀의 눈 앞을 스쳐갔다. 아, 짧은 탄성과 함께 여자는 급히 차창을 내리었다. 그였다. 검은 베레모 대신 흰색 야구모를 쓴 점이 다를 뿐이었다.

"안녕하세요."

치솟는 반가움을 누르며 여자가 먼저 알은 체를 했다.

"안녕하십니까. 역시……또 만났군요. 명소 탐방은 다 마치셨습니까."

"아뇨. 아직……지금도 진행중이에요."

"그렇군요. 제가 한 곳을 추천할까요. 산책로 저 끝 쪽에 소악루라고 작은 산이 하나 있어요. 그곳 또한 동네의 명소입니다. 언제 한번 올라보세요. 저녁 강과 낙조의 풍경이 일품입니다."

남자가 무어라 더 말을 이으려는 순간 곧 신호가 바뀌며 여자의 차가 스르르 앞으로 나아갔다. 공원에서의 만남에 이은 두 번째의 해후였다. 운전대를 잡은 여자의 손이 감전된 듯 떨려왔다. 남자를 만나고 난 후 자신의 모든 것이 달라지고 만 듯한 느낌이었다. 일상에서 알맹이는 빠져버리고 껍질만 남은 듯한 느낌……아니 삶이라는 파일에서 어느 순간 삭제 버튼을 잘 못 눌러 이제까지 살아온 그녀의 모든 삶이 깡그리 지워져버리고 오직 지금 이 순간의 뜨거운 피, 살아 숨쉼, 끓어오르는 열망……그것만이 전부인 양 느껴졌다. 변고……변고였다. 마트로 가려던 생각을 바꾸어 여자는 대로를 따라 한참이나 강변을 달리었다. 그러나 가슴속 혼란은 쉬이 가라앉질 않았다. 미혹과 열망. 그것만은 끝내 삭제가 가능하지 않은 파일이었다.

이사 온 후 첫 번째의 여름이었다. 여자는 동네 또 하나의 명소라는 소악루엘 올랐다. 솔잎향 가득한 산길을 오르는 여자의 마음엔 적막감이 가득했다. 왜 이렇듯 적막감이 드는 것일까. 마음의 흐름을 역류하는 데서 오는 공허감 때문일까. 여자의 마음밭엔 '우연 우연' '필연 필연' 반짝반짝 불을 밝히며 새로운 선택을 기다리는 두 개의 방이 떠 올라온다. 어느 쪽 버튼을 선택해야 옳은 것일까. 이제 더 이상의 우 연을 바랄 수는 없었다. 시종 망설이던 여자는 결국 '필연'쪽을 선택 하였다.

천주교 ○○교회. 전면에 하얀 십자상이 눈부신 단층의 조립식 건 물이었다. 여름도 다 가려는 어느 오후, 여자는 마침내 골목 끝 빨간 벽돌집 앞에 서 있었다. 필연을 위해 무언가를 얻기 위해서였다. 그와 의 소통……여자는 그것을 원하고 있었다. 장미 정원의 주인, 빨간 벽돌집 남자. 그는 귀신 아비였다. 귀신 신神……아비 부父……그가 귀신 아비임을 아는 데는 그리 긴 시간이 걸리질 않았다. 어처구니없 게도 여자는 우연히 성당 앞을 지나다 그 사실을 알게 되었다. 스치는 벽돌담 너머로 검은 베레모 대신 검은 갓에 흰 도포 차림을 한 낯익은 얼굴을 발견한 때문이었다. 한국 미사를 위한 전통 제의, 영락 없는 사 대가 헌헌 장부의 모습이었다. 그가 바로 공원에서 만난 남자임을 깨달 는 순간 휘청, 몰려오는 어지럼증에 여자는 담벼락에 몸을 의지한 채 그의 커다란 갓을 바라보며 정신을 가다듬었다. 오, 마이 갓……신이 선택한……접근 불허의 남자. 사제……그가 사제였다니……

하 무덥던 어느 하루……처음 뵈옵던 날……

산책로 가는 길 조그만 풀숲에서 네 잎 클로버를 찾았습니다.

숨은 그림을 찾듯

지난여름은 줄곧 그것의 의미를 찾아 헤맨

혼미의 시간이었습니다.

자주자주 소악루엘 올랐으나

세 번째의 조우는 끝내 이루어지질 않았습니다.

하오나

굳게 닫혀있던 제 안의 지향이 모처럼 뜨거움을 향해

힘껏 피어오름을 느낍니다.

서늘한 가을 속 예고 없이 찾아든

인디언 써머처럼

저의 오랜 냉담이

곧

풀릴 듯한 예감입니다.

··················

6월 어느 월요일 공원에서 만난, 썰비아 올림.


이메일을 보내는 여자의 가슴에선 끊임없이 맑고 여린 하프 소리가 들려왔다. 계절은 바뀌어 조석으로 소쇄한 바람결이 느껴져왔다. 여자의 앞엔 어느새 가을이 와 있었다. 그러나 가을의 한가운데 기습적으로 찾아온 늦더위는 여름을 방불케 했다. 여자는 이제 더 이상 자신의 가슴에서 이는 근원 모를 찬 바람을 걱정하지 않아도 되었다. 어디에선가 날아온 신비스런 입김 탓일까. 네 잎 클로버가 가져온 행운에의 손짓일까. 여름에서 가을 사이…… 미혹과 열망은 여자에게 무한한 평화를 남겨주었다.

오랜 시간……아주 오랜 시간 까맣게 잊어왔던 가슴속 굳게 닫혀 있던 가마의 불이 서서히 다시 블씨를 일으키며 지펴오르고 있었다. 그것은 보다 더 높고 뜨거운 지향에의 썩 좋은 예감이었다.

# 홋카이도 3월의 눈

　　홋카이도의 치토세 공항. 여행자의 나른한 감각을 일깨우는 듯한
경쾌한 일본어 기내방송이 비행기의 착륙을 알리고 있다. 창을 통해
내려다보이는 공항 활주로 주변이 온통 새하얗다. 아침 햇살에 반사
되어 눈을 찔러오는 정경을 유심히 내려다보니 그것은 눈雪, 눈이었
다. 3월에 눈이라니! 하긴 이곳은 때론 4월에도 간혹 눈이 내린다는
곳이니 그리 놀랄 일은 아니다. 그러나 가슴에 멘톨향을 쏘인 듯 현혜
는 전신에 싸한 기운이 번져옴을 느낀다. 살던 곳을 떠나와 어딘가 낯
선 곳에 와 닿는다는 것. 그것은 늘 미지의 것을 향한 알 수 없는 설레

임과 기대를 동반한다. 활주로를 덮은 하얀 눈 탓일까. 짐을 챙겨 비행기 트랩을 내려서는 현혜의 가슴이 근원을 알 수 없는 떨림으로 팔딱인다.

여행 멤버는 근 25년간 몸담아 온 중등교육계를 지난 2월로 명퇴한 경혜와 그녀의 자매들인 잡지사 기자 현혜와 막내 영혜, 손아래 올케 혜정, 그리고 경혜의 여고 동창이며 교직에서 함께 명퇴한 윤희, 그렇게 모두 다섯이었다.

여행은 번개팅처럼 급작스레 이뤄졌다. 거의 같은 시기에 오랜 직장에서 물러난 경혜와 윤희가 더 이상 소속감 없는 헛헛함을 나누던 중 느닷없이 떠나기로 결정한 패키지 여행에 나머지 세 여자가 우르르 합류하게 된 격이었다. 그러기까지엔 가장 젊고 순발력있는 막내 혜정의 역할이 컸다. 큰시누이 경혜의 퇴임을 기해 뭔가 뜻있는 이벤트를 생각하던 중 마침 여행계획과 맞아떨어졌고 명민하게 모든 준비를 도맡아 총무 역을 잘 해낸 공이라 할만했다. 어쨌거나 일행 다섯 중 네 여자는 가족이었고 윤희만이 예외여서 이른 아침 공항에서 만난 첫 순간부터 윤희는 부러움이 가득한 얼굴로 감탄을 표했었다.

"어머나! 시누이 셋에 올케 하나. 그림 참 좋네에. 넘 좋아 보인다아." 그렇게 말하는 윤희의 모습엔 여고 시절부터 지녀온 그녀 특유의 샘 많은 표정이 살짝 내비쳐 현혜는 실소했다. 단발머리 여고 때부터 경혜를 따라 집에 드나들며 함께 공부하고 장난치며 놀던 모습이 뇌리에 생생했기 때문이었다.

아무리 친구 사이라 해도 윤희는 매사 누구에게 지고는 못 사는 성격이었다. 아버지 없이 홀어머니 슬하에 언니가 하나, 당시로선 매우 단출한 가족에 어렵게 살아 온 까닭인지 느슨하고 유순한 경혜에 비해 야무지고 공부도 잘 했고 무언가 늘 생각에 잠긴 모습의 깜찍한 여학생이었다. 경혜와 함께 공부하며 잘 놀다가도 어느 순간 엎치락뒤치락 몸싸움을 할 때면 장난질임에도 반드시 경혜의 몸을 깔고 앉아 "너 까불꺼야? 항복해, 어서!" 하고 입술을 앙다물며 경혜로부터 반드시 항복을 받아내어야만 속이 풀리는 그런 애였다.


여행 일정은 홋카이도의 중심 도시인 삿포로와 몇 개의 이름난 온천지를 둘러 보는 코스. 현지 가이드를 따라 얇게 눈이 깔린 공항 주차장에 도착하니 L 여행사 소속 대형 버스 한 대가 일행을 기다리고 있었다. 3박 4일 일본 여행 일정을 함께 할 전체 인원은 모두 15명. 미국 LA에서 온 세 쌍의 교포 부부와 남자 셋이 한 팀을 이룬 원불교의 교무 팀, 남자 사진 작가 한 명. 그리고 현혜 팀의 멤버 5인, 이상이 전부였다. 그러기에 대형 버스의 좌석은 절반도 차질 않고 텅 비어 있었다. 패키지 여행에 으레 따르는 절차로 차 안에서 간략한 자기 소개가 있긴 했으나 아직은 서로가 낯설고 이질적인 집단으로만 느껴져 소가 닭 보듯 서로 시선조차 마주치려 하질 않았다. 그러나 앞좌석에 앉은 현혜 팀만은 줄곧 화기애애, 조용히 웃고 얘기하고 속삭이고……모두가 함께이나 그들만 따로인 듯 묘한 분위기였다.

치토세 공항에서 삿포로로 이동하는 길 내내 눈이 쏟아져 내렸다. 3월의 눈. 제법 강한 눈발은 어언 한 자가 넘도록 수북이 쌓여갔다. 달리는 버스 차창을 통해 바라 보이는 이국의 풍경은 말할 수 없이 신비스럽고도 비현실적인 느낌을 자아냈다. 현혜는 달리는 버스 차창에 얼굴을 바싹 대고 밖을 내다 보았다. 순간 그녀의 뺨 언저리에 무언가 찌르는 듯한 시선이 느껴진다. 하얀 눈雪빛인가, 눈眼빛인가. 빛의 원을 찾아 고개를 돌린다. 통로를 사이에 둔 옆 좌석의 남자가 줄곧 현혜 팀을 주시하다간 급히 시선을 거둔다. 일행 중 유일하게 혼자 온 사진 작가라는 남자였다. 공항에서부터 현혜는 그의 존재를 의식했다. 혼자 온 탓도 있겠으나 가이드의 안내에 따르는 출국에서 탑승까지의 어수선하고 시끌벅적한 절차에서 유독 말없고 조용한, 그러나 매사 능숙하고 유연하게 대처하는 모습이 무언가 좀 색다른 느낌으로 다가왔다. 단정하고 지적인 모습, 그리고 간간히 지어 보이는 미소에 많은 것이 담겨 있어 얼핏 봐선 훈남 같은 어쩜 매우 섬세한 성격의 소유자일 듯한 느낌의 남자였다.

지붕 위에 소담스레 눈이 내려 쌓인 하얀 언덕 위의 그림 같은 목조 건물 앞에서 달리던 버스가 멈춰 섰다. 삿포로의 이름난 와인 공장이었다. 전원이 모두 내려 각종 와인을 시음하며 공장 내부를 둘러보았다. 와인 공장이라기 보단 산 속의 통나무 별장 같은 아늑한 분위기와 특유의 온갖 와인향이 오래 잊어 왔던 낭만적 감성을 불러일으켜 현혜는 와인과 그에 곁들인 초콜릿을 음미하며 짐짓 몽환적인 기분에 빠져들었다. 더 이상 좋을 것이 없을 듯한 달콤한 기분. 그러나 그녀의 마음속엔 눈발처럼 차가운 슬픔이 자리한다. 근원을 알 길 없는 슬픔 같은 것. 좋은 것을 보거나 지극한 아름다움을 만날 때 눈물이 고이듯 차오르는 정체 모를 감정. 끈질기게 달라붙는 이물질을 제거하듯 황황히 자신의 마음을 털어내며 현혜는 드넓은 창을 통해 바라 보이는 설경을 내려다 본다. 가지가 휘어질 듯 눈이 내려 쌓인 삼나무 숲을 향해 골똘히 카메라 렌즈를 들이대고 있는 남자가 보인다. 좀 전까지 와인을 시음하며 진열장을 기웃거리던 사진 작가였다. 그의 행동이 명민해 보이는 눈빛만큼이나 기민성 있음이 놀랍기만 하다.

뜻밖에도 삼나무 숲을 뒤로 하고 윤희가 걸어 나온다. 조금은 불안해 보이는 걸음으로 일행을 향해 다가오며 희미하게 웃는다. 언제 샀는지 그녀의 손에는 고급 와인 한 병이 들려있다. "여행 첫날이잖아. 오늘밤 이걸로 파티하자."

"와인은 또 언제 샀니? 빠르기도 하다." 경혜의 감탄에, "으응, 누가 사줬어. 우리 멤버를 위해!" 농담인 듯 진담인 듯 그렇게 말하며 웃어 보이는 윤희의 얼굴에 묘한 미소가 번진다. 50 중반의 나이지만

나이보다 10년 이상 젊어 보이고 무언가 설명할 수 없는 요요함이 깃든 모습이 소탈하고 꾸밈 없는 경혜와는 너무도 대조적이다. 윤회의 말에 혜정이 안줏감으로 말없이 치즈와 비스킷, 초콜릿 등을 사서 가방에 넣는다. 이만하면 환상의 팀웍. 현혜의 기분이 확 밝아진다. 와인을 시음하며 왁자하게 떠들어 대던 일행이 차에 오르자 버스는 다시 출발한다.

 눈 속을 한없이 달릴 듯 하던 버스가 이윽고 바다처럼 넓은 호숫가의 한 호텔로 들어섰다. 삿포로 최대의 칼데라호인 도야 호숫가의 특급 호텔. 여행지의 첫밤을 보낼 곳이었다. 각자의 방에 짐을 부린 일행은 대부분이 유카다 차림을 하고는 다시금 식당으로 모여들었다. 혜정이 유카다 차림의 식사는 마다하여 유독 현혜 팀만은 유카타 대신 저마다 특색 있는 차림새를 하고 있었다. 검은색 원피스에 화려한 빛깔의 숄을 두르고 머리를 틀어 올려 더욱 요염해 보이는 윤회, 갈색 바지에 검은 스웨터 차림인 경혜, 두건과 머플러로 집시 패션을 고수한 현혜, 니트 가디건에 면바지 차림인 영혜, 청바지에 면 티, 스웨터로 어깨를 두른 풋풋한 모습의 혜정. 어쨌든 여행지의 홀가분함이 주는 이완감에 그들은 모두 환한 모습이 되어 흔연히 음식을 즐긴다. 윤회만이 때론 뭔가 좀 불안한 낯빛이었으나 눈에 띌 정도는 아니었다.


 넓은 창 밖으론 바다처럼 광활한 호수가 펼쳐져 있고 그곳으로 마악 해가 지고 있었다. 모든 것이 너무 아름다워 다시 또 슬퍼지려 했으나 이젠 그것조차 품어안아 음미하듯 현혜의 얼굴은 짐짓 평안해 보인다. 식사 후엔 노천 온천을 즐기자고 영혜가 제안했고 다들 그 말에 동의하였다. 순간 경쾌한 핸드폰 수신음과 함께 윤희가 자리에서 몸을 일으킨다. 멤버 중 유일하게 로밍 서비스를 받아 와 수신, 발신 등 쉴새없이 분주한 모습이 어수선하고 딱해 보인다.

여행지의 첫밤. 경혜와 윤희, 둘이 한 방을 쓰고 현혜, 영혜, 혜정 세 여자에겐 좀 더 넓은 3인용 방이 배정되었다. 그러나 다들 한 방에 모여 여행의 첫밤을 자축하기로 한다. 눈 앞에 호수가 바라보이는 전망 좋은 방이었다. 밤의 호수는 현란한 불기둥을 밝히며 시간이 갈수록 더욱 요요한 자태를 드러낸다. 현혜는 짐도 풀지 않고 호수만 바라보며 계속 창가에 붙어 서 있다. "얘, 호수만 바라보고 있음 뭐가 나오냐아? 에구, 저 무드파! 나가서 얼음이나 좀 담아 와라." 안줏상을 꾸미는 경혜의 채근에 그제야 현혜는 장식장 위에 놓여진 아이스 볼을 들고 방을 나선다. 유카타 차림의 걸음으로 삐뚤삐뚤 복도 끝 음료수 코너를 향해 걸어간다. 그녀보다 먼저 온 한 남자가 음료수 코너 냉동고에서 아이스 볼 가득히 얼음을 받으며 그녀를 향해 웃어 보인다.

"일본 여인인 줄 알았습니다. 유카타가 잘 어울리시네요." 사진 작가였다. 오랜 지인을 만난 듯 반가운 미소를 띠며 그가 말을 건네 온다. "얼음 가지러 오셨나 봐요." 현혜가 담담히 반응한다. "그냥은 잠이 안 올 듯 하여 한 잔 하려구요. 그쪽 팀은 참 재밌어 보입니다." 남자는 짐짓 부러운 낯빛이 되며 쓸쓸히 웃음을 삼킨다. "네에, 팀웍이 좋은 편예요. 근데요……. 주로 여행을 혼자 다니시나요." 그녀 대신 냉동고 버튼을 눌러 아이스 볼에 가득 얼음을 채워주는 남자의 옆모습을 일견하며 현혜가 묻는다. "딱히 그렇지만은 않습니다. 직업이 사진쟁이다보니 작품을 위해 혼자일 때가 많긴 하지만……마음 맞는 사람과 여행하는 것만큼 즐거운 일이 있나요. 저도 때론 누군가와 함께 하고 싶지요." 남자가 현혜에게 얼음이 가득 담긴 아이스 볼을 건네며 미소짓는다. "감사합니다." 현혜의 인사에, "저어, 이따 일행분들과 잠시 뵈올 수 있을까요? 호텔 라운지에서 칵테일 한 잔 사고 싶은데……의논해 보시고 연락 주십시오." 상의 주머니에서 명함을 꺼내 아이스 볼 얼음 사이에 끼어 주며 그가 말했다. "의논해 볼께요." 싱긋 웃는 남자의 웃음이 얼음처럼 서늘하고 투명하다고 느끼며 현혜는 아이스 볼을 안고 방으로 돌아왔다.

여자 넷은 마른포, 과일, 치즈, 초콜릿, 그리고 꼬냑, 포도주 등 제법 푸짐한 안줏상을 차리느라 분주했다. "자아, 잠깐만! 있잖아요, 누군가로부터 우리 팀에 미팅 신청이 들어왔는데, 어쩔까요?" 짐짓 장난기 어린 얼굴이 되며 현혜가 운을 뗀다. "어머, 누가아?……누군데?" "얘, 설마아……진짜? 웃긴다아!" 윤희와 경혜가 다투어 소릴 높히며 현혜에게 다가왔고 조신한 주부 티가 몸에 밴 영혜와 혜정이 조용히 술잔을 나르며 웃었다. "자아, 일단 건배! 건배한 후 얘기할 게요." 다섯 명의 여자가 힘차게 건배한다. "대체 누군데, 그래? 뜸들이지 말고 빨리 얘기해 봐." 윤희가 가장 궁금증을 못이기며 현혜를 채근한다. "얼음을 가지러 갔다가 일행인 그 남자, 사진 작가를 만났거든요. 근데 되게 무료한 얼굴로 우릴 부러워하며 칵테일 한 잔 쏘겠다는 거예요." 현혜의 말에 여자들은 다들 재밌다는 얼굴로 가볍게 웃는다. "어머, 말도 안 돼. 한 남자를 상대로 다섯 여자가 우르르 나간다는 게 말이 되니? 예의상 해 본 소리겠지." 윤희가 유독 과민반응을 보이며 얼굴을 찌푸린다. "그냥 일행의 의견을 물었을 뿐예요. 우리끼리도 충분히 재밌는데 낯선 이에게 무슨 자선 베풀 일 있나요." 현혜의 말에 그제야 윤희의 얼굴에도 일말의 안도감이 깃든다.

"혼자 여행와서 여자들에게 작업이나 걸고……명색이 사진 작가랍시고 혹시 제비족 아냐?" 경혜의 말에, "에잇, 그런 사람으론 안 보여. 명함 보니깐 강남에 스튜디오까지 있는 엄연한 아티스튼 걸." 현혜가 해명한다. "어딘가 분위기에 예인 냄새가 배어 있긴 하잖아. 그런 부류는 아냐." 좀 전의 질색하던 모습과는 달리 윤희가 한 마디 거든다. "어쨌거나 우린 이따 노천탕이나 가자니깐. 뜨끈한 물에 몸 좀 풀고 싶어." 영혜의 말에, "형님들부터 순차로 다녀오세요. 전 젤 꼴찌로 갈래요." 시누이와 올케 사이, 아무래도 좀 격을 두는 듯한 혜정의 말이 이어진다. "뭐야, 다 같이 가는 거야. 혼자 가면 넘 심심하잖아. 예의 상 벗은 몸은 서로 안 보기로 하고 각자 좀 떨어져 앉으면 되니깐." 현혜의 말에 모두 웃는다.

　밤의 호수는 점점 더 농염한 자태로 일렁이고 여자들은 이제 각자
의 목욕용품을 챙겨 노천탕에 갈 채비를 한다. 윤희만이 호젓한 자태
로 호수에 눈길을 준 채 도무지 움직일 기미가 없다. "니들끼리 갔다
와. 난 술 좀 깨면 갈래. 낼 새벽에 가던지……." 술기운에 전혀 목욕
할 마음이 없다며 윤희는 아예 소파에 벌렁 누워 버린다. "그래, 알았
다. 쉬고 있으렴." 네 여자들은 모두 긴 복도를 지나 미로처럼 이어지
는 통로를 따라 노천탕으로 향했다.

　눈을 들면 먼 산엔 흰 눈이, 그리고 쏟아져 내릴 듯 뻥 뚫린 밤 하늘
이 천장을 이룬 뜨거운 탕에선 허연 김이 안개처럼 솟아 오르고 있다.
흰 타올로 머리를 동여매고 저마다 온탕에 몸을 담근다. 양초가 녹듯
몸의 피로가 녹아 내림에 현혜는 황홀감에 빠진다. 뜨끈한 물의 감촉
이 뒤엉킨 상념과 여행지의 어설픔을 모두 용해시켜 무화하는 느낌이
다. 순간 두 아들의 늦은 귀가를 기다리며 직장에서 돌아와 홀로 식탁
을 마주하고 있을 남편의 지친 모습이 떠오른다. 그러나 그녀는 욕조
의 돌거북이 뿜어내는 뜨거운 물줄기에 몸을 맡기며 가만히 눈을 감
는다. 살아가며 가끔씩은 이런 순간이 필요한 것. 아니 이런 순간이
꼭 있어야만 한다고 생각한다. 꽉 매인 일상을 훌훌 털고 혼자만이 누
리는 절대 휴식, 절대 안정을 취하는 일이 그리 이기적인 일만은 아니
라고 자위한다. 떠나오기 전 원고마감의 데드라인에 걸려 진을 빼듯

활자에 매달린 일이 꿈처럼 아득하게만 느껴진다.

　욕탕에서 나와 몸을 말린 후 네 여자가 다시 룸으로 돌아온 것은 밤
이 꽤 이슥한 시각이었다. 이국 온천 도시 특유의 공기가 묘한 정취를
자아내는 겨울 밤. 목욕만 하고 잠 들기엔 무언가 아쉬워 바람 좀 쏘
이고 오겠다는 메모를 남긴 채 윤희는 어디론가 나가고 없었다. 네 여
자는 각각 얼굴 마사지, 머리에 컬 말기, 상용하는 약 등을 챙기며
TV를 켠 채 알아 듣지도 못하는 일어 방송을 들으며 윤희가 오기만
을 기다린다.

　얼마 후 똑똑, 노크 소리와 함께 두툼한 숄로 어깨를 감싼 윤희가
쇼핑백을 들고 방으로 들어선다. 몽롱해 보이던 좀 전의 모습과는 달
리 온몸에 눈가루를 덮은 듯 선뜩한 기운이 전해온다. "야아, 눈 덮인
온천 마을 환상이대. 잠시 좀 걸었는데, 마치 꿈 속을 헤매는 것 같았
어. 자아, 이건 멜론이야! 이곳 멜론은 세계적인 명품이래잖아. 낮에
가이드가 했던 말 기억하지? 겨울이라 생짜배기 멜론은 없고 대신 이
걸 사왔어." 호텔로 돌아오는 길 1층 샵에서 멜론 통조림을 하나 사
왔다며 윤희가 얼버무리듯 말한다. "근데, 너 혼자 갔었어? 위험하진
않았니?" 경혜가 얼굴에 씌웠던 마사지 팩을 떼어내며 윤희를 향해
묻는다. "으응, 전혀! 샵에서 딸내미가 부탁한 스타킹을 사야 했어.
내려간 김에 산책도 하고 라이브 음악도 즐길 겸 잠시 바엘 들렸다가
기차역엘 갔었어. 근데 눈이 소복이 쌓인 쬐끄만 역이 너무 호젓하고

예쁜거야." 불그레 루즈가 번져나간 입술을 움직이며 윤희가 더듬거린다. "너 혼자 거기까지 갔어, 이 밤에……?" 놀란 얼굴이 되며 경혜가 옷을 벗는 윤희의 곁으로 바싹 붙어 앉는다.

"물론이지. 난 여행 때마다 그래. 여행이 목욕이나 하고 잠만 자러 오는 건 아니잖아." 유카다를 입은 후 허리끈을 동여매는 윤희의 얼굴에 짙은 그늘이 아른거린다. 혜정이 말없이 오프너를 꺼내어 멜론 통조림의 뚜껑을 딴다. 두 개의 접시에 얇게 썰은 멜론을 담아내는 모습이 천상 여자임을 느끼게 하는 모습이다. 시집 온 이래 줄곧 홀시어머니를 모시고 살아온 만만찮은 이력이 온몸에서 배어남을 바라보며 현혜는 감탄한다. 혜정의 시어머니, 그러니까 경혜, 현혜, 영혜, 세 시누이들의 친정 엄마는 다소 좀 예민하고 까다로운 면이 없질 않다. 그런 사실을 익히 알기에 세 시누이들은 혜정에게 늘 고마움과 미안함을 안고 살아간다. "멜론 한 조각씩 드세요." 접시를 나르며 권하는 혜정의 말에, "와아, 착해라. 천사표가 따로 없네. 하는 짓마다 예쁘다아." 비닐 가방에 목욕용품을 챙겨 넣던 윤희가 과장된 어조로 혜정을 칭찬한다. 온천장의 밤은 깊어만 가고 네 여자는 모두 자리에 누워 잠을 청한다. 그러나 아무도 깨어 있지 않은 한밤중의 목욕을 즐긴다는 윤희는 그제야 살금살금 발소리를 죽이며 노천탕을 향해 방을 빠져 나갔다.

다음날 아침. 오타루 운하를 거쳐 삿포로의 명물, 맥주 공장을 둘러

본 후 화산지대인 노보리베츠 온천으로 향하였다. 밤사이 뜸하던 눈발이 다시 휘날리기 시작했다. 소도시의 한산한 주택가 골목마다 어른 키 높이는 됨직한 눈더미가 수북수북 쌓여간다. 긴 삽자루를 들고 허리를 굽혀 눈을 쓸어담는 동네의 풍경이 아련하다. 사람 사는 곳은 어디나 똑같다는 생각에 현혜는 가슴이 찡해온다.

노보리베츠 화산지대. 멀리까지 번져오는 유황 냄새와 화산 분화구에서 피어오르는 자오록한 연기가 눈 덮인 화산을 뒤덮고 있다. 일명 지옥계곡이라 불리우는 곳. 이름에 걸맞게 그로테스크하고 괴괴한 기운이 산허리를 휘휘 감아 올린다. 오는 길에 들른 유수산의 니시야마 분화구는 당시 화산 폭발의 위험을 무릅쓰고 접근한 학자, 연구원, 취재진 전원이 뜨거운 용암에 매몰되고 만 비운의 현장이었다. 진동하는 유황 냄새, 뿌옇게 솟구치는 화산 연기에 모두가 말을 잃는다.

"저기 저 땅덩이도 자기 맘대로 터진 건 아닐거야. 억누르고 억눌러도 어쩔 수 없이 끓어 오르고 넘쳐나고……그래서 어쩔 수 없이 터질 수밖에 없는 필연적인 것이 있었던 거야." 망연한 얼굴로 지옥계곡을 바라보던 윤희가 불쑥 뜬금없는 한 마디를 내던진다. 영문을 알 길 없는 윤희의 말에 모두 그녀의 얼굴을 바라볼 뿐이다. "어디 가서 우리 뜨거운 커피나 마시자." 놀라 바라보는 세 여자의 시선을 피하며 윤희가 빠르게 몸을 돌려 총총히 멀어져 간다.

눈에 띄는 유럽풍의 카페를 찾아 안으로 들어서니 저만치 창가에 앉아 혼자 커피를 마시고 있는 사진 작가가 보인다. 일행을 향해 한쪽 손을 들어 보이며 환히 웃는다. 우연한 만남이었으나 마치 미리 약속이나 한 듯한 자연스러운 포즈였다. 윤희는 남자의 바로 옆 테이블에 자리 잡으며 일행을 그쪽으로 안내한다. 현혜는 남자를 향해 가벼운 목례를 보낸다. 남자도 무거워 보이는 카메라를 곁에 놓고 커피잔을 든 채 현혜를 향해 웃어 보인다. "여행, 즐거우십니까?" "네에. 좋은 편예요. 작품은 많이 찍으셨나요." 그가 건네오는 인사말에 의례적 반응을 보이며 현혜가 말한다. "여긴……일본의 어느 이름난 사진 작가로인해 일약 유명해진 곳이죠. 세계의 많은 사진 작가들이 한 번쯤은 오고 싶어 하는 곳입니다. 근데 오늘은 도무지 날이 도와주질 않네요. 사진 찍기엔 날이 너무 흐려요." 그가 카메라 렌즈를 닦으며 말한다. "참, 오늘은 제가 커피를 쏩니다. 뭐……별 뜻은 없고요, 그냥 여러분과 함께 한 기쁨값 정도로 해두지요." 뜬금없이 말하며 싱긋 웃는 그의 모습이 단정하고 사심없어 보여 일행도 따라 웃는다. "아……정상 부근에 연기가 잦아드네요. 아무래도 몇 컷 더 찍어야겠습니다. 그리고 넬은 여행 마지막 밤인데, 제가 사케 한 잔 사도 될까요? 그럼……그렇게 알고 먼저 갑니다." 남자는 그 말을 남기며 재빨리 커피값을 계산한 후 카메라를 들고 사라졌다.

"과잉 친절은 위험한 거 아냐?" 커피를 마시던 영혜가 찡그린 얼굴로 하는 말에 모두 웃음을 터뜨린다. "여자들이 다섯이나 되는데 뭐

어쩔려구? 별로 나쁜 인상은 아닌데 일단 안면 트고 보는 거지, 뭐."
역시 경혜다운 느긋한 말투. "이건 내 직감인데 우리 중 누구에게 필
이 팍, 꽂힌 것 아닐까. 때문에 그 한 사람을 위해 모두에게 친절할 수
밖에 없는 그런 것. 말 되지?" 예의 장난기가 배어나는 현혜의 말에,
"그래, 말 된다. 말 돼. 근데 진짜 누굴 찍은 것 같니?" 시종 심란해
보이던 윤희까지 장난기를 보이며 합세한다. "글쎄요, 우리 중 가장
싱그럽고 젊은 여자. 바로 이 여자 아닐까?" 현혜가 계속 말없이 웃
기만 하는 혜정을 가리키며 웃음을 깨문다. "아냐, 틀렸어. 내가 보긴
그건 아냐. 젊다고 다 좋아하는 건 아니지. 우리 천사표는 너무 천사
스러워 남자들이 감히 범접을 못하는 스타일이야." 모든 걸 도통한
어조로 윤희가 단언한다. "그럼, 누구? 실은요……아무래도 제 느낌
이 윤희 언니 같은데……. 혹시 서로 필이 통한 것 아녜요? 빨리 이
실직고 하셔요." 현혜의 익살에 모두 웃었으나 윤희만은 왠지 정색을
하며 부인한다. "어머, 아냐 아냐. 그건 정말 아니지. 외려 내가 보기
엔 현혜 너 같다야. 너 우리 몰래 작업 건 것 아니니?"

"어머, 언니 왜 그래요? 전 원래 사진쟁인 비호감예요." 펄쩍 뛰는
현혜의 해명에 모두 웃음을 터뜨린다. "여행지에서 순수하게 술 한
잔 사겠다는 남자를 놓고 너무한 거 아냐. 섣부른 판단은 접고 일단
부딪쳐 보는 거시, 뭐." 경혜의 말을 끝으로 아무도 더 이상은 말이
없다.

여행 둘째 날 밤. 그 밤도 예외없이 현혜 팀은 다들 한 방에 모였다.

정갈한 솜씨의 혜정과 영혜에 의해 즉석 카나페, 치즈김말이 등 깔끔한 안주가 준비되었고, 그리고 향기로운 와인이 곁들여졌다. 다들 적절히 취해 어느만큼은 조금씩 풀어졌다. 그중에서도 가장 많이 취한 윤희의 발그레 달아오른 뺨이 더없이 고혹적이라고 느끼며 현혜는 감탄한다. 흥건히 취기에 젖은 윤희의 이야기는 어언 여고 시절로 거슬러 오른다.

"있잖니, 그때 니네 집은 되게 부유했어. 홀어머니 밑에서 잔뜩 쪼들리며 살다가 니네 집엘 가면 뭐랄까, 늘 웃음이 있고 밝고 모든 것이 넘쳐나 복이 덕지덕지 묻어나는 느낌이었어. 네 방에서 놀면 식모애가 밥상을 차려오고 오징어 구이며, 다과 등을 가져다 주곤 했지. 너의 그 모든 것이 어찌나 부럽고 샘이 나던지 넌 정말 모를 거야. 너희 집 책장을 가득 메운 책들. 그게 얼마나 가슴 시리고 눈이 시렸었는지……난 너에게서 거의 매일 책을 빌려갔어. 아니 빌려갔다기보단 거의 빼앗아 갔지. 기억나지? 그리곤 절대 돌려주질 않았어. 그나마 네게서 앗아올 것은 유일하게 그것 밖엔 없다는 생각이었지. 상대적 빈곤이랄까. 암튼 지독한 결핍감이었어. 그걸 이겨내려면 악착같이 공부하는 길밖에 없다고 생각했어. 그래서 교사가 되었고 지금의 남편을 만나 이럭저럭 살 만해졌지. 그러니 그때서야 네 생각이 나는 거야. 우리 여고 때 뭣 땜에 싸워서 한동안 안 만났었잖아. 사는 게 참 힘들었어."

축축히 물기 어린 윤희의 말은 쉽게 끝날 줄을 모른다. "근데 참 알

다가도 모르는 게 사람 맘이더라. 남편 사업 잘 되어 손에 돈을 쥐고 보니 정작 모든 게 허망한거야. 돈으로 안 되는 일 없다 생각했는데 세상엔 또 돈만으론 안 되는 일 천지인 거야. 승승장구 돈방석에 오른 애들 아빠는 슬슬 바람을 피우기 시작했고 난 극심한 우울증에서 헤어날 길이 없었어. 그때가 바로 나도 한 남자와 사랑에 빠진 시기였어. 마음을 다스리려 사진을 배웠는데 그러다 만난 사람이었어. 봄빛처럼 포근하고 따스한 남자였지. 늘 곁에 머물며 이모저모 세심히 챙겨주고 날 웃겨주고……유머 감각있고 밝고 유쾌한 사람이었어. 서로 참 많이도 좋아했지. 그 남자, 울 애들 아빠 만나 남자 대 남자로 날 두고 담판을 지을 정도였거든. 그런데……그것도……연애도 사랑도 다 한때, 모든 게 부질없는 것. 다 지나면 그만이더라."

윤희는 고해를 하듯 말을 이어갔고 경혜는 애연한 눈길로 눈시울을 붉히며 친구의 말에 귀를 기울였다. 현혜, 영혜, 혜정, 세 여자는 다만 하릴없이 와인 잔을 기울일 뿐 아무도 쉽게 입을 열지 못한다. 야릇한 밤이었다. "언니……." 현혜가 겨우 그렇게 말했을 뿐이나 기다렸다는 듯 윤희는 침대에 하르르 쓰러진 후 괴로운 신음을 토해내며 시트 속에 몸을 감추었다.


다시 아침. 여행 팀 일행은 모두 짐을 챙겨 관광버스를 기다리며 호텔 로비를 서성인다. 밤사이 눈이 더 내린 탓에 밖은 온통 하얀 세상. 현혜는 호텔을 빠져나와 잠시 눈 덮인 이국의 마을을 거닌다. 이제 곧 떠나고 나면 언제 또 올 지 모르는 곳. 작은 역사 뾰족 지붕에 하얗게 쌓인 눈, 그리고 그 위에 장식된 닭 모양의 새 한 마리가 꿈결처럼 아득한 느낌을 불러 일으켜 현혜는 계속 그곳을 향해 걸어갔다. 이제 더 이상은 나아갈 수 없는 종착역. 역사를 들어서니 폐쇄된 플랫폼과 선로의 레일이 보이고 그곳이 종착임을 알리는 붉은 글씨의 선뜩한 표지판이 다가든다. 역 대합실엔 오래된 난로와 겨우 몇 사람이 앉을 수 있는 기역자 형 붙박이 의자가 전부, 고요만이 가득할 뿐이다. 폭설이 내린 겨울 저녁, 하염없이 기차를 타고 올 누군가를 기다릴 법도 한 그런 곳. 현혜의 마음에 알 수 없는 파도가 일렁인다. 윤희는 어젯밤 이곳에서 누굴 만난 것일까. 슬픈 듯 기쁜 듯 발갛게 취한 모습이 무언가 예사롭질 않은 느낌이었다. 뿌옇게 흐려오는 의혹의 시선을 떨쳐내며 현혜는 다시 일행이 탄 버스로 돌아왔다.

일정의 마지막 날. 납짝돌이 깔린 바닷가 언덕 하코다테의 서부지역과 시내관광, 오래된 트라피스치누 수도원을 둘러본 후 거대한 쇼핑 거리에서 북해도 명물인 게 요리를 실컷 먹고 나니 밤이었다. 야경이 빼어나게 아름다운 항구 도시의 밤. 여행의 마지막 밤인 그 밤을 그저 흘려 보낼 수야 없는 일. 현혜 팀은 모두 가뿐한 차림새를 하고는 호텔을 빠져 나와 항구 도시의 밤거리를 거닌다. 골목골목마다 예쁜 종이등을 밝힌 이자까야가 시선을 잡아끈다. 앞장 서 걸어가던 윤희가 유리창을 통해 그 안을 기웃거린다. 이따끔씩 핸드폰을 꺼내어 문자를 확인하던 그녀가 이윽고 어느 사케 집 문을 밀고 안으로 들어섰다. "이 집 예쁘지 않니? 여기로 하자" 정갈하고 고급한 분위기가 마음에 들어 일행은 모두 그녀의 뜻에 동의한다. 안쪽 테이블에 남자 한 팀이 자리하고 있을 뿐 매우 호젓한 것도 마음에 든다. 윤희가 몇 마디의 일어로 따끈한 도쿠리 한 병, 그리고 빙어구이를 주문한다. 창 밖엔 또 희끗희끗 눈발이 흩날린다. "오늘 밤 병권은 내가 가질래. 우리 취하도록 마셔보자." 윤희가 의미로운 웃음을 보이며 네 여자에게 차례로 술을 따른다. 알맞게 데워 진 따스한 사케 향이 포근한 기분을 불러 일으킨다. 현혜는 술잔을 입에 대고 그것의 따스한 온기와 향을 음미한다.

잠시 후 한 남자가 문을 밀고 안으로 들어섰다. 사진작가였다. 녹색 비니 모자에 후드 티를 입고 두터운 자켓을 걸친 모습이 무척이나 싱그럽고 젊어 보인다. "와아, 우리 진짜 만났네요." 활짝 놀라며 반가워 하는 모습이 소년처럼 꾸밈 없어 모두 웃는다. "오늘 밤은 제가 쏜다고 했으니 안주를 제가 시킵니다." 메뉴판을 훑어본 후 유창한 일어로 그가 사케와 음식을 주문한다. 날치알 치즈말이, 닭꼬치, 미소두부조림……안주는 점차 늘어갔고 술을 마다하는 혜정과 영혜를 뺀 나머지 여자들에게 그가 한 잔씩 술을 따른다. "이거……좋아하잖……." 빙어구이를 윤희의 앞으로 내밀며 무어라 하던 그가 주춤 말을 멈춘다. 순간 윤희의 눈과 그의 눈이 반짝 마주치며 빛을 뿜는다. 현혜가 고개를 갸웃하며 말없이 그들을 바라본다.


"작품은 많이 건지셨나요?" 문득 생각난 듯 현혜가 그에게 묻는다.
"날이 워낙 험해서요. 날씨가 제 편이 아니네요. 대신 순수한 여행자
로 돌아가 마음을 비우니 좋은 점도 많습니다. 렌즈 구멍을 통해서만
잡혀오던 세상이 비로소 더 넓게, 더 깊게 보이고, 여유롭게 느껴지
고……집착을 버리니 외려 좋습니다." 그러나 좋다고 말하는 그의 음
성엔 왠지 쓸쓸함이 묻어난다. 현혜는 까닭없이 그에게 마음이 쓰이
는 자신을 발견하곤 놀라움을 느낀다. "일어 잘 하시는데 언제 배우
셨어요?" 평온히 웃는 얼굴로 경혜가 묻는다. "아뇨, 실은 그리 잘 하
는 편은 못돼요. 술을 좋아하다 보니 주로 술집에서 하는 말만 달달
외운 수준이죠. 사진쟁이들은 여러 곳을 다니다보니 어느 나라 말이
건 조금씩은 익히게 되어있어요." 그가 비어 있는 경혜의 잔에 술을
따르며 웃었다. 매너 좋고 친절하고 부드러운 남자. 그러나 웃어 보이
는 눈가에 어딘가 슬픔이 너울거림을 현혜는 놓치지 않았다.


눈 내리는 밤은 깊어만 갔고 그들은 술집을 나와 야경이 눈부신 거
리를 걸어서 호텔로 돌아왔다. "야아, 니들 어땠어? 저 남자 괜찮아?
어때?" 남자와 헤어진 후 윤희는 심하게 몸을 휘청거리며 중얼거렸
고 급기야 그녀는 쓰러지듯 경혜의 팔에 안겨 호텔 방으로 사라졌다.

여행의 마지막 날. 하코다테 공항을 출발하여 인천 공항에 도착한 것은 늦은 오후였다. 현혜 팀은 모두 짐을 찾으러 빙글빙글 돌아가는 수하물 코너 콘베이어 벨트 앞에 모여 있었다. "니들 덕분에 즐거웠다. 우리 곧 애프터 하자." 윤희가 가장 먼저 일행에게 작별 인사를 하며 어디론가 사라졌다. 여행의 끝. 그것은 항상 어느 만큼의 쓸쓸함과 허탈을 안겨준다. 느릿한 회전으로 돌아가는 짐짝들을 바라보며 현혜는 비로소 자신도 돌고 도는 지난한 일상으로 다시 돌아왔음을 절감한다. 여행 내내 꺼놓았던 핸드폰의 전원을 켠다. 익숙한 것과의 접속에 짜릿한 전율이 느껴진다.

세관 통과 후 카트에 짐을 싣고 심한 갈증으로 음료수대를 찾아 서성이는 현혜에게 어디선가 귀에 익은 나직한 음성이 들려왔다.

"끝내 합류한 여행, 그래서 즐거웠나요? ……하지만 그건 안 돼요, 절대로! 노보리베츠 지옥계곡을 기억하세요. 화산! 화산처럼 폭발하면 모두가 죽어요. 다 죽는 거예요. 그날 밤 눈 덮인 온천장의 작은 종착역. 우리 그곳을 잊어선 안 돼요, 영원히!"

소리를 찾아 두리번거리는 현혜의 눈에 공항 카페 기둥 뒤에 숨어 핸드폰을 들고 야무지게 응수하는 윤희의 모습이 보인다. 찰칵, 소리 나게 핸드폰 폴더를 닫는 그녀의 모습에서 칼날 같은 예리함과 단호함이 전해온다. 입국 절차를 마치고 공항을 빠져 나가는 현혜의 가슴이 쇠망치를 맞은 듯 얼얼하다. 그러나 집으로 가는 리무진에 오르기 전 그녀는 핸드백에서 명함 한 장을 꺼내어 휴지통에 던져버림을 잊지 않았다.

서울은 이제 전혀 눈 자취도 없는 완연한 봄이었다.

# 자유를 향한 정념의 문학

이경재
| 문학평론가 |

## 1. 예사로움의 미학

　김현숙은 1989년 『동아일보』 신춘문예에 당선되고, 같은 해 10월 『현대문학』 신인 추천으로 등단한 역량 있는 작가이다. 다작은 아니지만 지난 20여 년 간 커다란 공백기 없이 지속적인 작품활동을 해오고 있다. 도공이 원하는 하나의 도자기를 위하여 수백 개의 도자기를 망치로 부수는 것처럼, 수준 미달의 작품을 양산하기보다는 진정으로 값진 단 한 편의 작품을 위해 혼신의 힘을 불어넣는 유형의 작가이다.

2002년 첫 번째 작품집을 출판한 작가가 8년 만에 아홉 편의 작품으로 이루어진 두 번째 작품집을 들고 우리 앞에 나타났다.

한 인간이 하나의 일을 계속하기에 20년은 결코 짧은 시간이 아니다. 한 단정한 영혼을 뒤흔들어 시마詩魔라고도 불리는 창작열에서 헤어나지 못하게 하는 것의 정체는 과연 무엇일까? 김현숙에게 그것은 '자유를 향한 정념'이라 이름할 수 있다. 이때 유의해야 할 것은 자유를 향한 '의지'나 '바람'이 아니라 '정념'이라는 것이다. 그것은 주체의 의지나 자각으로는 어떻게 해볼 수 없는 하나의 본능이며 숙명이다. 그것은 '억누르고 억눌러도 어쩔 수 없이 끓어 오르고 넘쳐나'는 화산 같은 것(「홋카이도 3월의 눈」), '틈틈이 삶의 틈새를 비집고 잠입해오는 제어할 길 없는 균열'(「꽃비 내리다」), '하루에도 수없이 몰려드는 해일과도 같은 방랑의 광풍'(「어두워지지 않는 밤」), '뜨겁게 자신을 태워줄 무언가를 향한 열망'(「장미 정원」), '마음 한 구석에 알 수 없는 커다란 웅덩이가 있어 늘 채워지지 않는 공허감'(「때까치 우는 아침」) 등으로 현상된다.

김현숙의 소설에서 그 정념의 주체는 대부분 중년의 여성들이다. 그들은 모두 순수와 열정의 존재들로서, 편안하고 안정된 삶의 외양과는 무관하게 내면에서 솟아오르는 정념으로 인해 늘 방황하는 자들이다. 이러한 상반된 모습(안정된 삶/내면의 열정)은 문체에도 그대로 반영된다.

김현숙의 문체는 평범하게 보일 정도로 조촐하고 단아하다. 요즘

유행하는 자극적이고, 화려하고, 시적인 것과는 무관하다. 그러나 이 때의 평범함은 이탈리아의 카스틸리오네가 참된 예술가의 특징으로 말한 예사로움(sprezzatura, nonchalance)에 가까운 것이다.[1] 이처럼 안정된 문체 속에 담겨져 있는 주인공들의 열정과 문제의식은 결코 말랑말랑하지 않다. 그리하여 김현숙의 소설들은 주변의 지형을 한 순간에 변화시킬 수 있는 무시무시한 용암을 잔뜩 내장한 휴화산에 비유할 수 있다.

자유를 향한 정념은 김현숙의 작품에서 흔히 여행 모티프로 구체화된다. 여기 실린 소설들은 거의 대부분 여행을 기본 모티프로 삼고 있다. 그것은 남편의 초등학교 동창 모임에서 떠나는 제주도 여행(「호수회의 첫 여행」), 같은 직장을 가졌거나 이러저러한 인척관계로 맺어진 다섯 명의 여인이 떠나는 홋카이도행(「홋카이도 3월의 눈」), 퇴직한 남편과의 하동 꽃구경(「꽃비 내리다」), 12명의 지올로지스트와 함께 떠나는 러시아 여행(「어두워지지 않는 밤」) 등으로 나타난다. 자유를 향한 정념에 몸살을 앓는 인물들은 하다못해 새로 이사 온 동네의 뒷동산에라도 오르는(「장미 정원」) 것이다.

김현숙의 소설에서는 각각의 주인공들이 그 정념을 관리하는 방식이 바로 그들의 삶이 된다. 요컨대 김현숙의 이번 작품집은 자유를 향한 정념에 대응하는 여러 모습을 다채롭게 펼쳐놓은 일종의 만화경이다.

---

1) 힘들이거나 솜씨 자랑하지 않은 채 운필하고서도 마치 화가가 의도한 대로 저절로 그 목표에 도달한 듯이 보이게끔 쉽게 그린 하나의 선이나 붓놀림은 그 예술가의 뛰어남을 드러내준다는 것이다. (유종호, 『다시 읽는 한국 시인』, 문학동네, 2002, 244쪽)

## 2. 삶에 대한 긍정

'자유를 향한 정념'에 대한 첫 번째 대응법은 그 정념을 배태한 '지금—이곳'에 대하여 이전보다 더 큰 애정을 품는 것이다. 「호수회의 첫 여행」, 「홋카이도 3월의 눈」, 「가지 않은 길」, 「노래하는 남자—비창」이 여기에 해당한다. 이때 현실을 잠시나마 돌아보게 만든 여행 등의 사건은, 일상에 대한 더 큰 애정을 잉태하는 계기로서 작용한다. 「호수회의 첫 여행」에서 지애의 남편 인호는 현재 기업체 임원으로서, 6명의 초등학교 동창 중에서는 가장 성공한 편이다. 사실 '호수회'란 지구상에 존재하지 않는다. 남편의 어린시절 고향에 있던 저수지에서 따온 '저수지회'만이 존재할 뿐이다. 그러나 전직 교사 출신의 지애는 그 이름이 촌스럽다며 혼자 '호수회'라고 바꿔 부른다. 지애의 은밀한 바꿔 부르기에는 현실에 대한 벗어남의 욕망이 숨겨져 있다고 볼 수 있다. 다른 친구들이 공부 잘 하고 모범생이었던 인호에게 '묘한 열패감과 좌절감'을 느끼듯이, 지애는 다른 커플들에 대하여 묘한 우월의식을 느끼는 것이다.

그러나 짧은 여행을 통해 사람들의 삶과 행복이란 지위와 명성 따위의 껍데기 이면에 존재함을 깨닫는다. 그것은 여행을 통해 이질적이고 낯설게만 느껴지던 마음이 엷어져 간 데 따른 것이다. 호수회 멤버 여섯을 보면서 '저마다 다 각기 자신만의 행복, 즐거움을 지니고 있음을 깨닫게' 된다.

용길에게는 젊은 아내와 사는 기쁨이, 기호에게는 곱고 단아한 아내의 순종과 사랑이, 인호에게는 학문에의 탐구와 좋아하는 일이, 창수에게는 현실적이고 능력 있는 아내의 살가운 배려가, 일만에게는 세상 누구보다 강하고 생활력 있는 아내의 끈적한 희생이, 문섭에게는 일과 함께 자신의 신명을 풀어갈 춤과 노래가 있어 그런대로 다들 세상이 살아갈 만한 것이다. 2박 3일의 여행이 끝나고 제주 공항에서 인천 공항으로 무사히 돌아오듯이, 지애 역시 무사히 일상으로 귀환한다. '산다는 건, 살아간다는 건 참으로 눈물겹도록 고단하고 아름다운 일'임을 깨달은 것이다.

「홋카이도 3월의 눈」 역시 마찬가지이다. 25년간 재직한 교육계를 떠난 경혜와 윤희는 현혜, 영혜, 혜정을 동반하고 홋카이도 여행을 떠난다. 같은 여행사를 통해 온 일행 중에는 사진 작가인 남자가 있다. 그녀들은 사진 작가와 어울리고, 특히 현혜는 그와 친해져 명함을 받기도 한다. 그런데 나중에 그 사진 작가는 윤희의 이전 불륜 상대였음이 밝혀진다. 현혜는 귀국하여 자신도 잠시 흔들렸던 사진 작가의 명함을 휴지통에 던져 버린다. 윤희 역시 그 사진 작가에게 '끝내 합류한 여행, 그래서 즐거웠나요? …… 하지만 그건 안 돼요, 절대로! 노보리베츠 지옥계곡을 기억하세요. 화산! 화산처럼 폭발하면 모두가 죽어요. 다 죽는 거예요.' 라는 말을 전하며, 일상의 질서로부터 벗어나기를 단호하게 거부한다. '억누르고 억눌러도 어쩔 수 없이 끓어오르고 넘쳐나는 화산'의 폭발은 윤희에게 어떤 식으로든 막아야 할 사건인 것이다. 더군다나 그 폭발이 불륜 따위의 방식일 수는 없다.

「가지 않은 길」 역시 동생의 파탄난 결혼생활을 통해 인생에 대한 근원적 긍정의 태도를 드러내고 있는 작품이다.

동생은 처음 초등학교 교사인 강예현에게 큰 관심을 보이지 않는다. 그러나 주인공은 동생에게 강예현을 결혼 상대자로 적극 추천하고, 동생과 강예현은 결혼에까지 이른다. 그러나 결혼생활은 처음부터 삐걱거리기 시작한다. 예물을 주고 받는 일, 신혼여행을 다녀와 인사들 드리는 일, 신혼집으로 이사하는 일 등등. 결혼에 따르는 모든 일에서 둘은 파국을 향해 가는 브레이크 없는 기관차의 형상처럼 대립하고 충돌한다. 결국 이혼으로 끝나버린 동생의 결혼생활을 바라보는 주인공의 태도가 문제적이다. 불행한 동생의 결혼생활을 서술함에 있어, 주인공은 피붙이인 동생을 향해 우호적인 시선을 보낸다. 상대적으로 올케는 부정적으로 그려지는데, '자신의 일만이 전부인 듯한 그런 유형'이나 '그녀의 좀 지나치다 싶은 결벽과 아집' 같은 말들이 그것이다. 그러나 나중에는 '간이 콩알만해졌다며 울먹이던 그녀의 속내'도 이해하게 된다. 또한 안타깝게만 생각하던 동생의 파탄난 결혼생활도 인생에 놓여 있는 여러 갈래 길 중에서 선택 가능한 하나의 길로서 인식한다. 이러한 긍정 속에서 '재민과 그녀, 두 아이들, 그들 모두에게 축복 있기를' 바라는 따뜻한 마음은 가능해지는 것이다.

「노래하는 남자—비창」은 이러한 계열의 작품이 다다른 종착역이라 부를만 하다. 이 소설은 '남편이 달라졌다, 너무 많이…… 눈에 띄게!'라는 문장으로 시작된다. 그 변화는 부정적인 방향으로 이루어져 '그녀를 전혀 안으려 하지도, 그리고 눈길조차 마주치려 하질 않'는 다. 심지어는 아내가 아끼는 피아노에 대해 '이놈의 피아노, 그만 팔 아버리지!'라는 폭언을 하기도 한다. 그러나 이 작품의 결말은 다음 과 같은 망설임 없는 긍정으로 끝난다.

한 시간 노래 부르고 30분을 쉬는 남자. 그러나 여자의 남편에겐 그런 휴식조차 있었던 것일까. 여자는 곰곰이 남편과 함께 한 지난 일들을 떠올 려 본다. 사랑하는 가족을 위해 힘겹게 앞만 보며 달려왔을 Y. 때론 '환희 의 송가'를, 때론 '비창'을 부르며 그렇게 그렇게…… 그러기에 그의 노래 가 한동안 '비창'으로만 이어진다 해도 끝내 참아야만 한다고 여자는 느 낀다. '비창'이 다시 '환희의 송가'로, 사랑의 끝이 다시 사랑임을 확인할 수 있을 때까지 긴 기다림의 시간을 견뎌내야만 한다고 생각한다.

남편의 변화가 가져온 일상의 위기. 그러나 그것을 극복하는 힘은 남편에 대한 원망도 그에 따른 싸움도 아닌, 이전보다 더 큰 이해와 사랑으로 그 변화를 있는 그대로 긍정하고 인내하는 것이다.

「장미 정원」은 신앙을 통해 자유에 대한 정념을 다스리는 작품이 다. 주인공 그녀는 386세대로서 대학 시절 노예과 캠퍼스 커플이었 던 성민과 결혼한 주부이다. 가마의 불이 타오르듯 시작된 사랑이지 만, 그 뜨거운 불길은 지금 흔적도 없이 사라져버렸다. 남편, 자식, 아파트, 자동차 등 어느 하나 부족한 것이 없어 보이는 삶이지만, 그녀는 '자신의 가슴을 메워오는 근원을 알 길 없는 냉기에 지쳐' 있다. 그리하여 지금 그녀는 '뜨겁게 자신을 태워줄 무언가를 향한 열망', 즉 '차갑게 얼어붙은 가슴을 녹여줄 꺼지지 않는 그 무엇'에 대한 열망에 빠져 있다.

그런 그녀는 동네의 통나무로 만든 방갈로 풍의 작은 오두막에서 베레모를 쓴 남자를 만난다. 남자는 그녀에게 신의 존재와 관련된 여러 질문을 던진다.

자신의 정체를 '장미 정원의 주인'이라 밝힌 남자와의 만남으로 그녀는 '자신의 모든 것이 달라지고 만 듯한 느낌'을 받는다. '삶이라는 파일에서 어느 순간 삭제 버튼을 잘못 눌러 이제까지 살아온 그녀의 모든 삶이 깡그리 지워져버리고 오직 지금 이 순간의 뜨거운 피, 살아 숨쉼, 끓어오르는 열망……그것만이 전부인 양 느'끼게 된 것이다. 나중 그 남자는 신부님이었음이 드러나고, 그녀도 자연스럽게 신앙을 받아들인다.

그 결과 여자는 오랜 시간 까맣게 잊어왔던 가슴속 굳게 닫혀 있던 가마의 불이 서서히 다시 불씨를 일으키며 지펴오르고 있음을 느낀다. 그것은 '보다 더 높고 뜨거운 지향에의 썩 좋은 예감'이다. 이제 그녀가 자신의 가슴에서 일어나는 근원 모를 찬바람을 걱정하는 일은 더 이상 없을 것이다.

## 3. 삶의 경계

　「꽃비 내리다」와 「어두워지지 않는 밤」에 등장하는 주인공들은 지속과 변화의 경계 위에 서 있다. 「꽃비 내리다」에서 여자로 지칭되는 주인공은 평범한 가정주부이다. 그녀에게 자유를 향한 정념을 불러일으키는 것은 '지독히도 견고하고 반듯한' 남편이다. 남편은 공부에 뜻이 있었지만, '과학도의 양심'을 내세워 불의와 타협하는 것을 거부하고 박사 학위를 포기한다. 회사에 들어가서도 올바르고 성실한 자세로 일할 뿐이다. 부당하게 회사로부터 물러나면서도 어떠한 '파격적, 도전적 행위를 시도'하지 않는다. 그에게는 오직 '원칙과 질서, 정도'만이 삶의 유일한 가치로 놓여 있는 것이다. 실직 후에 그의 원리원칙주의는 더욱 강해진다. 지질학에만 진정으로 관심을 가지는 남편을, 여자는 '한 길 사람 속은 깜깜 어둔 눈으로, 한사코 열 길 땅 속 일만 캐려드는 딱하고 답답한 지올로지스트'라고 규정한다.

　남편과 함께 떠난 하동 여행에서 남편의 고지식함은 더욱 그 강도가 심해진다. 교통법규를 어기는 차들을 보며 욕설을 내뱉고, 숙박비의 카드 결제를 거부하는 모텔측과 실랑이를 벌이며, 모르고 가져온 모텔의 방 키를 기어이 돌려주고자 한다. 여자는 끝내 견디지 못하고 '당……신, 옳……게 살아오긴 했어도 언제나 …… 옳진 않았어요. 더 이상…… 당신을 견뎌내기 힘들어요. 우리 좀…… 떨어져……'라고 말한다. 여자가 자유를 향한 정념을 처음으로 드러낸 것이다. 작품은 남편과 헤어져 홀로 차를 운전하는 여자가 쉴새없이 눈물을 흘리는 것으로 끝난다. 이 눈물은 그녀가 경계 위에서 벌이는 치열한 고민을 의미한다. 이 소재에 등장하는 석회암은 오랜 세월의 지각 변동, 열변화, 압력 등을 거치면, '돌이 이를 수 있는 최고의 경지'인 대리석으로 변한다고 설명된다. 그렇다면, 여자에게 찾아온 이 '제어할 길 없는 균열' 역시 대리석으로 변하기 위한 하나의 시련이라고 할 수 있다.

「어두워지지 않는 밤」 역시 「꽃비 내리다」와 비슷하게 남편이 지질학자이다. 주인공 혜원은 남편인 K를 포함한 12명의 지올로지스트와 러시아의 고도인 생페테르스부르그로 여행을 떠난다. 그러나 그녀에게 더욱 중요한 것은 모스크바에 한때 사랑했던 그가 살고 있다는 점이다. 이 작품에서 지올로지스트들이 몇억 년 전의 화석을 찾는 일은 그녀가 놓쳐버린 과거의 사랑을 찾는 일에 대응한다. 친구의 오빠였던 그와 혜원은 한동안 연애를 하지만, 끝내 헤어진다. '고요한 호숫가 한 마리의 백조' 같은 혜원에게 사람 냄새가 나지 않는다며, 그는 떠나갔던 것이다.

혜원은 결국 모스크바에 있는 그에게 연락을 한다. '하루에도 수없이 몰려드는 해일과도 같은 방랑의 광풍'에 자신을 맡긴 것이다. 그와 혜원은 다시 만나고, 그들은 서로에게서 예전 그대로의 모습을 발견한다. 이 작품은 여러 가지 이미지와 상징들로 아름답게 짜여져 있다. 작품은 그녀의 마음을 나타내는 '붉은말'이라는 해초의 이미지와 함께 시작된다. 그녀는 썰물로 인해 갯벌에 드러난 '붉은말'을 보았던 일을 떠올리고, '자신의 마음에도 똑같이 붉은 꽃밭'이 자리한다고 느낀다. 그것은 현재 그녀 마음의 쓰린 속을 의미한다. 마지막 그를 다시 만났을 때, 혜원의 가슴에는 물결이 밀려온다. 그 물결은 '따뜻하고 맑은 물결'로서, '여자는 이제야 그곳에 마악 밀물 때가 도래했음을 깨닫는'다. 「꽃비 내리다」의 '여자'가 눈물을 흘리며 일상의 경계 위에서 울고 있었다면, 「어두워지지 않는 밤」의 혜원은 비로써 경계 저쪽을 향한 발걸음을 시작했다고 볼 수 있다.

## 4. 새로운 삶의 창조

「때까지 우는 아침」은 「어두워지지 않는 밤」의 혜원이 감행한 경계 넘기 이후의 단계에 해당한다고 볼 수 있다. 「때까지 우는 아침」의 '나'는 자유를 향한 정념에 과감히 몸을 맡겨 이전과는 다른 자신과 삶을 만들어 나간다. 이 작품의 '나' 역시 김현숙표 인물의 전형에 해당한다. 전원 도시에 위치한 쾌적한 아파트, 눈물겹게 성실하고 사람됨이 반듯한 남편과 아이들, 출퇴근이 승용차로 10분 거리인 학교라는 직장 등을 갖춘 '나'의 외형적 삶은 평탄함 그 자체이다. 그러나 남편과도 자잘하고 소소한 무엇인가가 조금씩 어긋나기 시작해 영구히 맞닿지 않을 듯 소원해져 있다. 그녀는 '마음 한 구석에 알 수 없는 커다란 웅덩이가 있어 늘 채워지지 않는 '공허감'에 시달린다. 자유를 향한 정념에 그녀 역시 들려 있는 것이다.

이런 상황에서 '나'는 하나의 경계와 마주하게 된다. 그것은 지금까지의 평화롭지만 공허한 일상과 그 너머를 가르는 경계이다. 그 경계는 비디오점의 남자를 만남으로써 '나'의 앞에 나타난다. 남자는 '그를 만나기 전의 봄비와 그를 만난 후의 봄비는 완연히 달랐습니다.'라는 고백을 하게 만드는, 단 한 번 보았지만 '천 년을 함께 한 듯 가깝고 친숙'한 그런 사람이다. '운명적'이라고 밖에 표현할 수밖에 없는 만남이, 바로 그 남자와의 만남인 것이다. 나중에 밝혀지는 것은 남자가 '나' 역시 젊은 시절 몰입했었던, 한때 문단에서 선풍적인 인기를 끈 적이 있는 작가라는 사실이다.

이 작품의 '나'는 과감히 경계를 넘어 새로운 세상에 자신을 던진다. 점점 그와 가까워진 '나'는 남편의 제안으로 이루어진 것이기는 하지만 이혼을 결심한다. 그리고 '겹겹의 위선을 벗어나 남은 생 적어도 스스로에게만은 보다 진실되고 정직한 삶을 살'고자 학교도 그만둔다. 이후 '나'는 학교를 사직하고 받은 퇴직금과 그동안 모아놓은 돈을 합쳐 카페를 인수한다. 그 카페 역시 그를 위한 것이다. '누군가를 향한 타오르는 그리움에 목이 멜 때면 꼭 약속하지 않아도 언제 어느 때 불현듯 그가 나타나 주기를 기다릴 수 있는 공간'이 바로 그 카페인 것이다. 가끔 카페를 찾아온 그에게 맛있는 차를 끓여주고, 마주 앉아 미소지을 수 있는 것이 전부이지만, '나'는 섹스가 필요 없을 정도의 뜨거운 사랑을 그와 계속해서 해 나간다. 이 작품의 '나'는 평화롭고 행복하다. 그녀의 삶이 얼마나 풍요로운 것인지는 카페에서 우연히 만난 한 여자를 따뜻하게 보듬어주는 마지막 모습을 통해서도 다시 한 번 확인할 수 있다.

때로 정념은 그 경계를 흘러넘침으로써 한 인간의 삶을 파괴하기도 한다. 「노을 진 카페에는 그가 산다」에 나오는 선희가 바로 그 주인공이다. 선희와 수희는 실과 바늘처럼 매사에 늘 공존해 온 자매였으나 '섬세한 감성과 지성, 그리고 남성미를 고루 지닌 남자' 태시우를 함께 사랑한다. 그러나 태시우는 동생인 수희를 사랑하고, 선희는 엄청난 상처를 받고 결국에는 정신병에 걸려 평생을 정신병원에서 보낸다. 모든 인간에게 존재하는 정념을 다스리지 못한 결과 선희는 경계 저쪽의 사람이 된 것이다. 그렇다고 해서 선희가 특별한 존재일 수는 없다. 김현숙에게 '삶은 이러해야 한다'는 식의 절대적인 명제는 결코 성립하지 않는다. 우리 누구나가 선희일 수 있으며, 선희 역시 우리일 수 있는 것이다. 그것은 태시우가 마지막에 '나'에게 하는 다음의 말에 잘 압축되어 있다.

저들과 우리 사이에 특별한 경계란 없어요. 제가 잘나가는 직장 그만두고 왜 카페를 차린 줄 아세요. 전 아직도 노을이 질 때면 기다리고 또 기다려요. 어느 날 문득 수희 씨가 카페의 문을 열고 홀연히 나타나리란 기대를 버리지 못하는 겁니다. 때론 노을을 견딜 수 없어 훌쩍 기차를 타고 어디론가 떠나갑니다. 그 증세가 조금만 더 깊어지면 이곳으로 와야하는 게 우리네 삶이에요. 우리 누구나 다 가지고 있는 자신만의 꿈, 소망, 기다림……그리고 그것을 끝내 이룰 수 없을 때의 좌절, 상심, 아픔 등. 문제는 그것을 여하히 견뎌낼 수 있느냐 없느냐, 그 차이예요. 그걸 잘 이겨내고 어지럽고 광포한 삶의 소용돌이에 뒤섞여 살아낼 수 있는지, 없는지 그 저항력의 강도가 곧 저 울타리의 이쪽과 저쪽을 구분짓는 경계겠지요.

모두는 '자신만의 꿈, 소망, 기다림'을 가지고 있으며, 그에 따른 '좌절, 상심, 아픔' 등도 경험한다. 문제는 그것을 견뎌낼 수 있느냐 없느냐의 차이이다. 태시우가 강변에 카페를 차리고 그 정념을 다스린다면, 선희는 끝내 그 정념을 다스리지 못해 경계 너머의 사람이 된 것이다.

### 5. 계승과 발전

이번 작품집에는 은은하지만 끈질기게 여성주의적 시각이 가로놓여 있다. 이번 소설집의 모든 주인공은 여성이다. 주인공들의 호칭 역시 대부분 '그녀' 혹은 '여자'와 같은 보통명사가 사용되고 있다. 이것은 이 주인공들이 이 사회의 특별한 인간들이라기 보다는 여성 일반에 해당함을 강조하려는 의도로 읽힌다. 또한 강하지는 않지만, 여성들의 불행에는 남성적인 것의 그림자가 드리워져 있다. 「노을 진 카페에는 그가 산다」가 대표적이다. 이 작품에서 선희 언니가 정신병에 걸린 이유는 아버지의 폭력 때문이다. 의처증으로 아내에게 주먹을 휘두르는 아버지는 자신의 딸들에게 상상 이상의 집착과 통제를 보인다. 사랑에 실패하여 정신을 놓아 가던 선희 언니의 상태를 결정적으로 악화시킨 존재도 바로 아버지이다. 그는 '금촌 집 울타리를 벗어나지 못하도록 강력한 금족령을 내렸고', 나중에는 집의 '어두운 골방에 감금'시킨다. 올바른 남성상의 부재가 이들 여성의 불행과 관련되어 있다고 볼 수 있다.

이번 소설집에 실린 주인공들은 공통된 특성을 지니고 있다. 외양은 그럴듯한 삶을 살고 있는 중년의 여성들이며, 지금 이곳의 일상에 대한 여러 가지 불만과 곤혹을 느끼고 있다. 이러한 상황 속에서 그녀들은 자유를 향한 정념에 천천히 그러나 깊이 침윤된다. 이러한 정념은 그녀들을 끊임없이 충동질하여 어디론가 떠나가게 만든다. 그러한 정념에의 대응은 새롭고 더 따뜻해진 눈길로 일상을 긍정하는 것, 신앙의 힘을 빌어 종교적으로 승화시키는 것, 일상과 탈일상의 경계에 머무는 것, 일상을 과감하게 벗어나는 것 등으로 나타난다. 이처럼 작가가 원고지 위에 마술처럼 그려놓은 각각의 인물들은 각기 다양한 방식으로 자유를 향한 정념에 대처해 나가고 있다.

김현숙은 결코 어떠한 방식이 절대로 옳다고 주장하지 않는다. 흥미로운 것은 각자가 선택한 길 위에서 주인공들은 모두 나름대로 행복하다는 점이다. 이러한 특징을 하나의 변덕, 혹은 작가적 줏대 없음으로 해석하는 것은 완전한 오독이다. 이러한 다양성 속에야말로 김현숙이 말하고자 하는 삶에 대한 소설적 진실이 숨어 있기 때문이다. 김현숙은 '진정한 인간 혹은 삶'이 없는 것이 아니라, 역설적으로 '모든 인간 혹은 삶'이 '진정한 인간이자 삶'이라고 말하고 있는 것이다. 김현숙은 본질, 필연, 절대, 영원을 주장하기보다는 현상, 우연, 생성, 소멸, 변화에 더 큰 관심을 기울인다고 볼 수 있다. 인간에게는 단 하나의 본질적인 삶의 길이 주어졌다고 보지 않는다. 여섯 명의 동창들 삶 모두를 긍정하는 「호수회의 첫 여행」은 직접적으로 이러한 메시지를 담고 있는 작품이었다. 작가는 영원불변한 진리를 찾기보다는 개인의 자율성과 우연에 따른 삶의 의미에 더욱 천착하는 것으로 보인다. 자아 혹은 삶이란 발견의 대상이 아니라 창조의 대상이라고 볼 수 있다. 그리하여 김현숙은 삶에서 중요한 것은 보편성에 부합하는 삶이 아니라 우주에서 오로지 나 하나로서만 증명될 수 있는 고유한 자아와 그에 바탕한 삶의 창조일 것이다.

이러한 특징은 이전 작품들과의 연속성 속에서 생각할 수 있다. 「하얀 시계」(휴먼 앤 북스, 2002)에서도 자기 중심주의에 대한 비판은 김현숙 소설의 핵심에 자리 잡고 있었다. 「출모」, 「괴목을 찾아서」, 「코브라의 춤」 등의 작품이 대표적인데, 이러한 자기 중심주의는 '자신은 언제나 옳다는 믿음'[2]에 바탕한 것이다. 이번 작품집은 이러

---

2) 정호웅, 「무명의 어둠 속에서 익은 문학」, 『하얀 시계』, 휴먼 앤 북스, 2002, 328쪽.

한 자기 중심주의 혹은 절대주의에 대한 비판에 머물지 않고, 철학자 리처드 로티(Richard Rorty)가 말한 아이러니스트의 시각에 바탕하여 개별적인 삶의 창조까지 선명하게 보여주고 있다. 이번 작품집은 이전 작품집의 문제의식을 받아 안아, 그것을 문학적으로 한 단계 발전시켜 구체화시켰다고 의미 부여할 수 있다.

　김현숙은 한국소설사에서 쉽게 찾아볼 수 없는 개성을 소유하고 있으며, 그것을 더욱 심화 발전시키고 있다. 작은 성과에 안주하지 않고, 끊임없이 앞을 향해 나아가는 작가이기에 그녀의 다음 작품이 더욱 기대된다.

---

이경재

서울대 국문학과 졸업. 동대학원 서사 박사.

2006년『문화일보』신춘문예 평론 당선.

아주대학 강의 교수.

저서『단독성의 박물관』

# 노을 진 카페에는 그가 산다

1쇄 발행일 | 2010년 5월 20일

지은이 | 김현숙
펴낸이 | 정화숙
펴낸곳 | 개미

출판등록 | 제1999 - 3호 1992. 6. 11
주소 | (121 - 736) 서울시 마포구 마포동 136 - 1 한신빌딩 1412호
전화 | (02)704 - 2546,  704 - 2235
팩스 | (02)714 - 2365
E-mail | lily12140@hanmail.net
ⓒ 김현숙, 2010

값 10,000원

ISBN  978 - 89 - 94459 - 01 - 1  03810